異世界でも無難に生きたい症候群

—— It's sudden,but I came to another world! But I hope to live safely. ——

安泰
ANTAI
Illustration ひたきゆう

1

- CONTENTS -

01 とりあえず人に会いたい。

はい、そんなわけで異世界に来ました。

本来ならば日常生活からどのようにして異世界に来たのか、回想シーンなどを使って振り返るのが異世界転生系のセオリーなのだとは思うのだけれども。人に話すと恥ずかしい話なので割愛させていただきます。

自分が地球出身の日本人男性という情報は提示するが、それ以上はプライバシーの問題上――、

「いや、そんなプロローグを流している場合じゃない」

現在の自分の状況説明。異世界の森の中。以上。

気がついたら森の中なんです。いやひょっとすると木々の生い茂った勾配の弱い山の中かもしれない。ちなみに何故異世界って分かるんだよって言うと、目の前にある木々が原因なんですよ。

反対側の景色がうっすら覗ける透明な幹。そしてほのかに発光している葉なんて幻想的なものが視界一面に存在する森が地球に存在するのだろうか。

あ、存在するのなら場所教えてください。老後に旅行しに行きたいと思います。

「ちなみに呆けて大体二十分経過している」

こんなに素敵な景色を見て感動するのが五分。冷静になってここどこだって考え始めるのが五分。

地球じゃないよな、ひょっとして異世界かここと思考し始めること五分。とりあえず木々を見直して

心のリラクゼーションタイムで五分。

そろそろ行動を始めよう。まずは自分の状態の確認だ。

「身体に怪我なし。異形化、紋章出現などのファンタジー兆候見られず。湧き上がる魔力などの感知なし。所持品……何もなし」

へへっ、省略してたけど家の外にゴミ出しに行ってた途中だったから何も持ってないや。スマホとか地球産の硬貨や紙幣の詰まった財布もない。いや紙幣は一枚程度だったけどさ。

とりあえずいきなりこんな場所に飛ばされただけで他に影響は皆無な模様。異世界転生ボーナスなんて無かった。

いや、冷静に考えて死んでないから、転生じゃなくて異世界転移かこれ。

時間帯はどうやら夜。木々の上は真っ暗。

また日本で見る月より数倍大きい星が見える。

満ち欠けが見られるので月と同じ衛星であり、衛星が見えるということはこの星も地球と同じく太陽系のような形と考えるのが自然だろう。

地球が存在している確率は天文学的な確率である。その確率を満たした別の世界に移動するだけでこれ以上ないご都合主義だよなぁ。

「――夜の森って歩いちゃ不味くなかったか」

夜に方角を知る方法として天体を見ることがあげられるが、異世界なので星の並びも違う。オリオン座や北斗七星くらいなら見つけられるが当然ない。

冷静に考えると方角が分かったところで、土地を知らないからどっちに進めばいいかも分からない。

なら進んでも良かろうて。幸いにもこの辺の草木は発光してるので、地球の森を夜に歩くより安全そうだ。

「スリッパじゃなくスニーカーでゴミ出しに行った事は褒めるべきだな」

適当に一時間程進んだ結果分かった事実。どうやらここは森ではなく山。

進む都度段差に出くわし、振り返ると徐々に山の形が見えるようになっている。

予想の一つ通り、ここは勾配の弱い山であり、スタート地点は山の頂上付近だったようだ。

ひとまずの指針は山を下りること。次に川を見つけることだ。

歩きながら考えついたのは当然ながら生命維持の方法である。食料は木の実、水分は夜露あたりで凌(しの)ぐつもりではあるが、生粋(きっすい)のサバイバーでない以上限界は来る。

正直生水を飲むのは怖い所だが、それは最終手段。川を見つける理由は水分補給以上に進路の目的を定めるためだ。

この星が人類未踏の惑星ならどうしようもないが、もしも文明が存在していて人類がいるのならば川はその基盤となりうる。

古代の有名な文明も、栄養豊富な土壌を運んでくれる川を中心に耕作を行い栄えたのだ。この法則は他の世界でも共通だと信じたい。

「だが、ここに来て問題が発生」

そう呟く声は非常に小さい。そりゃあそうだ。

遠めに見えますが、その、はい。熊です。めちゃくちゃでかい熊です。

動物園で見た熊さんは全長二メートルなかったんですが、この熊さん四メートルくらいあります。

君夜行性だっけ？　ああ、この森明るいからね。問題ないよね。

前方二十メートル程だがばっちり見えた。いやぁ明るい分はっきり見えるなー、こっち見てるなー、捕捉されちゃってるよなー。

背筋が凍るという貴重な体験をしつつ考え中。

死んだフリ？　餌が転がるだけだ。

逃げる？　熊は下り側、逆方向に逃げようものなら熊さん大得意の上り坂チェイス。

戦う？　ははっ猟銃あってもやだ。

そんな間にも熊さんこちらに唸りながらのそりのそり。

考えるんだ。考えて、早く答えを出すんだ。そうだこの手が！

「な、ないすとぅーみーとぅー？」

熊が咆哮する。どうやら西洋かぶれは許されないようだ。

一目散に駆け出す――なんて事はできない。足が震えて動けない。

そして熊はこちらを食べやすい餌と認識したのが駆け――ることはなかった。

突如熊が降り注ぐ緑黄色の液体に飲まれる。

四メートル級の巨大な熊の全身を容易に飲み込んだ液体は高い粘性を持っているのか、地面に広がることなく球体状になろうとしている。

熊の悲痛な叫び声と共に怖気の走るような音が液体の中から発せられ、液体の内部は徐々に黒く染まっていく。

血だ。熊の血が液体に混ざって黒く見えている。

異常な速度で熊の毛皮、皮膚、肉を溶かしている。

液体は意思を持って熊を捕食しているのだ。

「……スライムだ」

ファンタジー系のロールプレイングゲームをやった者なら知らない者はほとんどいないだろう。

目の前にいるのはソレだ。某有名ゲームのように可愛らしい目や口なんてないし、明らかに経験値一桁の雑魚モンスターではないが。

必死にスライムの中から逃げ出そうとする熊の悲痛な断末魔が森に響く。

だがその音はスライムが口の中に浸入する事で間も無く静かになった。

「うっ……くっ、げほっごほっ！」

感情など無く淡々と行われる凄惨な食事光景を目にし、吐き気がこみ上げる。

食事の後ならばそのまま吐いていただろうが、胃液が喉を焼く痛みだけですんだ。

だがここまで来てようやく自分の犯した致命的ミスを自覚する。

こちらの呟きに反応したのか、スライムがこちらに向かって動き出したのだ。

熊が襲われている間に足早に逃げるべきであった。それをのんびり眺め、あまつさえ音を出す愚行を後悔する。

だが動きは熊が歩む速度よりも遅い、これなら逃げればあるいはと後ずさりをする。

「――っ!?」

思考よりも先に恐怖から体が横に飛んだ。

先ほどまでいた場所がスライムに飲み込まれた。

その速度は破裂した水風船や放水車の放水を想起した。

スライムは捕食に失敗したことに何の反応も示さず再びこちらの方へ動き始める。

その動きは再びゆっくりだ。感情を感じないのに弄ばれているかのように錯覚する。

体の震えが止まらない、先ほどまで脅威だった巨熊はすでに骨すら残っていない。

それが自分の数分後の結末なのだと、認め始めている自分がいる。

「あ……ああ……」

恐怖に飲まれまったく声が出ない。闇雲に掴んだ石を投擲する。

だが冷静さを欠いた投擲はスライムに当たることなく宙を舞い、奥に飛んでいきその先にある木の幹に辺り心地の良い音を響かせる。

そしてスライムが爆ぜる。

「……?」

スライムが飛びついたのは後方の木だった。

圧倒的物量により木が倒壊する。

そして奇妙な光景を目にした。

「木を食ってる……？」

ここに来て察する。このスライムは音に反応しているのだ。

聴覚があるというより振動を感じ取っているのだろう。

咆哮した熊を襲い、咳き込んだこちらに反応し、後ずさった音で攻撃を行った。

そして今は大きな音と共に、倒れた木に攻撃を仕掛けている。

周囲を見回し手ごろな石を拾い集め、立ち上がる。

スライムは飛び掛った先に獲物がいないことに気づいてか、こちらの再び立ち上がる音に反応を示し、動き出す。

拾った石をなるべく音を立てずに離れた木に投げ、命中させる。

その音にスライムは反応し飛び掛り、再び木が倒れる。

それと同時に走り出し、逃げ出した。

「はあっ、はあっ、はあっ」

道中何度も振り返り、追っ手が無いか確認し、いるかもしれないという恐怖から近くの木に石を投げては走った。

どれだけ走ったのかは分からない。

疲労困憊になり木にもたれ、肩で息をしていた。

空は明るみを帯び、気づけば幻想的だった森は、一般的な茶色と緑の木々に囲まれた普通の森へと変わっていた。

生きてるって素晴らしい。

素晴らしいのだがどうしてこんな目に遭っているんだ。

なんでこんな世界に飛ばされたのか。

読み物として読んだ異世界への移動として、ポピュラーなものは何らかの理由があってこの世界に召喚されるという展開だ。

当然ながらこの身に特異体質なんて物はないし、勇者の血筋というわけではない。

こちらに理由が無いなら相手側の理由による事故などが考えられる。

神様の気まぐれや不手際、この世界の召喚術の失敗などなど。

この際不手際や失敗でもいいから、目の前に驚いた顔の召喚者がいて欲しかった。山に放置はあんまりだ。

「勇者になって魔王を倒すとか、亜人系の美少女に囲まれるハーレムとかそういうの良いから無難に生きさせてくれ……」

いない者に文句を言っても始まらない。一息ついたら進むとしよう。

冷静になるまで気づかなかったが、今いる普通の森は生き物の気配がところどころに感じられる。

囀(さえず)る鳥の声、木々の隙間に巣を張る蜘蛛、透明の木々の場所では無かったものだ。

恐らくあのスライムが生息しているせいで、まっとうな生き物はいないのではないだろうか。あの熊は偶然迷い込んだとかそんな感じで。

とはいえスライムという食物連鎖の上位がいる場所にほいほいと行くものかね？

「なんにせよ……疲れた」

呟くのと同時に意識を夢の中に預けることにした。

◆

ターイズ王国にある城にて会議が行われていた。

揃う面々は銀色に輝く鎧を纏った騎士隊長達。そしてターイズ王に仕える重鎮達。

そしてターイズ国王である、マリト＝ターイズその本人である。

マリトは齢二十五にして、現役であった先王から王の座を受け継いだ程の傑物である。

王となって二年、国内の様々な問題を解決し民にも絶大な支持を得ている。

だが厄介な問題が発生し今の会議に至る。

「また護衛なしの商人が襲われたか」

「はい、一刻前に我らが護衛をつけていた馬車は素通りでしたが、その後に続いた者達が襲われ死体だけが残されていたようです」

「費用をケチった自業自得とは言え、うちの国を潤す商人達が襲われては示しがつかんな」

近隣のガーネ王国が数年前に新王へと変わり、その手腕の影響で見事ガーネ国周囲での犯罪率は激減した。

だがその結果、山賊を初めとする悪漢達がこちらに流れ着いてきたのだ。

平野が広がるガーネと違い、山や森を多く含むこの地では野営地に困らない為、山賊達の多くは未開の場所へと姿を潜ませ、隙を見ては旅人を襲っていた。

城下町や周囲の村などはマリトの判断で騎士を常駐させ、被害を出さずに済ませているがその道中となると難しい。

国から護衛の騎士を派遣することはできるが、当然費用や人員の手間はかかる。無償で提供しようにも人員が足りないのだ。

そうなると商人や旅人達は冒険者などを雇うことになるのだが、ターイズ王国は騎士の影響力が強いことで冒険者ギルドの規模が小さく人員は少ない。

他国側ならギルドの規模もあり、人員は足りるかもしれないが、他国側に護衛をつけることを強制することもできない。

結果護衛なしで横断しようとする者達が発生し、そこを山賊に襲われているのだ。

「山賊如き、襲ってくれれば我が剣で粛清するものを……」

と騎士隊長の一人が呻くがマリトはため息をつく。

確かにターイズ王国に籍を置く騎士達の実力は頗る高い。数名でも百人以上の山賊を相手にできるだろう。

だが山賊とてそれは承知のこと。騎士達が護衛する時には姿を一切現さないのだ。

正々堂々と戦えば勝てるはずの無い戦いだ。当然と言えば当然である。

「山賊を斬るためにも、奴らの居場所を捉える必要がある。打開案があるものはいるか？」

そういうものの、騎士達は口を出さない。以前は様々な案を出し、採用させ任せたがどれも空振りに終わっている。

誇り高い騎士達の行動範囲では、悪賢い山賊はすり抜けてしまうのだ。

「山狩りも三度成果がない。もう少し見当がつけば効果も得られるだろうが……とりあえず今日は目に見えて深刻化している山賊への対処の任を与える人物を選定したい。候補者、推薦したい者はあるか？」

これが他の任ならば、この騎士達は率先して立候補している。だが既に何名もの実力ある騎士隊長が失敗をしている為、この問題の厄介さを理解しているのだろう。

そんな中手を上げたのは、騎士隊長の中でも最も高齢のラグドー卿であった。

「王よ、推薦したい者がおります」

「ラグドー卿か、ここにいる誰を推薦するつもりだ？」

「いえ、この場にいるものではありません。ですが実力があることは皆が知っています。我が隊のイリアスを推薦したいと思います」

その名を出すことで騎士隊長達の顔が僅かに難しくなる。

「それはイリアス＝ラッツェルの事か、良いのか？」

マリトはイリアスのことを良く知っている。

イリアスの実力、剣の腕だけならば騎士隊長にも負けぬ実力者であり国への忠誠心も申し分ない。

だが評価は伸びない。その理由は――

「『彼女』ならば、違う目線から妙案を出すやも知れません」

「良いだろう、期間として一ヶ月を与える。任せたぞ」

その実力の高さを認めたくない自尊心もあるのだろう、女性であるイリアスを快く思う騎士は少ない。ラグドー卿は数少ない彼女を高く評価する者だが、少数派のため彼女の地位を確固たるものにできないでいる。

もしもイリアスが山賊討伐を成功させれば彼女への評価も一新するかもしれないが、失敗すれば目に付くものとしてより下に見られる可能性が高い。

マリトもイリアスを評価しているが、彼女は真っ当な騎士だ。今回の悪知恵働く山賊に通用するか多少の心配もある。

何か彼女に光明が差せば良いのだが、とマリトは内心彼女の今後の気苦労を案ずるのであった。

◆

目覚めました。

体がとても痛い。筋肉痛というより足が乳酸付けって感じ。

でも立ち上がる。弱音を吐く相手もいないんじゃ甘えることもできやしない。

時刻は昼に近い。太陽らしき物はあるがこの世界でも太陽って言うのだろうか？　某ロボットのコンニャク食べたらきっと太陽でＯＫだと思うけど。

あの幻想的な森は振り返ってももう見えない。

スライムはさておき、熊はまた出るかもしれないから慎重に進まねばなるまい。

ついでに木の実的なものを探しつつ進む。さすがにお腹が空き始めたのだ。

幸い木苺的な木の実を早い段階で発見。口に含みしばらく様子見。

甘みがあるが酸っぱさが強く、正直美味しくないが舌に痺れなどはないので食べられそうだ。

念のため大量摂取は控えて、じっくり味わいながら進む。

なお難易度が絶賛急上昇中。

「わぷっ、またか……」

最初にいた場所をスライム地帯と呼んでおこう。この辺はあそこと違い虫がいる。つまるところ至るところに蜘蛛の巣が存在するため不快感が半端ない。

さらに勾配が急になり始め、真っ当な下山感覚になり始めている。

蜘蛛の巣に意識を向けていると足元が滑って危うい。

拾った棒切れを振りながら蜘蛛の巣を払い進む。当然疲労は加速する。

枝木を掻き分け進む。ちょくちょく引っかかって痛い。

長袖の服装だったことに感謝。夏で半袖だったら今頃悲惨なことになっていただろう。

登山中に道を外れて降りていけと言われたようなものだ。道のありがたさを痛感している。

この山を攻略できれば富士山だってきっと登れるに違いない。体力はつけなきゃだけども。

正直スライム地帯の方が数倍マシだった。なんか帰りたい。スライム怖いから帰らないけどさ。

などと考えていると耳に新たな音が入る。

「……ん、この音は」

そう、この音は心待ちにしていたアレだ。

足早になり音の方に進む。

そして視界に移ったのは川だ。

浅く、細いがれっきとした川。

感無量で川の辺に駆け寄り水を掬う。

飲みたいがそこは我慢。上流の湧き水ポイントならまだしも、このポイントは色々心配になる。

顔と髪を洗い蜘蛛の巣を流す。

不快感が一気に消えた事でだいぶ気持ちに余裕ができた。

そんなわけでしばらくは川で休息を取った。

その後、魚とか取れないかなと思いつつ川を眺めながら歩いていると、衝撃が走る物を見つけた。

ロープの切れ端である。

「お、おお」

そりゃ感嘆の言葉も出ますよ先生。異世界に飛ばされたって実感しかなくてこの世界に人がいるのかって問題があったんですよ。

それが解決しそうなんですよ。これ文明の証拠ですよやっほう！

というよりこの辺に人が通った形跡があるということはですね、もしかして登山道とかあるんじゃないんですかね？　と言うことで周囲を散策。

するとありましたよ。道とはいえないけど意図的に折られた枝とかさ！　獣に折られた可能性も示唆したけど、刃物のようなもので切断されているものも発見。これはテンションあがります！

口がにやけるのを感じながらその道を進んでいく。

しばらく進むと岩場がちらほら見える地帯に入る。そして――洞窟を発見。入り口の横には松明を置くような台座が一対、最近使った形跡も見られる。

これはもうあれだよね、ついに第一村人発見ですかね！

「……いや、ちょっと待てよ」

こんなところに住む人種を考えよう。

スライムがいたんだよ？　じゃあゴブリンとかいるんじゃね？　人間だとしても山賊とかじゃね？

パターン1：ゴブリン
「ニンゲン、クウ。ニンゲンクッテ、ツヨクナル」
「ぎゃー」

パターン2：山賊
「おう、珍しい服着てるな。全部よこせ」

「ぎゃー」

パターン3：仙人

「修行」

「ぎゃー」

きょろきょろ。

アカン、これは見極め必要ですわ。というわけでこの入り口が見えて隠れられそうな場所をきょろきょろ。

手ごろな場所の床を均し、場所を確保して伏せる。

しばらくはここで待機するとしましょ。

待つこと一時間後。寝てないよ？　意識飛んでたけど寝てないよ？

なにやら話し声が聞こえたので、洞窟入り口の草むらに潜みながら覗く。

そこには見事に人間が二人ほど、格好はだいぶラフで筋肉質だ。

やっと人に会えた喜びをぐっと堪える。だってあの人たちＴｈｅ・山賊って感じだよ？　腰に剣とか斧ついてるよ？

でも見た目で判断してはいけない。実はめっちゃいい人で将来ブラザーって呼び合う関係になるかもしれない。

あーいやないわー。なんか人の腕取り出したわー。笑ってるわー。蛮族だわー。

しかも何言ってるのかさっぱりわかんない。

方言がきついとかじゃなくて言語が違う。

少なくともポピュラーな言語じゃないのは確かだし、日本語も通じないだろうよ。

蛮族の前に言語の通じない異世界人。襲われるしかないわー。

正直見るのも嫌なんだけどもう少し様子見。取り出された腕には宝石のようなものが金属のチェーンのようなものに取り付けられて巻かれている。

これは想像だが商人とか金持ち襲って、腕についたアクセサリーを奪う時に外し難いから腕ごと持ってきたーって感じかな。

なんかどっかの国で腕時計盗む時に腕ごと切り落とすって話を思い出してブルー。

あまり視線を向けると気づかれるかもなので、そっと隠れなおして洞窟に入るか立ち去るかを待ちましょ。

しばらくして山賊は洞窟の中に入っていった。

ただこいつらが通った道ならそれなりの場所に出れそうなんだよな。

他の仲間と出くわす可能性もあるから怖い、どうしたものか。

とりあえず洞窟傍にて人が通った道を発見。

馬鹿正直に行くのは危険と判断して隠れながら進むことに決定。

すぐそこに楽な道があるというのに、という気持ちを抑え込む。

こんな山中で山賊とエンカウントするくらいなら苦労する道選びます。

はい、正解でした。

隠れながら進んでいたら山賊とすれ違うわすれ違うわ。

十人くらいすれ違うと言う、一回気づかれかけたし。

斧に手をかけたのを見たときは冷や汗ものでしたね、はい。

だけどおかげで道を見失うことは無かった。これは素直に感謝。

そしてついに、山を下山し終えたのだ！

「まあ森の中だけどな」

でも道を発見。舗装された道路ってわけじゃないけど、二輪の馬車的なものが何度も通ったと思われる道だ。後はこの道を進めば、きっと全うな人が住んでいる場所に辿りつける。もううれしくて空腹とかどうでも良い。

この感動は計りしれない。

熊に襲われ――る前に熊さん食べられちゃったけど。スライムに襲われ、険しい山道を苦戦して下り続けて……。

うう、感動でちょっと涙ぐんできた。この感動を記念としてその辺の木に拾った石で落書きをしておこう。

『やせいじのきかん』

漢字は諦めた。

さ、どっちに進むかこの盟友蜘蛛巣薙ぎの剣《木製》で決めよう。さあ、どっちに倒れるかなっと。

「……倒れろよ！」

直立した盟友に突っ込みを入れて倒し、進むのであった。

――洞窟入り口にて
「いやぁ、今回も良い塩梅じゃねぇか！」

「ああ、見ろよこの腕飾り。引きちぎれなかったから腕ごと持ってきたんだけどよ」

「お前血で他の宝汚してねぇだろうな？」

「どうせ川で洗えば落ちんだろが。あーロープどこにやったっけ？」

――道中にて
「待て、今何か動いたぞ」

「獣だろ？　熊程度なら適当に返り討ちにすりゃいい」

「一応探知魔法を使う、『魔封石』を持ってて離れろ」

「へいへい」

「――魔力探知には何も引っかからないな。獣か」

「だから言ってんだろ？」

「一応念を入れて旋回してアジトに戻るぞ」

「うぇー」

◆

「ついに……ついに……！」

そう、ついに発見したのである。

眼前に移るのは左から右までずっと続く城壁。

道の先には巨大な城門。

その奥には白と青緑を中心としたファンタジー世界御用達のお城が見える。

距離感的にかなり大きな城で、城下町もそれなりの規模がありそうだ。

喜びを噛み締めて城門に近寄る。

「おーいっ！　助けてーっ！」

そして思い出す。言葉が通じないことを。

「あ、はい、なんかすいません、はい」

城門を守っていた衛兵さんに槍を突きつけられ、何か怒鳴られ捕まりました。

そりゃあ言葉の通じない不法侵入者なんて捕まえますよね。文明しっかりしてて素敵。

その後城の横にあった小屋に連行され、中にあった牢屋に放り込まれました。

あ、でも茣蓙引いてある。ぐっすり眠れそう。

疲労を誤魔化していたけど森で仮眠取った程度。とりあえず寝よう。

山賊に襲われることよりか悪いことは無いだろう。フラグじゃないよ。

「おやすみ、すやぁ」

なお、数十分後殴り起こされるのであった。

――城門にて
「おい、止まれ。見ない格好だな」

「――――っ！　――――っ！」

「何を言ってるんだ？」

「黒い髪に意味不明の言葉……おい、ひょっとして魔族語、魔族じゃないのか⁉」

「はっ⁉　おい、動くな！　おとなしくしろ！」

「――、――、――――、――」

「先輩、こいつどうします？」

「とりあえず兵舎にある牢にぶち込もう。あとはイリアスさんに任せよう」

◆

イリアス＝ラッツェルは悩んでいた。

先日上司であるラグドー卿に呼び出され、山賊討伐の任を与えられた。

男女の隔たり無く実力を評価してくれるラグドー卿のことは尊敬しているし、彼に期待を寄せられている事は理解している。

だが今回の山賊討伐の噂は聞いている。既に何名かの騎士達が任に着いたが、実績を残せないでいる。

彼らが無能というわけではない、事実報告を聞く限りではイリアス自身もそうしたであろう手段を聞いている。

だが山賊達はそれを凌駕していた。あらゆる場所に出現し、森や山に消えていく。

決して実力の高い騎士に挑むことなく、非力な民だけを襲い続けている。

イリアスも先日護衛の任を行っていたが、自分達が通過した一刻後に後続の商人が襲われ死亡した。

腕ごと貴重品を切断され、放置されての失血死。いったいどれ程の苦痛と恐怖を味わわされたのか。

「だがラグドー卿の期待には応えねば……」

良案など既に先任が使い果たしている。自分に成す事ができるのだろうか。

一人で山賊全員を斬れと言われればそれを成せる自信はある。自負ではなく事実である。

騎士であった父は魔族との戦いで殉職した。聖職者であった母もその時に共に。

悲しさもあったが、勇敢に立ち向かった姿を目に刻んだイリアスは騎士になる道を選んだ。

鍛錬に鍛錬を重ね、その実力を認められラグドー卿の部隊に組み込まれることになった。

女である立場的なハンデを全て実力だけで埋め、有り余る力を示してきた。

だがそれは剣の腕での話である。

もし結果を出せねば、自分の立場はさらに窮屈なものとなるだろう。

自分を評価してくれる者は僅かである。

面子を潰された男性からは嫉妬を、異常な強さを振るうことで女性からは恐怖を。

自分が欲するものは騎士として生きる人生であり、騎士としての評価ではない。

だがそれでも思うところはあった。

山賊への怒り、騎士としての立場へのプレッシャー、様々な感情が交ざり落ち着かない。

「修行不足だな……」

自分の心の揺らぎに失笑しながら警邏を続ける。

すると報告が入った。

「イリアスさん。城門の門番が兵舎に来て欲しいそうです。何でも魔族を捕らえたとかで」

「――は？」

突然の問題追加に素っ頓狂な声を上げるのであった。

急ぎ門番達の利用している兵舎へと向かう。

兵舎は城門を出てすぐ傍に建てられている。簡易的なものではあるが、牢もあり城門でトラブルが発生した場合に世話になる旅人も少なくない。

「それで、彼が？」

そこにいたのは黒髪の青年。

牢で非常に気持ちよさそうに眠っていた。

黒髪というのはこの地域ではほとんど見ない。そして人型の魔族に多く見られる色だ。

一瞬警戒こそしたが冷静になって見ればすぐに分かる。この青年からは何の脅威も感じない。

念の為魔力探知を行ったが、内在する魔力は微々たる物。というよりこんなに少ない人間を初めて見た。服装はだいぶ汚れているがよく見ると手の込んだ物であり、靴に至っては見たことの無い素材が使われている。

門番の話では奇怪な言語で話していたそうだが……。

一応剣を携え、牢を開けてもらい中に入る。

「おい、起きろ」

返事なし。いい寝顔で寝ている。

「おーい」

肩を揺らす。起きない。すごくいい寝顔で寝ている。

「起きろー」

かるく頬を叩いて見る。反応したが寝たままだ。

「起きてー」

強めに叩く。お、目覚めたようだ。

眠そうな顔でこちらを覗き込んで、なにやら呟いて寝なおした。

「……」

剣の柄で良い音を出してようやく起きた。

02 とりあえずよろしく。

爽快な痛みと引き換えに夢が終わり、眠気も綺麗に覚めて起床です。

痛む頭を撫でながら周囲を確認。状況判断。

まず牢の中に見知らぬ女の騎士っぽい方がいらっしゃいますね。

セクシーさなんて微塵(みじん)も感じないしっかりした鎧を着こなしており、腰の下に届くであろう黄金色の髪は腰の上辺りで纏めている。

腕には使いこんだ感がひしひしと伝わる剣が、鞘に収められた状態で握られている。めいびーこれで殴られた。

年は十八歳前後といったところだろうか。年下なのだろうが凛々しいその顔は、十分な貫禄を感じさせる。

まあ、若干冷ややかな目で見られているんですがね。人類みな笑顔が似合うんだからそんな顔しないでください。

観察は十分、では状況を考えるとしよう。

城前にて捕獲した不審者の前に現れたこの騎士、まあ普通に考えれば事情聴取とかそんなところでしょうな。

これが頭巾を被ったマッチョの斧男だったら死を覚悟していたところだが、見たところ話を聞きたそうな雰囲気ではある。

つまるところ立ち回りさえ間違えなければ、穏便に事は済むかもしれない。

たたき起こされたことに関しての不満はあるが、それを表に出すことはよろしくない。笑顔笑顔。

気にしてませんぜ、と言いたげなドヤ顔を披露するが、若干引かれた。

殴られて起きて笑顔になったらそりゃ引くわな。失敗失敗。

こうなったら大人のトーク力を見せて懐柔するしか――

「――、――?」

はい、言語通じないんでした。たぶん「それで、名は?」的なニュアンスなんでしょうけど正直分かりません。

「地球の日本から来ました、一般人です」

当然困惑顔、そりゃそうだよね。こうなりゃジェスチャーによる肉体言語を使用せざるを得ないのか。

だけど地球とか日本とか、相手の知らない単語をどうやって肉体で表現すればいいのだろうか。

知らない言葉を表現するポーズなんて取れるのであれば、きっとボディビルダーとして元の世界でもやっていけると思うんですよ。筋肉つけるよりダンスやった方がいい気もしないでもないけど。

手話とか習っておけば良かったな。いや手話にせよ言語にせよ互いに理解していることが前提条件なのだ。

これらは優秀なコミュニケーションツールではあるのだが、同時にツールならではの不具合も多々あるのだ。

　などと感慨に浸っている場合ではない。ここは言葉が通じなくても誠意を見せるしかないだろう。演劇部助っ人の実力を見せるときだ。

「私は突然元いた世界からこの世界に飛ばされてきた。気づけば山の中、必死の思いでこの国にたどり着き救助を求めようとした。貴方達の国に対し悪さを働くつもりは無い。信じて欲しい」

　彼女の反応は――うわーリアクションねぇー！　やっぱ暗幕の助っ人じゃ演技力足りなかったかー！

　小道具の仕事とかもっとやってれば良かった！　いや木の役とか馬の役でも！

「――？　――」

　何やら牢の外にいた牢屋番的なあんちゃんと会話しているようだ。

「――、――」

「――……――。――？」

　あ、なんかあんちゃんが頷いた。処遇きまったっぽい。

　彼女はいったん牢から出て、すぐに戻ってくる。

　そして人差し指を自分の口に当てる。

　このジェスチャーが地球のものと同じならば『静かにしろ、さもなくば殺す』だった気がする。

　後半の部分はそんな気配を感じかけているチキンなマイハートの副音声かもしれない。

　取りあえず頷く。すると彼女は優しく微笑んだ。どうやら意思が通じたことに満足したようだ。

こちらも好感を得られたようで満足！

と思っていたら目隠しに猿ぐつわをされ、巨大な袋のようなものに放り込まれました。

あっれー？　おかしいぞぉー？

と子供っぽく振舞っている場合じゃない。少し暴れようとしたが軽く何かを言われた後わき腹を軽く剣らしきものでグサリと突かれたのでサイレントモード。

うーん、この状態を考えるにどこか運ばれるんだろうか？

などと考えていたら持ち上げられた。声的に彼女に持ち上げられたようだ。

身長的に成長を終えた日本人男性を抱えあげるとは、しかも感触的に片手でも持ち上げなかったこの人？

麗しい騎士と思ったが怪力ゴリラであったか。ははは、愉快愉快。

女の子に片手で担がれるという貴重な体験を噛み締めつつも、この後の処遇を考える。

わざわざ布に包んだということは、人目に付かないように運搬するためだろうか。ということは人気のない外の森や川に連れて行き、その先で処分というわけでもなさそうだ。

となると向かう先は――、やはり城門の中だ。

周囲からにぎやかな声が響く。城下町に入ったようで活気のある人々の声が聞こえる。

何を言っているのか分からないが、元気があるのはよろしいことだと思いますよ、うん。

そしてしばらく担がれて進むこと十分程。周囲の声が遠く感じた後建物に入る。

建物の中には女性がいるようで、ゴリラ騎士と話している。話しついでにおろされ椅子らしきものに座らされる。

そして袋から出され、目隠しと猿ぐつわを取り外される。

しばしの暗黒から開放されたせいで、眩暈を起こしつつも周囲の様子を確認する。

清楚な感じの建物。祭壇らしきものも見えるが教会だろうか。

先ほど話していたのは四十代くらいの女性で、穏やかな顔つきにたおやかさを感じる。

服装も独特でシスターのような聖職者っぽさを感じる。

後十、いや五歳若ければストライクゾーンに入ったかもしれない。いや、今のままでも良いかも。

暫し互いに観察しあった後、二人は少しばかり言葉を交わす。

あまり緊迫した様子ではないが、素っ頓狂な会話でもしているのか、シスターの声はあきれ声に変わったりしている。

そして溜息交じりにこちらに歩み寄り、こちらの額に手を当てた。

「えーと、何が始まるんです？」

思わず質問した直後、何か頭が真っ白になった。

◆

頭を小突いたことで青年は飛び上がり、頭を抑えながらこちらを見た。

こちらも観察するがやはり珍しい風貌である。

黒髪も黒い眼も、服装も。

こちらの剣や鎧を観察したのち現状を把握したのだろうか、何故か余裕のある笑みを浮かべてきた。

さて、獰猛な感じは見えない。魔族と言われて警戒していたがどう見ても人間だ。

言葉も通じないと言ったが本当なのだろうか。

「それで、名は？」

そう声をかけると凄く残念そうな顔をした後。

「――――、――――」

青年は未知の言葉を流暢に話して来た。

確かにこれは聞いた事の無い言葉だ。

適当に喋っているわけではない。しかしこんな言語をこの大陸で聞いた覚えは無い。

亜人の中には共通言語を使わないものもいる。

そのいくつかを知らないわけではないのだが知っているものとはだいぶ違う。

青年はそのまま言葉を紡ぐ。だが何を言っているのかさっぱりだ。

「どうします？　これ」

「悪意があるようには思えない。だが言葉が通じない事には話もわからないな」

牢屋番の気持ちも分かる。処遇に困る存在だ。

よほどのことが無ければ旅人を迎え入れるわが国ではあるのだが、よほどのことだ。

山賊がうろつく森に放流するわけにも国に迎えるわけにもいかない。

せめて会話ができればいいのだが——と思い、母の同職である女性の顔が浮かび上がる。

「言葉……もしかしたら方法があるかもしれない。身柄を預かっても良いか？」

牢屋番もさっさとどうにかして欲しいという顔で快諾してくれた。

さて、この青年を一度教会に運ぶ必要があるが、城下町を連れ歩くには目立つかもしれない。

騒がれても困る。道を覚え逃げられても困る。

そういうわけで私は青年の眼と口を塞ぎ袋に詰める。

大人しくする様にと仕草で指示したら頷いたのでてきぱきと作業を済ませる。

「こら、動くな。入れにくいだろう」

軽く鞘で小突くと静かになったので、ある程度の意思疎通はできるようだ。牢屋番が絶句したが仕方ない。こうするのが手っ取り早いと思ったのだからしょうがない。

「よし、では行くか」

「い、行ってらっしゃい」

私は青年を担ぎ上げ、教会へと向かった。

教会に到着し扉をあけると彼女、マーヤが出迎えてくれた。

「あら、こんな時間に来るなんて珍しい。なんだい、それ？　食べ物の寄付にしては随分大きいね」

「これを食べるようなら教会に来るものなんていなくなるだろうさ。椅子を借りる」

袋を開けながら彼を椅子に座らせ拘束を解く。

「あんた、嫁の貰い手が無いからって男攫うなんて……」

「違う！　城門で捕まった者なんだがどうも我々とは違う言葉を話しているようなのだ」

「言われて見れば奇特な格好ね、魔族――じゃないわね。体内構造は人間そのものだし」

マーヤは聖職者、神に祈りを捧げ、人々の傷を癒し、生み出された呪いを解き、魔を滅するのが生業である。

視察するだけで人か否か見極めることができるのは、彼女が熟練の聖職者であることの証明だ。

「あらやだ、この子ライの実食べてるわ。あれ酸っぱいのよねー」

「コホン。それでだ、この者に以前私に見せた術を使ってもらえないか？」

「え、あれ？　家畜管理用のやつよね？」

「もしかすればいけると思うのだが」

「そりゃあ……まあやってみましょ」

マーヤは青年の頭に手を置く。

青年は何かを呟くが、それを聞き届ける前にマーヤの魔法が発動する。

「あら？　失敗したかしら」

「えぇ……」

◆

何度目の目覚めだろうか、ここ最近ろくな目覚めがない。そろそろ元の世界の布団と枕を恋しく感じる。

「おい、起きたか？　話せるか？」

声が聞こえる。視野をクリアに保ち声の先を見つめる。

そこには先ほどのゴリ――騎士が話しかけていた。

「あ、ああ。なんとか……うん？」

今この人日本語話さなかった？

「どうやら効果は無事機能したみたいだね」

あ、奥にいたシスターも。

「日本語話せたのか」

「ニホンゴ？　それがお前の国の言葉なのか？」

「……うん？」

思考、そして察する。何らかの方法で言葉が通じるようになっているのだ。

だが何故？　まあ考えてもしょうがない。せっかくなので質問しよう。

「言語が通じる理由を知りたい」

「名前はない術なんだけどね。精霊を一時的に憑依させ、対象の意識を組み込み共通語に翻訳して発する。また受け取るときは相手の意識にあわせて伝わるようにする憑依術だよ」

精霊、憑依、当然のように出ているがついに魔法に触れる機会が来てしまったか。

「なるほど、某ロボのコンニャクか」

「なんだいそれ」

異世界移転にとって、最も欲しい術の一つが掛けられるという素敵イベントだったようだ。

何せこの後どうするか、脳内リストのトップがこの世界の言葉を勉強する、だったからそれが省略できるのは非常にありがたい。半年くらいのショートカットである。

まあ袋詰めにされた結果と言うのはロマンもあまりあったものではないが。

「本来は家畜に使って病気の原因を聞きだしたりするためのものなんだけどね」

「そこは小鳥や動物達と戯れるためのモノとか言って欲しかった」

ロマンなんて無かった。

「その手があったわね」

「マーヤ、そろそろ話をしたいのだが良いだろうか」

騎士の方が会話に割り込む。そういや彼女が話を聞くためにここに連れて来たんだった。

「話が通じるのなら早い。こちらには聞かれたことに正直に答える用意がある」

「そ、そうか」

「だが自分でも理解ができていない事が多くて、話すことに関して信憑性が問われる内容になってしまうと思う。それでも嘘を言わずに話すが良いか？」

「大丈夫さね、私は嘘を見破るのが得意でね」

マーヤと呼ばれているシスターは得意げに語る。嘘を見破るとかかっこいい！　その力欲しいな！

おい！

「都合良過ぎて感動ものだ。抱きしめても良いだろうか」

「あらやだよ、おばさんをからかっちゃだめよ」

「……あー、いいか？　話してもらっていいか？　マーヤは静かにしてくれ、な？」

そして説明をするのであった。

「実は他の世界からやってきたんだ。名前は――」

◆

「嘘はついていないようだね」

「……」

地球のある世界からこの世界へとやってきたこと。山を下り、この王国にやってきたことを話す。

原因は何も分からない。突然のことだ、何も証明できるものはない。

ああ、そういえばこの騎士はイリアスと言い、隣の女性はマーヤさんだとさ。名前教えたときに教えてもらいました。

「にわかには信じがたいが……マーヤを疑うわけにもいかないからな」

「こっちに来てから大変だった。いきなり山の中でな、熊にも出会った」

「あら、大変だったわね」

「一般人には熊でも脅威だろうからな」

割と大事ではないらしい。なんだろう、この家にゴキブリが出たんだよ、へぇ～くらいのリアクション。

「その熊はスライムに食べられたけどな。襲われたときは死ぬかと思った」

「「!?」」

こっちは大事だったらしい。

「あんた、山って『黒魔王殺しの山』から来たのかい!?」

なにその銘酒ごちゃ混ぜな名前。ちょっと飲んで見たい。

「最初の山はなんだか透き通っている幹、夜なのに光っている葉が生い茂っているそんな感じの場所だった」

「何で生きてるんだいあんた」

状況説明するだけで存在意義を問われた。少し悲しい。

「生きててすみません」

「そういう意味じゃないわよ、あの場所はドラゴンだって近寄らない場所なのよ」

ドラゴンがいるらしい。見たいものリストに追加されます。スライムやドラゴンが通じる理由として、この身に掛けられている憑依術の恩恵なのだろう。

実際はそういった名前ではないのだが、こちらが伝えようとした存在を精霊様が彼女達に分かるように翻訳してくれているのだ。

だから『黒魔王殺し』というのも強引な変換機能によるものだと信じたい。

というかあのスライム魔王も殺してるの？　この世界のパワーバランス大丈夫？

「でも熊は入ってきてましたが」

「それはライの実を食べたせいね。スライムの魔力が周囲に霧散することで一般の地形にも育つ魔草でね。その実を食べると精神を支配され、スライムの巣へ導かれるのさ」

うわぁ、恐ろしい。撒き餌的な奴だろうけど食べたら操られるとかなんだよ。その辺の木の実適当に食ってたけど当たらなくて良かったわ。

「ちなみに君が沢山抱えてたこれがそうだ」

うわぁ主食だったわ。ひょっとしてアレか、道中なんか妙にあの場所に戻りたくなったのってそういうことなのか。えらいあの場所居心地よく感じたし、戻ってあの辺でサバイバルとかしたくなったんだよな。

「人間には利かないと言うことなのか」

「そんなことないわよ。距離が遠ければ影響はほとんどないけどね」

「近くで食べてましたが」

「たぶんあんたの内在魔力が少ないからよ。ライの実はスライムの魔力で作られていて、摂取することで対象の魔力と結びつき精神支配を行うの。あんたの魔力は微々過ぎて精神支配の効果がろくに発動しなかったのね」

なるほど、ＭＰ１の雑魚で助かったって事か。悲しむより喜ぶことにしよう。

「そう考えると生き延びれたのも魔力の少なさが原因かしらね。たしかスライムは魔力の高いものを優先して襲うという話だったし」

「音にも反応してましたね」

「そうね。虫も食べちゃうからそういう機能もあると思うわ」

なるほど。つまりあのスライムは魔力探知をしながら魔力のある生物をがんがん襲い、ついでに動く者も捕食すると言う雑食様であったか。

魔力をほとんど持たないこの身は虫相当であったから、本気で食べることも無かったと。

「生きてるって素晴らしい」

「うちの教会に属するかい？　毎日祈らせてやるよ」

「コホン、それで近隣の山まで移動し、森に下りた後はこのターイズに来たと言うわけか。装備もなしで大変だったろうに」

「装備なら立派な木の枝という相棒がある」

「あれか、すまない。折られて薪になってたぞ」

共に山を過ごした相棒は炭となったようだ。脳内に流れる盟友《木製》との思い出が懐メロと共に再生される。

「――神は死んだ」

「勝手に人を失職させるんじゃないよ」

「だが山賊に出会わなくて良かった。今この国の領土内では山賊が多発していてな。森の中で遭遇していたら命も無かっただろう」

そういえばそうでした。あの時は道を見つけただけでハイテンションになって進んでたけど、冷静になればあの辺が一番襲われやすいポイントじゃないのさ！　うかつ！

「そうだな、山の中だけで良かった」

「ああ、なにより――は？」

イリアスさんが固まった。凄い、めっちゃ面白い顔してる。

この人こんな顔できるのって顔だ。

「山の中で……出会った？」

「物騒な連中だった。人の腕を持ち歩いていたり――」

「どこだっ!?　どこで見たんだ!?」

スライムの突進以上の速度で詰め寄られ、胸倉を掴まれぐらんぐらん。

ちょっと、やめて、脳が、ゆれ、力やば、死ぬ、このゴリ――

「イリアス、坊やが死んじまうよ」

「はっ！　す、すまない」

「げっほ、げほげほっ！」

涙目で咳き込み、この世界で一番死に掛けたのが今です、断言できる。

過去酔っ払ったボディビルダーに絡まれ胸倉を掴まれた事を思い出したがそれよりも力があった。

人はシェイクされるだけでも死ぬ。覚えた。

息を整えた後、川に辿りついてからロープの切れ端を見つけたこと。そこから洞窟にたどり着き山

賊と出くわしたこと。

そして下山途中も何人もの山賊とすれ違ったことを話した。

イリアスさんはワナワナ震えている。

聞けばこの山賊達は山中に拠点を構えていて、その動きを掴むことが非常に困難であり、つい先日イリアスさんにその対策を任じられたとのことらしい。

「こうしてはいられない！　早急に討伐隊を組んで出向かなければ！」

「お待ち、坊やはほうぼうの体でここまで来たんだよ？　そんなに詳しい場所を覚えてられないだろ」

「そういえば森に出たときに木に目印つけてあった」

「都合よすぎて感動だよ。抱きしめて良いかい」

「できれば優しく」

「仲いいなお前達」

その後、山賊の住処らしき洞窟まで案内を請け負うことになりました。


時刻は夕暮れ。城門前にイリアスさんと、彼女に担がれた袋詰めの可哀想な異世界トラベラーは集めた人員の前に立っていた。同じ部隊の騎士達を集めたのか、その数はこちらを含めて十名。全員がそれなりの高齢ではあるが現役の熟練者達である。

いいや、それよりもこの扱いおかしくない？　実はこの子米俵とか担ぐの好きだったりしない？

「諸君、本日とある旅人の情報により、山中に山賊が潜む洞窟があったとの報告を受けた。我々はこれより速やかに山に攻め入り山賊達を拿捕(だほ)する！」

『応ッ！』

「何たる僥倖か！　いや我らが正義に与えられる必然の奇跡よ！」

「ラッツェル卿の天命よな！」

宣言するイリアスの声に、騎士達の士気も上がっているのが感じ取れる。あいにく袋に詰められて見えないんだけどさ。

「急な召集のため部隊としては満足の行く数は得られなかった。だが貴公らの武勇を前にするのであれば足りないのは山賊の方であろう！」

『応ッ！』

「先に成果を挙げられなかった傲慢な騎士達の分など残すなよ！　我らで山ごと薙ぎ倒すつもりで行くぞっ！」

もうね、イリアスさんがゴリラだなって思ってたんだけどさ、多分こいつら全員ゴリラ。

多分テンションあがって武器とか振ってるんだろうけど音がおかしい。

今誰かが地面に武器をあてたっぽいんだけど大地揺れてます。

あいにく袋に詰められて見えないんだけどさ。

「よし、では行くぞ！」

「あの、イリアスさん」

「うん？　どうした」

「出発前にこの待遇の改善を願い出たいのだが」

「人のように扱ってもらえないだろうか」

「？」

「……はっ！」

「なんだ、兄ちゃん肩に担がれるのが好きだったんじゃないのか」

かくしてイリアス率いる騎士隊は、山賊拠点への襲撃を試みるのであった。

◆

人の歩く速度は時速四キロメートル。走る速度は十二キロメートル程とされる。

山を下り、森を歩き、道を見つけてからイリアスさんとこまで歩いて四～五時間程かかった記憶がある。

つまりは茶目っ気で印をつけた場所から十六～二十キロメートルを移動したというわけだ。

夕暮れに城を出発し、その場所に到着した時間は一時間。

うーん、人間って時速二十キロで走れるんだなぁ。

騎士達は全身に鎧を纏い、各々が武器を携えている。

剣、戦斧、槌、槍、どれも重量感溢れるものばかりだ。なんだこいつら。

この世界の住人の平均スペックが非常に気になります。

しかもイリアスさんは肩に成人男性を担いでいるんだ。

あ、袋からは出してもらえました。

「日が沈みきる前にこれて良かった。確かこのあたりに……あった」

夜になれば視界も変わる。内心見つけられるかとひやひやしていたが、やや特徴的な木だった為迷うことなく見つけることができた。

「こっちの方角だけど、この人数でまっすぐ上ると山賊に鉢合わせないかな？　頻繁に通っている感じだったけども」

「それもそうだな、逃げられては厄介だ」

ふむ、と考察顔のイリアスさん。こういうときは凛々しい騎士に見えます。

「どうしよう」

額に汗を流しながらまじめな顔で問いかけてくる。脳筋っぽい。

「どうするかのう」

お爺ちゃん騎士達も思案顔。助け舟を出さざるを得まい。

「まずは少し離れた位置から上って川を目指そう。目的地よりやや横にそれた方向にある。そこで洞窟への道を見つけたからそちらから行こう」

川の形状も多少は覚えている。山賊たちも時折利用している川のようで、人が通った形跡の道はしっかりとあった。

そういえば川を辿れば人の住む場所に着くと思っていたんだけども、川は結局途中で横にそれたのか湖という終着点があったのか、合流することは無かったな。

「なるほど。それなら探知魔法にもかかり難いな」

何か聞きなれないワードが出てきた。え、なに山賊ってそんなの使えるん？　魔法騎士ならぬ魔法山賊なん？

そして全員が悩んでいたことに合点がいった。

こちらとしては潜みながら山賊に気づかれないよう進むのが難しいと言う考えだったのだが、彼らとしては周囲を探知できる相手の目をどうやって避けるかを考えていたわけだ。

物音を立てても隠れられれば良いという問題ではない。気になれば探知魔法を使い周囲を確認する。

潜入ミッションのゲームでエネミーには視界が九十度程用意されているが、今からどうにかしようとしている山賊は全方位にアンテナがあり、障害物も透かして見てくるというわけだ。

それってかなり難易度高くない？

「探知魔法ってのがあるなら洞窟周囲で気づかれないか？」

「定期的に使用していれば間違いなく気づかれるだろう。だが使用されればこちらも気づける。道中ならば分断して逃げられるかもしれないが、巣にいるのならば宝を持ち出さねばならないし退路も狭い。一気に全滅させればいい」

すごい自信だ。彼女らは脳筋気味に感じるが、そもそもそれで十分な場合が多いのだろう。

実際時速二十キロでの行軍だったが、短距離走ならもっと早いに違いない。

確かに道中で運悪く遭遇し、何らかの手段で情報伝達された場合、その場にいる者は捕らえられても遠くにいる仲間には逃げられる可能性がある。

だが追い込んだ状態でなら一気に殲滅（せんめつ）する実力があるのだと言う。

「よし、行くぞ」

イリアスさん達は人の手の入っていない森へと進んでいく。森を進み、山に入る。

その速度にも驚かされた。

下山するときは必死に蜘蛛の巣を払い、周囲の草木に体を引っかからないよう悪戦苦闘しながら進んでいたというのに、彼らはまるでものともせず、そこに道があるかのように進んでいく。

そして山を登るのに、人一人を息も切らさずに担いでいるこの女性を、なんとも言えない表情で見つめるのであった。

「川があったぞ」

日は既に沈みきった。月明かりが木々の隙間から照らす光だけが頼りとなっている。

だが彼らは松明を使用することなく進んでいる。

今降ろされて歩いたら、後ろをついていっても転倒する自信がある。

暗視魔法とかあるんだろうか、と言うくらいにはスムーズに進んでおられる。

「もうちょっと上ってもらえないか。以前見た場所より広く感じる」

川をしばらく上り始めると記憶に見た川の細さに似てきた。

後は川側を観察しながら依然見つけた場所を見つけるだけなのだが、こう暗いと探すのも一苦労だ。

「この辺だと思うんだけどな……ん?」

ようやく降ろしてもらい足元を注意深く観察しながら進んでいると何かを蹴飛ばした。

嫌な感触にビクッと反応しながらもその蹴飛ばしたものを見る。

「――ッ⁉」

息が止まるかと思った。そこには人の腕らしきものが転がっていたのだ。

山賊達を見た時の記憶が脳裏に過ぎる。

そう、洞窟にいた山賊の一人が人の腕を持っていた。

あの時みた腕には煌びやかな装飾品がつけられていたが今転がっている腕にはそれが無い。

恐らくはこの川で取り外され、邪魔な腕だけを棄てて行ったのだろう。

「これは……恐らく襲われた商人の腕だな」

「惨いのう。どれ、持ち帰ってやるかの。獣の餌にするには哀れすぎるからの」

一人の騎士が軽く祈りを済ませたあと腕を拾い、川で泥を洗い流し所持していた袋に丁寧に入れた。

周りの騎士達の表情が厳しいものへと変わっていた。

腕のあった周囲に道はあった。

この先に洞窟がある。

無言で道を指すと騎士達は武器を構え、静かに歩み始めた。

◆

山の中にある洞窟、そこには山賊の一派が拠点を構えていた。

洞窟の入り口には見張りが一人、退屈そうに立っている。

こんな山奥で見張りをする意味は、野生の獣がこの場所を嗅ぎつけやってくる場合のみだ。

だが彼らにとってこの山に住む獣は、皆取るに足らない存在だ。

四メートルを超える熊であろうと奇襲さえ受けなければ対処できる。

さすがに山奥のさらに奥にある『黒魔王殺しの山』に行こうという命知らずはいないが。

「くあぁぁ……うん？　交代か？」

欠伸をしていると別の山賊が中から出てくる。

「ちげーよ、ションベンだよ。交代にはまだはえーよ」

「頼むから俺の視界内でしてくれるなよ」

「へいへい」

そういって仲間が一人近くの木陰に入っていく。

見張りは溜息をつきつつ懐から葉巻を取り出す。

以前商人が持っていたものを奪ったものだ。

指を鳴らし指先に炎を発生させ着火させる。

「あーたまにはグラマラスな女でも貪りてぇなぁ、デブの商人ばっかじゃ殺してもたのしかねぇや」

月を見ながら煙を吐く。そして半分ほどすったところで床に落とし踏みつける。

「おせーな、クソもしてんのか」

仲間が消えていった方向を眺め、文句を呟く。

だがその時見張りは妙な感覚を覚えた。

闇夜の中、草木の奥。

何かがこちらを見ているような。

「……」

見張りは探知魔法を使用する。

疑わしきは徹底に探れ、それが鉄則。

探知魔法を使用すると、周囲五十メートルにある魔力を知覚することができる。

それが人ならば人の形を象り、居場所を特定することができるのだ。

そしてその人物が持つ魔力量でおおよその力量も測れる。

ただしそれが魔力をさほど持たない獣ならば、僅かなもやが宙に見える程度である。

どうせ奥にいる仲間がズボンを下げて出すものを出しているシルエットしか浮かばないんだろうが、と見張りは思う。

「……へ？」

いくつもの色濃い魔力を象った人型がこの入り口を包囲していることに気づいた時には、投擲された槍によって頭を吹き飛ばされていた。

洞窟内にいた山賊達に緊張が走った。

見張りが探知魔法を使用した。

これだけならばまだ良い。何かの気配を感じたら即座に探知魔法で周囲を探知するのが仲間内でのセオリーだからだ。

だがその探知魔法が突如消えた。使用されて十秒もすれば自然に消えるものが、使用されて数秒もないうちに強制的に打ち消されたのだ。

考えうるのは二つ、一つは魔封石による解除。

そしてもう一つは術者の死亡。

仲間内で使用している探知魔法を妨害する行為は考えられない。

つまりどちらが理由だとしても、

「敵襲だ！」

寝ていた山賊達も飛び起き、各々が武器を手に取った。

戦いの幕は上がった。用を足しに茂みに入った山賊一名を騎士の一人が背後から首を絞め、速やかに処理。

そして各々が入り口周囲を固めていたところ、突如一人が槍を投げ見張りを殺害した。

「探知魔法を使用された。声を上げる術者は始末したが、奴(やっこ)さんらもすぐ気づくぞ！」

槍を投げた騎士が声を上げる。

それに合わせて他の騎士達が飛び出し、洞窟へと突入していった。

その速度たるや豹が駆け抜けるが如く。

間もなくして洞窟内で叫び声が上がり始める。

どう聞いても騎士達の声ではない。

「私達も行くぞ。あまり離れるなよ」

「お、おう」

イリアスさんと共に殿（しんがり）として洞窟内に入る。

先に仲間が突入し激戦を繰り広げているというのに急ぐ様子は無い。

洞窟内は最初数名が並んで通れるか程度の通路であったが、すぐに大きな空洞へとたどり着いた。

周囲には至る場所に松明が設置されており、内部は比較的明るい。

それゆえに中の光景がはっきりと見えてしまった。

「うお……」

そこでは騎士達と山賊達が戦いを繰り広げていた。

いや、戦いと言うにしては一方的過ぎた。

山賊達の動きは野生の動物よりも速い。そして数がこちらの三倍はある。連携も行っているようで一人の騎士に対し一対一で戦うことはなく、タイミングを計って襲撃している。

だというのに、騎士達は強すぎた。

前後から迫る斧を槍の一振りで山賊の腕ごと吹き飛ばす。

盾を掲げ、攻撃を受けようとしていた山賊を盾ごと槌で叩き潰す。

雄々しく振り回される戦斧の一撃は、届かぬ位置にいた山賊を風圧で壁に叩き付けた。

山賊達が正面からやりあわないわけだ……一人でも騎士が相手なら挑もうと言う気すら無くなる。

スプラッターな虐殺シーンを見せられつつ吐き気がこみ上げる。

だが耐えることができた。

騎士達の戦う姿はどれもが心を打たれるほど見事だったのだ。

恐怖よりも憧憬の念が勝っていた。

「無力化して生きている者にトドメは刺すな。だが逃げる気力がある奴には容赦するな！」

『応ッ！』

イリアスの号令にピタリと合わせて騎士達が声を上げる。

山賊達は最初こそ必死の形相で反撃していたが、既に勝敗は決していた。

決して癒えぬであろう深手を負いうずくまる者。既に物言わぬ肉片にされた者。

戦う意思を未だに持ち続ける山賊はもう——

「騒がしいな」

洞窟が揺れ騎士達の動きが止まる。

洞窟の奥にはさらにいくつかの空洞が見られたが、その一つから筋骨隆々の男が現れた。

でかい、いや、でかすぎる。

一瞬距離感が狂ったのかとさえ思うほどその男は巨大だった。

なにせ以前であった巨大熊よりでかい。五メートルはあるんじゃないのか、あれ。

片腕には、成人男性よりも巨大な岩を幾重もの鎖で結びつけた石槌を握っている。

「か……かしら……」

「んだよ、騎士共が俺の寝床を荒らしやがって……」

アレが山賊の親玉。イメージとしては一際力持ちっぽいものが浮かぶのだがあれは種族が違いません？　巨人族っているの？

騎士達が下がる。流石にこの男の異質さには警戒せざるをえないのだろってあれぇっ!?

イリアスさんがすたすたと山賊の頭の方へ進んでいっている。

「貴様が山賊の頭か。報告には無かったがその木偶っぷりでは確かにおちおち下山もできんな」

「あん？」

男が豪腕を振るい石槌を振り下ろす。

万事休す。いやイリアスさんだって騎士だ！　ヒラッと避けて――

洞窟内に激震が走る。

同時に唖然とする。

こともあろうかイリアスさん、片手で石槌を掴んでます。

「どうした、その巨体は飾りか」

「この――」

亀裂が走る音、そして爆音と共に石槌が砕け散る。

握り壊したよ、あのゴリラ。

流石の怪力に山賊の頭も驚き顔。

「その図体では連行するのも手間だ。これまでの罪を今ここで清算しろ」

イリアスさんが剣を取る。

あれ、鞘が付けっぱなしじゃないですかね。

と疑問に思った次の瞬間、巨体が弾けた。

「お……が……」

胸から上を残し、腰から下を残し、まあ要するに腹部が吹き飛んだ事により山賊の頭（かしら）の体は重力に従って地面へと倒れこんだ。

同時に騎士達から歓喜の声が上がる。

「探知魔法で逃亡者がいないか確認を怠るな。生存者は捕らえろ」

何事も無かったかのようにイリアスさんはこちらに戻ってきた。

「どうやら無事に終わりそうだ」

「こっちは心にトラウマができそうだ」

「む、騎士の活躍だぞ？　そこは感動してもらいたい所なのだが」

やや不満げな顔で抗議してくるイリアスさん。

「最後なんで剣を抜かなかったんだ？」

「……あの程度の輩の血でこの刃を汚したくはなかったからな」

「そうか、抜こうとして鞘が引っかかって抜けなかったから、そのまま殴った気がしたんだけど気のせいか」

「……」

「……」

「……あの程度の——」

「わかった、わかったから剣を持ち上げるな」

逃亡した山賊はいなかった。

頭を含め三十四名の山賊のうち捕縛したのは七名、他は全て死亡。

奪われた金品も無事奪還。

こうして山賊退治は無事終了し、下山を行うのであった。

無論一般人は担がれたままだ。行きよりもその怪力を怖がっていたのは言うまでもない。

◆

ターイズ領にある森の奥、そこに山賊の拠点があった。

伐採され開けた場所に簡易テントがいくつも並ぶ中、目立つのは中央にある一際大きなテント。

そのテントの中、最も豪華な椅子に座った隻腕(せきわん)の男が部下の話を聞いていた。

「ギドウの一味がやられただ?」

「へい、斥候が様子を見に行った時には中は死体だけで、ギドウの死体も転がってたそうで」

「宝は?」

「残念ながら、どうもターイズの騎士共が襲撃した後回収していったようで」

「あの場所はかなりの山奥だ。場所が分かってなきゃ見つけるのに数ヶ月は掛かる。それまで騎士共がばれない様に捜索していたって可能性は薄いな」

「後を付けられたんですかね?」

「いや、ギドウは馬鹿だが部下には俺が教えた方法を徹底させていた。尾行対策は十分の筈だ」

この隻腕(せきわん)の男、名をドコラという。

以前は隣国ガーネで有名な盗賊だったが新王に代わって以来異常に国力を増したガーネに危機感を覚えターイズへと生業の場を移す。

そして同じような環境でガーネ領土から逃げだした山賊の一味を束ね、『山賊同盟』を結成した人物である。

平野が多く逃げ隠れの難しかったガーネと違い、人の開拓の手が入っていない山森が多いターイズは彼らにとって格好の餌場であった。

ドコラはある国の暗部として生きていたが、知ってはいけない事を知り命を狙われた。

その際片腕を失い、暗殺業に限界を感じ盗賊へと生き方を変えた。

これらの経験からドコラには追跡術を含め、様々な隠密技能のノウハウがある。

その一部を山賊達に共有させることで同盟一味の拿捕の確率低下、情報交換による略奪行為の効果上昇などターイズの騎士達が手をこまねく原因を作ったのだ。

「なんだがなぁ、奴らどういう手を使ったのやら」

魔力を持たない子供が偶然山に迷い込んで洞窟を見つけた？　どんな確率だ。

「他の一味にはしばらく派手な行動を控えるように通達しろ。こちら側で相手の動きを探りつつ様子を見る」

「へい、それと気になるのがギドウのところの死体を数えたらどうも捕まった奴らもいるみたいでして……伝達役もその中に……」

「拷問されこっちの情報を吐かないか心配ってか？　そいつは大丈夫だ。あいつらだって馬鹿じゃねえ。騎士達の拷問よりも、俺らの報復の方が何倍も恐ろしいって事は熟知している。情報を吐いて残りの人生を俺らの恐怖から逃げ続けるより、拷問で死ぬことを選ぶだろうよ」

ドコラは各一味全員に裏切り者の末路を実演で見せている。

それはドコラが暗部として活躍していた拷問術などを駆使したものだ。

綺麗で真っ直ぐな騎士様の拷問なんて、早く殺してくれるだけのサービスに過ぎないということを理解させている。

「魔封石の仕入れを増やしておけ、仕掛けを増やしておく」

「へいっ」

「さて、ターイズのお手並み拝見といこうか」

03 とりあえず教えて。

山を降り、国にまで帰ると捕まえた山賊達は兵舎牢に投獄された。

その後祝杯を挙げる事になったのだが、丁重にお断りすることとなった。

この異世界に来てろくに眠っていないのだ。二度目の登山は担がれていた為疲れはさほど無いにせよ最後に眠ったのはイリアスさんにたたき起こされるまでの一時間未満である。

その辺を深刻な顔で訴えると、お爺ちゃん騎士の一人が兵舎の寝床を自由に使ってくれと言ってくれたので体を拭かせてもらった後、服を借りて颯爽と睡眠。

そして気持ちの良い昼を迎える。

牢屋でも熟睡できたが流石に用意された寝床は質が違った。筋肉痛が抜けないことを除けば体調は完璧である。

と思っていたが腹の虫が良い音で空腹を訴えていた。

「何か食べるものを分けてもらわねば……」

ベッドが起き上がり寝室から出る。

適当にうろついているとお爺さん騎士の一人と出会う。

確か槍使いの……名前なんだっけ。

軽く自己紹介はされたのだが正直覚えていない。

日本名なら辛うじて覚えていたかもしれないが、一回の自己紹介で横文字の名前を十人近く覚えきれるほど記憶力が良いわけでもない。

「おう、お前さんか。ぐっすり眠っておったようじゃの」

「はい、おかげさまで。ええと、お名前なんでしたっけ」

「カラギュグジェスタ＝ドミトルコフコンじゃ」

うーん、一人ですら覚え切れる自信がないわ。確か残りのお爺さんズも長い名前でした。

「すみません、ちょっと覚え切れません」

「ふぁっふぁっふぁっ！　よく言われるわ。カラ爺とでも呼べば良かろうて」

「助かります……カラ爺さん、少しばかり食料を頂けないでしょうか？　ここ数日木の実しか食べてなくて……」

「おお、それはいかんな。昨日の残飯でよければまだ残ってるぞい」

正直何でもいいです。

案内されるまま食堂に行くと確かに大量の皿の上に片付けられていない食事が点々と残っている。

どれもワイルドな感じの料理だ、ジャンクフード好きには好都合。

「スープだけでも温め直すか？」

「取りあえず腹に入れれば何でもいいです」

さめた肉にスープを食べる。

普段なら寂しさを感じるような味でも、今は十二分に美味しくいただける。

この世界の料理をはじめて食べたが、口に合わないと言うほどではない。

多少癖のあるハーブのようなものが使用されている。香りが強めだが、肉の生臭さを上手く誤魔化しているようだ。

スープの方もシンプルに材料を煮込んだ物に、ハーブのような物を入れてある。

ただどの料理にも塩は使われていない模様。山と森に囲まれた国だけあって海から取れる塩などは貴重品なのか、流通していないのかと言ったところだろうか。

現代人にとっては薄味だが、木の実を齧るよりずっと良い。

満足するまで食べた頃、いずこかに消えていたカラ爺が木製のジョッキに水を汲んできてくれた。

「酒でも良かったがイリアスが困っているようでな。この後顔でも出してやってくれんか？」

「ん、分かりました。でもその前にこれ片付けていきません？」

「ふぉふぉっ、助かるわい」

腕を捲くり、食器へと向かうのであった。

そしてカラ爺と雑談をしつつ、イリアスさんのいる牢横の休憩室を訪れることになる。

一応聞くにこの兵舎は城門を守る門番、そして城の周囲を警備する騎士達の駐屯地のようなものらしい。

本来カラ爺やイリアスさんは城下町の警邏を初めとする警察のような業務が仕事であり、今回の山賊退治は特別にイリアスさんが任命されたとのこと。

そうそう、この国ターイズって言うんだってさ。

「おう、イリアス。坊主を連れて来たぞい」

「ああ、そうか」

イリアスは椅子に座りながら、どこか上の空で考え事をしている。

「その様子では口を割る様子はないか」

「ああ、得意な者に任せたがそれでもダメらしい。これ以上きつくすれば死ぬと言われた」

何やら物騒な話。

「口を割る？　山賊を尋問しているのか？」

「ああ、昨日は確かに山賊の一味を一網打尽にしたが、このターイズに巣食う山賊の一味は他にもいる。山賊同士の争いは見られないことから何らかの交流、情報交換はあるとふんだのだが……」

なるほど、そりゃああの規模の山賊の一味で国一つを相手にしていると言うわけではないだろう。

「知っていることの方が少ない。今の情勢を聞かせてもらっても良いか？」

「ああ、それもそうだな」

発端は隣国のガーネの王が変わった時から。

新たなガーネの王はそれは見事な手腕で国力を強化、犯罪者達の活動を制限していったそうだ。

そうなると犯罪者達はガーネを離れて隣国へと逃れて行く。そのひとつがこのターイズだ。

ターイズ領土はガーネにも負けない領土の広さを誇るが森と山が多く、山賊達にとっては拠点を作りやすい絶好のポイントと捉えられたらしい。

そして近年多くの略奪行為が発生。騎士達はそれを収束すべく行動を開始する。

だが山賊達は騎士達との戦いを避け、巧妙に隙を突いては略奪を繰り返していた。

「なるほどな。囮(おとり)とかで捕らえたりとかはできなかったのか？」

「荷台に騎士を忍ばせたり、商人に変装させたこともあったが無駄だった。奴らは探知魔法を使うからな」

探知魔法、視界内にいなくても周囲一定の魔力の持つ存在をその高さと共に知覚することができるものらしい。

なるほど。それがあれば隠れていても見つけられるし、変装していても内在する魔力が異様に高い騎士達では危険視されてしまうわけか。

熱源を感知するサーモセンサーの魔力版ってことだろう。実に便利そうだ。

「でもこちらの魔力量を確認してきているってことは、こちら側から探知魔法を使用すれば逆に相手を見つけられるんじゃないのか？」

「引っかかった時はあった。だが相手は森の中からの様子見。探知魔法に引っかかったと同時に奥へと逃げられる」

そういえば昨日も言ってたな、探知魔法は使用されれば使われた側もそれに気づけると。

「あれだけの速度なら探知魔法を使いながらでも追いかけられると思うが」

「無論だ。だが相手は逃走時に『魔封石』をばら撒いていく」

「魔封石？」

「なんじゃそんなことも知らんのか。どこの田舎出身じゃ坊主」

「これだ」

そう言ってほのかに黄緑色を帯びた透明の石を見せた。

大きさはビー玉程度のサイズで特に加工された様子も無い。

宝石というよりガラスの石という印象を受けた。

「この石は大きさに比例して周囲に特定の魔力を纏う。その魔力に魔法が触れると石が反応し、魔法の構築を分解し魔力として分散させてしまう。言葉通り魔法を封じる石だ」

なんというファンタジー殺し。魔法の世界に来たことで内心ワクワクで魔法を覚えたいとかそんな願望はしっかりあったわけなんですが、魔法殺しが当然のごとくあるという。

「ちなみにこの石は貴重品なのか？」

「これくらいなら子供の小遣いでも買える程度だな」

おう、そんなレベルですか。

「てことは魔法使いは実戦じゃほとんど無力なのか」

「魔法特化の戦士のことか？　そうだな、余程の使い手ならば魔法で岩を飛ばすなどして魔封石の影響を避けることもできるが、至近距離に魔封石を放られるだけで無力化される。戦争にもなれば巨大な魔封石を持ち込むことで、戦場全域が魔法を使用できなくなる場合も多い」

「気になったんだが、こんなのを持っていたら探知魔法とか使えなくないか？」

当然ながら自分を中心とする範囲を索敵する魔法なんて、使えば魔封石も範囲に含まれ無効化されてしまうのではという疑問は出る。

「ああ、全方位に使えばな。だから方向を絞って使用するんだ。傍に魔封石を持つ仲間がいる場合、その仲間の方向への探知範囲をカットして使用する。コツはいるが難しい技術ではない。慣れている者ならば魔封石を装備しながら魔法を使うこともできるだろう。サイズは限定されるがな」

「器用なこともできるんだな」

「ああ、鍛錬しだいだ。もっとも他者がどのサイズをどこに所持しているかなどはすぐに分かるわけでもないから、やはり魔法を実戦で活用するのは難しいだろうな」

「ちなみに昨日の洞窟の一部屋にも魔封石がまとめて保管されておったぞい。周囲の探知を行う場合はその部屋の方向を避ければ十分使えるの」

　ふーむ、大きさによって無力化範囲を調整できる石か。

　しかもお値段はリーズナブルな為使い捨てもできる。

　逃走中に投げ捨てれば追っ手側の探知魔法を効果的に妨害ができる。

　ならば商人達が持っていたらどうか？

　ダメだ。探知魔法をキャンセルする手段を持っているということは、何かしらの抵抗手段を持っていると判断されやはり隠れられる。

　いや、逆に持たせておけば山賊も攻めにくいのか？

「通行証代わりにでも商人達に持たせれば、山賊は警戒して被害は減るんじゃないのか？」

「確かに初回の探知魔法は無力化できる。だがその場所がある程度特定され、その箇所を避ければ再び探知魔法が使える」

「大量に持ち込んだり、大きいサイズなら？」

「探知魔法を無力化して一時的には効果は出る。だがそうなると相手は一か八かで商人達を襲いだすだろう。その中に囮を混ぜればいつかは拿捕できるかもしれないが、犠牲が多数出てしまう。全員にその提案を飲ませるのは難しい」

んー致し方ない犠牲のリスクを背負いたがる商人はそうそういないよなぁ。

それ以上に元を断たねば山賊達は新たな手段を模索して、さらにいたちごっこになるだろう。

索敵をして、襲える相手だけを確実に襲う。

逆に索敵されれば魔封石を利用して逃走する。

非常に厄介な山賊達だ。

こう考えると魔魔力が少なかったがゆえに、探知魔法で人レベルと思われない異世界人が偶然山賊の拠点を発見して、その情報をリークしたというのは僥倖だったのだろう。

そりゃあテンションもあがるわけだ。

「結局は討伐しなきゃダメってことだよな」

「ああ、だがその尻尾を掴んだと思ったのだが……情報が出そうにない」

そしてようやく今の問題に話が戻ってくる。

捕獲した山賊達からの情報を活かせなければ、ほんの少しばかり被害率を下げただけに過ぎない。

いや、取り分が増えたと喜び他の山賊が活発になれば被害は変わらないだろう。

「そういえば魔法の中には洗脳したり、操ったりとかするものは無いのか？」

「あるといえばある。だがそれには頭部に魔法をかける必要がある。そしてこいつらはどうやったのか小さい魔封石を頭に埋め込んでいる。無理に取り出そうとすればそのまま死ぬだけだろう」

徹底してんな。外科手術の技術があればいけなくも無いのだろうがこの世界の水準を考えるに難しいのだろう。魔法なら精密な摘出も可能だろうがそもそもその魔法を無効化する石が埋め込まれていてはお手上げだ。

それにしても山賊達、このゴリラ騎士達の尋問に屈しないというのは恐れ入った。

仲間意識が余程高いのだろうか、いや昨日捕らえた山賊達の一味はほぼ全員壊滅させている。

自分の身内ならともかく他の山賊の情報すら命より大事なのだろうか？

「ちょっと気になることがあったんだが、尋問役をやらせてもらっても良いか？」

「？」

イリアスさんもカラ爺も不思議そうな顔をしてこちらを見た。

そして一人の山賊を取調室――いや尋問部屋に連行し、今に至る。

特に拷問する気は無いので刑事ドラマよろしく、机を挟み互いに椅子に座る。

「あん？　なんだてめぇ」

「新しい尋問役だ」

「はっ、騎士様の次はもやしのような奴か？　ターイズも質が低いなおい」

「別に尋問に筋肉はいらないだろう。痛々しいのはするのも抵抗がある」

「もやしなだけじゃなく腑抜けかよ。とっとと殺せ。お前らにくれてやる情報なんざ何もねぇ」

凄まれる、怖い。

相手からこちらへのヘイトはたっぷりだ。

既に騎士からの尋問いや拷問を受けたのだろう。体には新しい傷がいくつも見える。

ただまあそれ以上に化け物な連中を見たおかげでわりと肝は据わってきた。

「じゃあ何で話せないのかを教えてくれないか？」

「は？」

「今こちらはあの手この手であんたらの情報を手に入れようとしている。だがあんたらはそれを話そうとしない、その理由を知りたい」

「馬鹿か？　何で敵に話さなきゃならねぇんだよ」

「偉い人というか今回の担当者に話を聞いたが、あんたらの処刑は免れないそうだ。多くの人の命を奪ったのだからこれはどうしようもない」

「そりゃそうだろうな。だからさっさと殺せ」

「そこが気になったんだ。何でもう死ぬだけなのに頑なに拒むのかと。情報を吐いても結局は死ぬ。それにより被害を受けるのは、同じ釜の飯を食った仲間ではない商売敵の山賊達だ。普通なら拷問を受けて死ぬくらいなら、さっさと情報を吐いて楽に死なせて欲しいところだろ？」

「……」

「少なくともあんたらにとって、他の山賊の情報を売ることは死ぬことよりも怖いことが待ち受けているように思える。それが知りたい」

「それを言ってなんになるってんだ」

「こっちが納得できる」

「はぁ？」

「情報を吐けない理由でこちらが納得できれば、無駄な尋問をする必要も無い。お互い悪くない話だと思わないか？」

「……」

「別に仲間を売れという話じゃない。売れない理由を話して楽に死ねるようにするのはどうかという提案だ。それすら話せない理由があるというなら仕方が無い。後は騎士達の努力に任せるとするよ」

さて、最後のは脅しのようで逆にマイナスだった気もするがつい口が滑ってしまった。

上手くいけばいいのだが。

「……死後なんて関係ねぇ、奴には俺達に永遠の恐怖を与えることができる」

お、話してくれた。

「そのことについて詳しくは話せないんだよな？」

「ああ」

まあ何らかの手段を持っているということは、それを教えたら情報を売ることになるからなぁ。

方向性が大きく絞れる。十分価値のある言葉を聞き出せた。

この山賊は『奴』と言った。

それはこの山賊の一味に対し非常に脅威のある存在がいると言うことだ。

恐らくは他の山賊の一味にも同様の脅しを仕掛けていると見て良いだろう。

となるとこのターイズに拠点を持つ山賊の一味達はその『奴』を中心として協力、または服従関係にあるのではないだろうか。

次に死後にも後悔させる手段があると言う点。

ぱっと考え付くのは家族を殺すとかだろう。

だが目の前にいる山賊の一味は既に全滅。別に戦国大名よろしく妻を人質にとっていると言う手段は考えにくい。

それに永遠の恐怖というわけでもない。いやむしろ気にすべきはこの永遠の恐怖というワードだろう。

いくつかの候補は浮かんだが、いかんせんファンタジー妄想の推測に過ぎない。

ここで悩んでも仕方が無い、専門家に聞いてみるとしよう。

「よし、分かった。もう十分だ、感謝するよ」

そう言って立ち上がり移動することにした。

◆

「死者の魂に干渉する魔法？　イリアス、あんたどんだけ坊やを追い込んだんだい？　可哀想に」

「私がそんなことをする人間に見えるのか！」

山賊達の中心にいる人物、暗躍してるといえばしているのだろうから『黒幕』と呼ぶことにしよう。

黒幕は山賊達に互いの情報を漏らさせないように脅しを掛けている。

それは自分達を虐殺する程強さに差のある騎士達に拷問を受けても、なお有効とされている。

マーヤさんは聖職者、人の傷を治癒し魂を導くとかそんな謳い文句を語ってくれていた。

ならばその道の逆にある非人道的な魔法、人の人格や魂に悪影響を及ぼす魔法にも知識はあるのではと教会を訪ねた次第だ。

「山賊達は情報を話した後の報復を恐れている。だけど処刑を恐れてはいない。そうなると死後でも効果のある脅しであると推測したんです」

「うーん、禁忌とされる魔法の中には、死者の魂を呼び出せる魔法も無いわけじゃないよ」

「やっぱりそういった類の魔法はあるのか。死者を生き返らせる闇魔法とかそんな感じですか?」

「蘇生魔法は闇魔法じゃないわよ。禁忌ではあるけどね」

「……皆が欲しがりそうな魔法ですね」

「そんなこと他で言っちゃいけないよ。国によってはそれを欲するだけで死罪になる事もあるんだ」

そういうマーヤさんの表情は、初めて見るほどに厳しい目線になっていた。

「そんなに危険視されているんですか?」

「ああ、最悪の結末を生み出したからね」

「最悪の結末?」

「過去に蘇生魔法で蘇った者達は確かにいたのさ。だけどその全てが人に仇なす魔王になっちまったのさ」

「魔王……」

スライムの生息地でも耳にしたが、やはりこういう世界では魔王はいるのか。

「王は国を造り、民を導く存在。だけど魔王は国を壊し、人間を滅ぼす存在なのさ」

「雰囲気は理解できますが、そもそも何故死者が蘇ると魔王になるんですか？」

「それは分からないよ。私は使ったことも使われたこともないからね。だけど過去の歴史は蘇生魔法に手を出すことで、より多くの命を奪う魔王を幾度も生み出してきた。そしていい加減学んだのさ」

魔王と聞いてその危険度を理解できないわけではない。

一般的な魔王のイメージといえば人類の敵、多くの犠牲者を生み出し勇者に倒される悪の親玉。

人一人生き返らせるたびにその人物が魔王となっては、使うことも使わせることも禁忌としたくなるのは当然だろう。

とはいえ山賊達が魔王になることを恐れるというのはどうも腑に落ちない。

「山賊達が恐れているのは蘇生魔法……いや、それは無いか。マーヤさん、もっとこう使われたくないって感じの魔法はありますか？」

「そうだね……死霊術とかかね」

物凄く嫌そうな顔でその言葉を口にした。

「名前の響き的に死者の魂を操るとかそんな感じの魔法ですか？」

「完全な形の蘇生なんてせずに強引に死者の魂を引きずり出し、現世で辱める魔法さ」

「そう聞くと蘇生魔法よりかは難易度は低そうですね」

「そうだね。蘇生魔法はさらにその先にある頂の魔法の一つ。だからその道に繋がる魂への干渉を行う魔法は禁忌とされているのさ」

この辺に来ると脅す材料としては有益なのではないだろうか。

死んでも蘇生されて魔王になるなどではむしろ成り上がりを期待する者もいるだろうし、何より山賊業に勤しむ黒幕にしても魔王誕生は喜ばしいことではないだろう。

だが死霊術ならばどうだ？　『裏切れば例え死んだとしてもその魂を引きずり出し未来永劫苦しめてやる』的な。

あの山賊の言葉の意味もしっくり来る。

「死霊術で呼び出された魂はどのように使われてきたんですか？」

「外道のすることだからね。人の魂を人扱いすると思うかい？　供物に使ったり、腐った体に戻され魔物のように使役されたり酷いもんだよ」

「その時呼び出された魂には自我があると思います？」

「……坊や、恐ろしいことを聞くね」

マーヤさんの眼はこちらを品定めするかのように鋭くなっている。彼女からすれば忌むべき敵の魔法を知りたがっているわけだから、気にするのも分からないでもない。

だが山賊達を崩すにはカマ掛けで失敗なんてことが起きてはいけない。

「必要な情報だと判断して聞きたいんです。知りたいのは死霊術の使い方じゃない。その恐ろしさです」

「……昔、死霊術を使う邪悪な術士を討伐したことがあってね。ソイツは自分が殺した人間を死霊術で魂を奪い、化物の体に融合させていた。私らは術士だけでなく生み出された化物も駆除することになった」

「……」

「多くが断末魔を上げ死に絶える中、一匹だけあたしに言ったんだよ。『ありがとう』とね」

「ありがとうございます」

これで確信が持てた。死霊術が山賊達を縛る鎖なのだ。

同じものとは限らないが手段は似たようなものだろう。

仮に、『そうなった山賊』を見せられれば、彼らはその結末より速やかなる死を望むだろう。

「マーヤさん、今この国にいる山賊達はガーネから流れてきた山賊達が主なんですよね？」

「そう聞いているね」

「過去ガーネで死霊術に関わりのありそうな犯罪者の情報とかって調べられます？」

「坊やはそいつが今回の山賊達に関わってると思うのかい？」

「一応この後山賊達に確認を取るつもりですが、多分確信に近いと思います」

「わかった、調べておくよ」

「ではこれにて」

切り崩す材料は手に入れた、後はそれを武器にできるかの勝負だ。

マーヤさんに頭を下げ、教会を後にした。


イリアスは始終口を挟むことなく彼とマーヤの会話を聞いていた。

彼はこの世界に来てまだ間もない。しかし必要だと思う情報を集め死霊術へと辿りついた。

最初彼は賢いのだと思ったが、そうではない。

「イリアス、あの子をちゃんと見ておくんだよ」

「あ、ああ」

「あんたが今思っていることは私も思っているよ」

「それは……」

「あの子は悪意に慣れてる。そういう世界への理解がある」

そう、あの青年は賢いが故に迅速に死霊術を使う存在に気づいたのではない。

近い発想を持ち合わせているからこそ、自然に思いついたのだ。

イリアスは彼のいた世界には魔法がないという話を聞いたが、その世界がどのような世界なのかを知らない。

そもそも彼がどのような人間なのかも良く分かっていないのだ。

禁忌とされる蘇生魔法の話を聞いたとき、何気も無く誰もが欲しがるだろうと口にした。

マーヤが渋い顔で話した死霊術を受けた者の成れの果てを聞いて、顔色を変えることなく頷いた。

「だけど……」

「分かっているよ。あの子は悪い子じゃない。それは確かさ。だけど簡単に道を踏み外せる。危うい子さ」

イリアスは頷き、彼の後を追うのだった。

◆

兵舎に戻った後、捕まえた山賊達全員を集めた。

「さて、自己紹介をしよう。新しい尋問担当の――」

「うるせーぞクソやろう！　全員並べてなんのようだ！　殺すならさっさと殺しやがれ！」

名乗らせてさえもらえない。悲しい。

でも負けないいんだもんね。

「殺せ殺せと、そんなに死霊術の餌食になるのが嫌か？」

ＯＫ、これで確信は確証に変わった。

全員が凄く分かりやすい動揺した顔を見せてくれた。

「なん――」

「気にしなくて良い。それよりも話を続けよう」

山賊達のこちらを見る目つきが変わる。

敵意からほのかに不安や警戒の感情が滲み出ている。

ハッタリで同じ穴の狢だとか言っておけば恐怖で脅すこともできそうだが実際に使えない以上黒幕よりも効果は薄いだろう。

「さて、あんたらの立場を理解した上で新たな交渉をしたいと思う」

「交渉だ？　話せば逃がしてやるとかか？」

「それはできない、そんな権限があったとしてもしない」

「じゃあ何だってんだよ」

「『処刑日』を変えてやる」

「……なんだって？」

「情報をくれたら、あんたらが恐怖に怯えている死霊術士を処分した後に処刑すると約束しよう」

「それに何の意味があるってんだ!?」

「人間として死ねる」

山賊達の顔色が変わる。

さあ、ここからはプレゼンタイムだ。

「これは交渉だ。交渉というのは相手に利益があって意味がある。この場合は君らが人間として死ねるかどうかだ」

山賊達にゆっくりと歩み寄り、丁寧に説明をする。

「さて、君達に今後の展開を説明しよう。まずはこちらに情報を提供した場合、当然ながら君達は死霊術を使う黒幕の怒りを買うことになる。当然だね？」

まずは相手が理解していることを再認識させる。

最も問題視している点を意識させる。

「だが君達はまだ死なない。城門の奥にある牢に繋がれ必要最低限の食事を与えられ生かされる」

そして別の結末があることを理解させる。

「交渉により黒幕が捕まり、死亡するまで拘束は続くがその後は無事処刑され人生を終えることができる」

山賊一人ひとりに視線を合わせながら、優しく諭すように。

「無意味な拷問も無く、今までの人生を振り返りながら死ぬことができる」

「お、お前らが、できるとは限らねぇじゃねぇか！　それに交渉だって信じられるか！」

「死霊術で化物として生き返る可能性がある以上、急いで処刑するメリットはない。相手の駒を増やすだけの行動をとるくらいなら喜んで日程を遅らせてくれるだろうさ」

「そうだとしてもだ！　情報を吐かなきゃそのまま死ねるんだ！　てめぇらの拷問程度わけねぇんだ！　そんな危険を冒す必要なんてねぇ！」

「そうだそうだ！」

他の山賊達もこちらの否定に躍起になる。良い傾向だ。

今まで彼は頑なに一つの道を選び、動くことは無かった。

だが今はどうだ、新たに見せられた道と今いる道を比較し始めたではないか。

「危険を冒す？　それはそうだが、君等は今の立場に危険がないと本気で思っているのか？」

「な、に？」

「君達から情報を得る他に我々には手段が、機会が、偶然がないと思うのかな？」

「そ、それは」

「実は今回君達の拠点を見つけたのは偶然だった。しかし君達は何故見つかったと考えた？『誰かがヘマをした』『誰かが俺達を売った』そんなことは頭を過ぎらなかったかな？」

「……」

「もし我々が運よく別口で情報を得て黒幕達に迫った時、彼らは何を思う？『誰かが情報を話したのでは』『それは誰だ』――誰だろうね？」

比較し始めたのならば後は簡単だ。

選び続けていた道の価値を下げてやれば良い。

今選んでいる道が思ってた以上に安全ではないこと、ちょっとした偶然で最悪の結末を迎えること。

「君達が恐れている存在を野放しで信じるか、より早く取り除くか。これはそういう選択肢だ」

山賊達は互いに視線を交わしている。

揺らいでいる、後は仕上げるだけだ。

「そんな提案をするので明日以降その気になった者は是非勇気を出して欲しい。今日はじっくり考えられるよう取り計らおう。以上だ」

その後七名の山賊達は事前に騎士達に頼んだ通り、それぞれ別の場所へと移される。

一段落突いた後、大きく息を吐き出す。

いやぁ、疲れたー！　睨まれ続ける中でプレゼンするのってしんどいわー！

振り返るとイリアスさんとカラ爺さんが残っており、なんとも言いがたい顔をしている。

「はぁー、あんな風に追い詰めるやり方もあるんじゃのう。坊主、お前さん将来あくどい商人になりそうじゃの」

「恨まれる人生なんて真っ平ごめんです。無難に生きられればそれで良いんですよ」

「しかし、何でまたバラバラに分けたんだ？」

「保険を掛けられないように、かな。あの状況で一番安全な道は全員で示し合わせて嘘を吐くこと。そうすれば裏切りにもならないし、処刑の延期も尋問の回避も得られる。こちらには嘘を見抜けたとして、それを暴いてしまうと次の口述が得られるまで時間が掛かる」

「なるほど、しかしこれで情報を吐くだろうか」

「吐かないだろう」

「なっ、それじゃあ――」

「そこでカラ爺さんに頼みごとがあります。少しばかり悪いことなんで申し訳ないんですが……」

「ふむ、言うてみ？」

「お耳を、ひそひそ」

「お、おい、私にも聞かせろ！」

イリアスさんとカラ爺に最後の仕上げを耳打ちで説明する。

カラ爺は目を瞑り唸り、イリアスさんはなんて奴だと言いたげな顔でこちらを見ている。

「なんて奴だ」

言われた。

「清々しい悪党じゃな」

「悪ガキの発想程度ですよ。ただこれはカラ爺さん達騎士にだけできるお仕事です」

「背に腹は変えられぬしのう。良かろう。共犯になってやろう」

「ううむ、しかし……だが民の為なら……仕方ない」

交渉で相手の譲歩を受ける手段は様々だが、対等の立場であるのであればまずすべき事は相手に得があることを理解させる事。

具体的なメリットを理解させてこそ、人は新たな物を受け入れようとする。

次に損となる部分もきちんと説明すること。これを怠った場合相手に不信感を与えることになる。

少し考えれば分かるような損の情報ならば、先に伝えておく方がこちら側の誠意が伝わるというものだ。

そして最後の一押し、これを忘れてはいけない。

◆

最初の切っ掛けを口走った山賊は悩んでいた。

あの若造を見た時、こいつは弱いと侮っていた。

探知魔法を駆使し、獲物の選定を行う内に魔法を使う前から相手の強さを見極める技術が身についていた。

若造を見た感想として、体の作りもそうだが強者特有の気配と言うものが何も感じられなかった。力を隠しているという様子も見られない。唯の一般人に過ぎないと。

それ故につい、この程度ならわかるまいと口走ってしまった。

それがどうだ、俺達は今揺さぶられている。

戯言で誤魔化しているわけではない。こちらが気づけなかった盲点を突いてきたのだ。

山賊を束ねている隻腕の男のことを思い出す。

突如現れ山賊同盟を持ちかけてきた。

ボスのギドウは内心隻腕に恐れを抱いていたのだろう、提案を素直に呑んだ。

テリトリーを分け合うと言うデメリットはあったが、それ以上の物をこちらに与えてきた。

商人たちの情報、探知魔法による索敵術、魔封石を使った逃走術や洗脳魔法への抵抗法。

今まで以上に安全に仕事をこなし、利益を得ることができた。

だが楽を知れば欲深くなるのが人間、それが山賊を生業としているならなおのこと。

中には隻腕の提示した条件を破り、好き勝手に行動し始める一味もいた。

だが隻腕にとってそれは必要な材料でしかなかった。

『そうそう、同盟内でのルールを破った者の末路について詳しい話をしていなかったな。粛清するといったが具体的にどうなるかを教えてやろう』

そう言って死霊術によって無残な化物として使役された同業者を見せられた。

以前見たことのある顔が、微かな面影を残している。

それだけじゃない、奴らは自我を残されていた。

泥水のような汚れた液体を眼から流して、うわ言のように呟いていた。

『死なせて……死なせてくれ……』

山賊として生きてきた以上、死ぬことの恐怖は乗り越えたつもりだ。

だが死してなお惨たらしく生き続ける姿を見せられ、それを超える恐怖を刻み込まれた。

だからこそここで死のうとも、あの姿になることだけは避けねばなるまいと心にした。

しかし若造の言ったことはその決意を揺るがしてきた。

見つかるはずの無い洞窟に騎士達が攻め入った事、偶然だと言ったが確かに起こったでき事なのだ。

ならば今後同じように他の一味の情報が偶然漏れる可能性もある。

そうなった場合、真っ先に疑われ粛清されるのは誰なのか。

体が震える、頭が惑う。

仲間と相談したい。だが今は一人引き離されている。

どちらもリスクのあることには変わりない。ならば自分達を処刑する騎士達に利益を与えるような
ことはしたくない。

でも人と死ねる可能性はこのまま死ぬよりも……。

「ダメだ、今は休もう。もっと時間を掛けて考えるべきだ」

そう、あの若造はこちらの取る手段の欠点を伝えてきた。

ならば提案してきた内容にも落とし穴がある可能性もある。

まずは落ち着き、冷静に考えられるように休むのが最善の行動なのだ。

「おう、そろそろ交代だ」

部屋の外から騎士達の声が耳に届く。見張りが変わるようだ。

「いーやどいつもこいつもダンマリしてるの」

「おう、誰か吐いた奴はおるのか？」

そうだ、そう簡単に吐くわけがない。

その言葉に安堵の息をつく。

仲間達も考えていることは同じなのだろう。考えなしの馬鹿というわけではない。

「じゃがの、本当に処刑日を伸ばすつもりなのか？」

「うむ、そのようじゃぞ」

「食わせる飯とて民が汗水たらして作った物だというのに」

「その点なら問題ないぞ」

「ふむ？」

「処刑日を延ばすのは三人までだそうだ。他はさっさと処刑し、その分浮いた食料をまわせば負担も減るとな」

呼吸が止まる。心臓の鼓動が高まる。

聞き捨てならないことを聞いた。

今、何と言った？

「しかしまたなんで三人なんじゃ？」

「七人全員が情報を吐いても同じ情報が被るだけじゃろ。事実確認や食い違いなどを考察するだけなら三人いれば十分と坊主は言っておったぞ」

「それもそうじゃな」

あ、あああああ！

あの若造が提案した事の落とし穴はこれか！

そうだ、あの若造は一度として『全員の』と口にしていない。

確かに数人いれば嘘やでまかせの確認もできる。全員の吐露を待つ必要は無い。

なんて容赦の無い奴だ。これじゃ四人は確実に最悪の展開になる。

情報を吐く代わりに確実に裏切り者扱いになるが、隻腕が死ぬまでは安全を確保される。

情報を吐かないことで裏切り者扱いにはならないが、隻腕の気分しだいで死霊術の餌食になる。

どちらにも望みの一端があるからこそ悩めた。

だが三人、情報を吐いたらどうなる？

三人は保護下になるが四人はすぐさま処刑される。

そして七人全員が裏切り者扱いを受ける。

隻腕は言った、『どこにいても、死んでいようが必ず報いは受けさせる』と。

四人は情報を吐く場合、吐かない場合、両方の悪い点だけを背負わされることになる。

無事に人間として死ねる椅子に座れるのは三人までなのだ。

「お、おい看守！　情報を吐く！　あの若造を呼んでくれ！」

扉を叩く。この事を他の奴らが気づけば間違いなく情報を吐く！

「なんじゃ騒がしいのう。素直になるのは良いことじゃが明日にせい。坊主からは明日から話を聞くと言ったじゃろ」

「ふっざけんな！　今すぐ話してやるって言ってんだろ!?」

「うるさいのう。坊主もとっくに眠っておる。ほれ紙をやるから何を話すかリストでも書いておれ。朝一で渡してやるわい」

そういって扉の下から一枚の羊皮紙を、格子窓から細長い炭を渡される。

このまま訴えていてもあの若造を呼び出すことは無理だろう。ならどうすれば他の奴より先に椅子に座れる？

炭を手に取り、紙に文字を書き始める。

奴らが欲しがる情報を少しでも多く、興味を引いてもらえるように。

◆

「七人中五人が情報提供の旨を伝えてきた。これが話すと言った情報のリストじゃ」

起床後兵舎で朝食を取っているとカラ爺さんが羊皮紙の束を渡してきた。

それを流し読みしながらイリアスさんに渡す。

「どの情報が役立つか分からない、聞けるだけ聞くとしよう」

「しかしどれも鬼気迫ったかのように……」

最後の仕上げ、それはカラ爺さんやイリアスさんに『情報を受け取るのは三名まで』という話を山賊達に聞かせることである。

人は限定された物に弱い。そういった物に手を出しやすい生き物だ。

そしてその情報は偶然的に入手したものであればあるほど効果的だ。

セールスマンが『今しか買えない、手に入らない』と謳い文句を語ったところで食いつくのは思慮の浅い者だけだ。

考える人物ならばそれが買わせる手段なのだと気づき警戒心を持つ。

だが第三者から偶然的に耳にした情報ならばどうか？

メディアを通して知った情報と、偶然自分で知った情報の場合ではその信憑性に差が出る。

これは与えられた情報ではない。自分が得た情報なのだ。

それ故に信じてしまう。偽りの情報だろうとなんだろうと。

そういう詐欺も一時期流行ったものだ。

「それはともかく」

強く信じ込ませることにより彼らはより焦っただろう。

そして、どうすればより確実に情報提供者の椅子に座れるか考えただろう。

そこに渡された紙と筆記用具。

最後にできるアピールポイント。

一つでも多くの情報を持っていることを、より重要な情報を持っていることをこちらに示そうとする。

結果、その場で伝える以上に彼らは自分の持つ引き出しを開示してくれる。

「カラ爺さん。十時から話を聞くことを全員に伝えておいてもらえます？」

「全員まとめてやるのかの？」

「いえ、こちらは別の人の話を聞いていると言う事を伝え、全員それぞれ別の騎士達に話を聞いてもらいます。十一時に」

「またなんでじゃ？」

「自分が二番目三番目と思ってた方がよりよく語ってくれると思いますから」

「徹底しておるの……まあ分かったわい」

カラ爺さんは部屋を出る。

イリアスさんは神妙な顔でこちらを見て語りかけてくる。

「君は元の世界でどういう風に生きてきたんだ？」

「また漠然とした質問だな」

「君の世界には魔法が無いという話は聞いた。だがそれ以外はほとんど聞いていない。君が今回とった行動は私からすればどれも……」

「騎士道に反している、人として好ましい方法ではない？」

「そうだ。人の弱みに付け込み、利用する。そんな方法を自然と選択している。この世界でそういう事ができるのは悪知恵の働く商人や犯罪者、もしくはそういった者達と関わった者だ。聞かせてはもらえないだろうか」

「それはない、どうみても――」

「無難に生きてきた」

「無難って言うのは誰からも非難されず、平凡に暮らせているという事だ。そういう風に立ち回って来たんだ。この世界と元いた世界の大きな違いとしては接する範囲だ」

水を飲み、一息いれる。

「他人を知る機会が、手段が多く存在している。多くの人物と接すればその違いの差異を知る機会も増える。その中には当然良い人間も悪い人間もいる。悪い人間は悪意を持って人に害を成し、自ら得しようとしている。そういった悪人が多すぎて油断もままならない世界だ」

「……」

「そういった世界で平凡に暮らす為には、悪人から身を守る知識がいる。狙われないように立ち回る手段がいる。そしてその行為によって他者に非難されないよう配慮する術がいる。そういったわけで無難に生きてきたよ」

「私には君というものがうまく理解できない。マーヤや私達と接する時と山賊達を前にした時、どちらが本当の君なんだ？」

「どちらもだ。どちらもすべからく自分だ。君だって民を前にする時と悪人を前にするときでは態度は違うだろう。君の場合はどの場合でも騎士であるイリアスとして接している。自分の場合は相手によって在り方も変えている。それだけだよ」

「それは悪を前にするときは悪になるという事か」

「悪を理解した在り方をすると言う事だよ」

「……歪な鏡のような生き方をしているのだな、君は。なるほど、合点がいった」

ふぅと溜息をつくイリアスさん。

その表情は幾分か力が抜けているようだった。

「相手の在り方に合わせて自分の在り方を変える。よくもまあそんな面倒な事ができるものだな」

「無難に生きるのも大変でね」

その後、山賊達からの情報収集は成功した。

中には他の山賊との伝達役もいたらしく、他の一味の拠点の情報なども入手できた。

そして『山賊同盟』なる協力関係を築いた死霊術を使う隻腕の男の話も上がってきたのだった。

◆

情報を得た後、最初に取った行動は再び教会に向かうことだった。

山賊同盟の親玉の情報、隻腕の男。

新たに得た情報をマーヤさんに伝えた。これでさらに候補を絞ることもできるだろう。

マーヤさん曰く、間も無く情報が届くとの事で分かり次第伝えに行くとのこと。

情報が届くって、この世界ではインターネットよろしく遠距離での情報交換もできるのだろうか。

どちらかというと伝書鳩？　鳩に持たせるには情報量が多そうな気もするが、まあ任せましょう。

そんなわけでその帰り道、イリアスさんと今後の行動について話しながら城下町を歩き兵舎へと戻る。

城下町は活気にあふれ、市場には多くの国民達で賑わっている。

最初に教会に連れて行かれたときには袋詰めであったが、その時を除き二度この道を往復している。

国の繁栄は民の顔を見れば分かると言うが実にその通りだ。

日本の都会で歩く人々の多くが表情が硬く乏しい。

だがこの国は毎日が祭りであるかのように感情で溢れている。

眺めているだけで心の底に活気を分けてもらえるように感じる。

「この国の王様は良い王様なんだな」

そんな言葉が自然と漏れる。

「ああ、当代の王も先代の王も国の為、民の為に素晴らしい治世を行ってくださっている。その国に騎士としてこの身を捧げられる事はこの上ない誇りであり、喜びだ」

そう語るイリアスさんの顔は優しく、民達の活気を眺めている。

「これだけ栄えていれば外からの商人も増えるだろうな」

「ああ、だがそこに悪意を持って利益を得ようとする輩がいる。それを許すわけにはいかない」

「こちらが得た情報にはターイズ領に拠点を持つ山賊同盟各一味の拠点の場所、大まかな構成人数があった。既に一箇所を潰した情報は伝わっているだろう。順に潰しては拠点を移動する可能性も上がる。情報を最大限に活かす為には、一度に奇襲を仕掛けないといけない。人手が必要だぞ」

「……私はこの国を護る騎士団、その団長の一人であるラグドー卿の部下にあたる。これからラグドー卿に事の顛末を説明し、ラグドー卿の騎士団員を召集する」

「数は？」

「……三十といったところだ」

少ないな。

先日の山賊討伐時には急な召集ということで十名程度だったが、三割近くも来ていたのか。

騎士団内の連携は高そうだが、あまりにも人員が少ない。

「ラグドー卿のと言ったな。他にも騎士団はあるんだろう？　そちらへの協力要請はできないのか？」

「できなくはない……だが……」

その表情は苦虫を噛んだかのように、渋いものへと変わっている。

なにやらのっぴきならぬ事情があるようだ。

やはり部隊が違うならば互いへの確執などもあるのだろうか。

「現状の数じゃ足りないだろう？　前回は退路を塞いだ上での奇襲だった。だから山賊達も応戦せざるを得なかったし、逃走しようとした相手も容易に捕捉できた」

他の山賊の拠点は洞窟だけではない。

一部の森の中に小屋やテントなどを建て、小規模な集落として潜伏している。

つまり逃走経路は全方位、確実に対処する為には同等以上の数が必要とされる。

山賊同盟は現在五つの一味が結託している。

一つは先日壊滅した、残るは四つだ。

三つは前回と同様三十人から五十人規模、そして黒幕と思われる隻腕の男の一味は五十人とされる。

四つの集落、およそ二百人近い山賊全てを三十人で追い詰めるのは不可能だ。

「そうだな……第一に考えるべきは民のことだ。体裁を気にしている場合では無い。他の騎士団にも協力を要請しよう」

イリアスさんは賛成したがどうも引っかかる。

まるで協力要請することで何らかの問題が発生するかのような、そんな含みを感じる。

「イリアスさん、その前にいくつか聞かせておいてもらえるかな？」

◆

その後彼と別れた私は一人でラグドー卿の元へ行き、各騎士団の協力を得る為、ラグドー卿に他の騎士団長への伝達を願い出た。

「ふむ、いいだろう。だがイリアス、理解しているのか？　私の隊の者ならいざ知れず他の隊へ協力を求めればどういう事になるか」

「はい。ですが山賊達の数は想像を超える数。今回は上手く情報を入手しましたが再び同じようにいくとは限りません。今を逃せばまた多くの犠牲者が生まれます」

「……そうか。私が後ろ盾をしても良いのだぞ？」

「いえ、ラグドー卿はこの城と国を護る最後の砦であるべき象徴です。既に貴方には此度の機会を与えていただきました、これは私に与えられた試練だと受け止めています」

「しかし……」

「私とて既に一人の騎士としてこの国を護る立場です。いつまでも甘えるわけには行きません」

「そうか、そこまで言うのなら最後まで私は静観しよう」

「ありがとうございます。それでは本日夜に城外の兵舎にて、作戦会議がある旨を協力受理者の代表に伝えていただけるようお願いします」

「此度の山賊討伐は王命だ。城の会議室を使用しても良いのだぞ？」

「いえ、一人外部からの協力者がいるのですが、彼曰く『成り行きで協力しているような外部の者がそうほいほいと城に入るのはいかがなものか』と言い、兵舎を希望したのです」

「なるほど、謙虚なものだな」

「そうだと良いのですが」

「？」

今私がラグドー卿に伝えた彼の言葉に嘘はない。ただ彼はその後こう続けていた。

『その場にいることができないとやりにくいからな』

◆

時刻は夜、兵舎で最も広い部屋にところ狭しと様々な騎士が集まっていた。

イリアスさん、カラ爺さんがこちらの代表。

後は各騎士団の代表が姿を現していた。

部下を差し向けたものもいれば、騎士団長が直々にやってきた隊もある。

前者は正直気にする必要は無く、純粋な協力者と思って良いだろう。

だがこの場に直接やってくる騎士団長様となれば……。

この場所は城に比べれば狭く、小汚いのだろう。

しかめっ面で部屋の汚れを気にしたり、椅子にけちをつけている者もいる。

あの辺が恐らく動くのだろう。よく見ておかねば。

集合を希望した時刻を回り、イリアスさんが立ち上がり話し始める。

「夜分遅くに集まってもらい感謝します。それでは此度の山賊騒動についての経緯、現在の状況を説明させていただきます」

相手には上官と同じ騎士隊長もいるのかその口調は固さを感じる。

そして今までの経緯を説明、外からやってきたこちらの話は適度に端折っている。

しかし、イリアスさんが協力要請を快く思わなかった理由がよく分かった。

カラ爺さん達のようなラグドー卿の隊の者はイリアスさんに対して好意的だった。

だが今この場にいる騎士達のほとんどの目つきが冷めている。

中には全力で感心する者、山賊を追い詰めたことを素直に喜ぶ者もいるが……おい、今舌打ちした奴、覚えておくぞ。

こう怒りを覚えると自分もイリアスさん贔屓によっているんだなと思いつつ、話を聞く。

「そして各拠点の位置を聞き出す事に成功しました。よって明朝を以て全ての拠点に対し襲撃を行う為、各隊の協力をお借りしたいと思います」

「もう発言しても良いかね？」

一人の赤色マントの手が挙がる。

通常の騎士と騎士隊長の違いはマントの質である。

騎士は隊を象徴する色をマントとして鎧の装飾品としている。

隊長格はマントにターイズ国の紋章が刺繍（ししゅう）されている。

ちなみにラグドー隊の色は青緑色である。

「レアノー卿、どうぞ」

「協力に関して、兵力を惜しむつもりは無い。我が国に仇なす山賊共を屠るのだ、当然のことだろう。

もっとも中には煮え湯を飲まされた者など、私情を挟む者もいるようだが」

黄色のマントの男がギラリとレアノー卿と呼ばれた騎士団長を睨む。

あー、前任者はあの人だったのね。

「話が逸れたな、失礼。ラッツェル卿、此度の山賊討伐へのラグドー隊の隊員の参加人数はいかほどかね？」

「三十程です」

「ふむ、隊員数が最も少ない隊にしては良く出ているではないか。だが此度我らがレアノー隊は三百の騎士を投入する予定だ。そちらの十倍だ」

「感謝します」

「気にする必要はない。先も言ったが賊の討伐は、私にとっても早急に解決すべき事案なのだからな。しかし、だ。各隊から集まる大勢の人数を指揮するにあたって、少数の隊が手綱を握っていては不便だとは思わないかね？」

「それは……」

「我らがラグドー隊は少数精鋭の兵達じゃ、一人でも貴公の隊の十倍以上活躍してみせようぞ！」

とカラ爺が割って入るがレアノー卿の余裕の表情は崩れない。

「それは重々承知している。だからこそだ。猛勇の貴公らが戦いではなく、指揮系統に回られては宝の持ち腐れではないのかね？　それに我が隊だけでも三百名はいるが、どう統率をとるつもりか？」

「ぬ、ぐ」

「此度の討伐隊の総指揮は最も隊員の多い隊がすべきであろう。さて、他の隊の諸君はいかほど用意できるかな？」

「百」

「七十」

「百八十」

「百二十」

ざっと計算して八百か、十分な数は揃ったようでなにより。

そしてこのレアノー卿、最初からそのつもりで大量に兵を用意してきたな。

「ふむふむ！　であれば、此度の山賊討伐の総指揮は私がとっても問題ないだろう？」

「異議は無い」

「同じく」

「レアノー卿であれば問題ないでしょう」

「細かい指示がこちらで出せるなら言うことはない」

黄色マントの男を含め、全員が賛成の意思を見せた。

イリアスさんから聞かされた話、それは彼女が女性であるが故に軽んじられていると言う点であった。

この国では女でありながら騎士を目指すものは少ない。

イリアスさんのように騎士団隊長の椅子に近しいものは尚更である。

イリアスさん自体は軽めに言っていたが後にカラ爺さんに聞いたところ、予想以上に陰湿な物である事が分かった。

女性でありながら国で上位に入る武勇、最古参であるラグドー卿のお気に入り。

男の騎士達から見れば、彼女の躍進は嫉妬の象徴なのだろう。

平均年齢の高いラグドー隊としては、好々爺が孫娘を見守るかの扱いで差別的行為は無いらしいのだが、逆を言えば他の隊はほとんどが青年、壮年の騎士達だ。

今回の山賊討伐は既に他の隊が成果を上げられなかった難問、それを女であるイリアスさんが請け負った。

それに異を唱えるものはいなかったそうだ。

失敗すれば当然の如く非難の口実に利用し、成功しそうになろうものならこうして最大の功績を奪おうと手を出してくる。

いやぁ、器が小さいもんだ。

男だとか女だとか、そんなプライドなんて棄ててしまえばいいものを。

イリアスさんは脳筋ゴリラだが良い騎士だ。

そこに男も女も関係ないだろうに。

まあ、こうなる可能性があると示唆されていた為、既にカラ爺さんと相談し、色々準備を行っていたわけですがね。

「なあ坊主、お主からも何か言ってやってくれんか？」

「ん、そうですね」

「おや、気には止めていたが君は誰かね？　見たところ騎士でもないようだが」

「今回の件での情報提供者です。色々あってラッツェル卿に協力させてもらっています」

「それで部外者が、私が指揮を執る事に何か意見でもあるのかね？」

「そこに関しては別に。伝令に人員を割ける隊がいるならその隊が中心となった方が他の隊との連携も楽でしょうし」

「なっ……」

「なんだ、わかっているじゃないか」

「ただ指揮を執る以上、きちんと情報は把握してもらわないと困りますかね。そういうわけでこれを」

絶句しているフリをしているカラ爺さんをスルーしつつ、用意した羊皮紙の束をレアノー卿へ渡す。

それにしてもカラ爺さん演技派だ。

「これは？」

「先ほど話した山賊の拠点のある位置、そして彼らが使っている移動ルートなどをまとめた地図。他にはそれぞれの一味の情報などをまとめた資料です」

レアノー卿はパラパラと資料の確認をしている。

「ほう、これは良いな。森や山に入る際に進行が楽なルート、おおよその見張りや斥候の巡回ルートまで記載されているのか」

「せっかく苦労して聞き出したこれらの情報を無駄にされて、闇雲に突撃されるのは避けて欲しい所ですね。意見としてはそんな所です」

「なるほどなるほど。確かに貴公らの努力は使ってやらねば失礼と言うものだな。しっかり使ってやろう」

「こちらに大き目の地図も用意してあります。せっかく各隊の代表もいらっしゃってますし、この場で他の隊のルートも決めておいてもらって良いですか？」

そう言って大きめの地図を取り出し机の上に広げる。

「準備が良いな。手間が省けて助かる。では手早くすませるとしよう」

「レアノー卿は首謀者がいると言われてるこの拠点を中心としますよね？」

「無論だ、危険を冒さぬ臆病者の隊ではない」

良く言う。功績が欲しいだけだろうに。

「では後は他拠点にそれぞれ割り振るとして、ラッツェル卿率いるラグドー隊はどこの隊と組ませます？　組みたい方いますか？」

そう言って全員に目配せするが返事をするものはいない。

まあ、こう言うリアクションを期待していたんだから助かるだけだ。

「では交易路付近で後方支援として待機。万が一戦況が厳しい隊がいた場合レアノー卿の隊員に伝令を頼んで動けるようにしておけば人員補強もスムーズでしょう。良いですかレアノー卿」

「もちろんだとも」

「他の方々も異論はないですね？　ではそれぞれの拠点への配分をお任せします」

今度は全員が頷く。余程の窮地が無い限り、呼ぶことなんて絶対ないだろう。

こうして作戦会議は淡々と進み、各代表はそれぞれの編制を行う為その場を後にした。

「さて、こちらも準備を進めるとしよう」

「……」

イリアスさんは渋い顔だ。

そういえば詳しい話はカラ爺さんにしかしてなかった。

任せろと言っておきながら後方支援に回されたのだからそれもそうだろう。

「カラ爺さん、今のうちにラグドー隊の面々に秘密作戦の内容を伝えておいてもらえます？　こっちはイリアスさんに説明しておきますので」

「おう、任せとけ！」

「秘密作戦？」

「ああ、先に戻ってから色々考えてカラ爺さんと一緒に考えた悪巧みさ」

そして作戦内容を話す。

「君は……本当に悪知恵が働くんだな」

「相手が悪知恵を働かしていたから五分だよ五分。それにきちんと旨味は残してあげているんだ」

計画通りに事が運んだことで口がにやける。

その顔を見たイリアスさんにドン引きされるのであった。

04 とりあえず後はがんばって。

ターイズの城門、その外側に集結しつつある騎士隊。

中央に陣取るは赤を象徴するレアノー卿率いる騎士団だ。

編制の様子を眺めながらレアノーは満足げに笑う。

他の卿らが山賊討伐に苦戦していた話は既に耳にしていた。

黄を象徴とするフォウル騎士団。会議の場では皮肉こそ言ったがその実力は認めている。

そのフォウル卿が万策尽きたと言う厄介さを把握していたからこそ、名乗りを上げず様子を見ていたのだ。

そこをラグドー卿が推薦という形でラッツェル卿に任を与えた。

ラグドー卿はラッツェル卿に機会を与えようとしていたのだが正直ラッツェル卿は武勇こそ優れど他は未熟だ。

それ故にここまでの成果を出すとは思ってもいなかった。

だがやはり詰めの甘い女だ。せっかくの功績を得る機会を失うことになったのだから。

ラグドー卿からの言伝で協力要請が来たときは驚きもあったが、それ以上に好機だと思った。

すぐさま他の隊の動員可能数にあたりを絞り、それを余裕をもって超えられる騎士を揃えさせた。

そして目論見通り、今回の作戦の指揮権を奪うことに成功した。

山賊から情報を得ることに成功したならば他への協力など要請せず、身内で討伐を行えば良かったのだ。

無論少数精鋭が自慢のラグドー隊では、全ての山賊を一網打尽にすることは叶わない。

だが一つの拠点を落すくらいならば造作も無いことだったろう。

そして新たな捕虜を得て、さらに情報を得る。

時間こそ掛かれど最終的には手柄を独占できるのだ。

「やはり女よな。手に負えぬと判断するや他者に助けを求めるとは。手前だけで何とかしようと言う気概が足りんな」

そこに伝令がやってくる。

「どうした、他の隊の編制が終わったか？」

「いえ、それは間もなくとの事。ラッツェル隊の者よりこちらの書類をレアノー卿へと」

そう言って渡された書類を流し読みする。

そこには各拠点の詳細な地図や情報が先ほど渡された物より詳細に記載されていた。

「ふむ、良いできではないか」

「各拠点に攻め入る隊への情報共有をよろしく頼みたいとの事です」

「少数では他の隊への連絡もおぼつかぬか。老兵を言伝に使うことに気が引けただけかもしれんがな」

レアノーは少し考える。

「よし、各拠点へ回す我が隊の責任者にこれらの資料を渡しておけ。そしてこれらを活用し場の先導を行うよう命じよ」

何も直接共有しておく必要は無い。

こちらの隊がその情報を把握し、誘導する立場にもなればより隊の活躍が明確になるだろう。

「この資料を他の隊に見せぬよう気を払えとも言っておけ」

「はっ！」

しかし悪くない出来だ。

それなりに細かい性格の者が用意したのだろう。

ラッツェル卿やラグドー隊の老兵達にそのような器用さはあるまい。

レアノーの頭の中に浮かぶのは黒髪の青年だ。

ラッツェル卿の協力者、恐らくはあの青年が用意させたのであろう。

会議での青年の振る舞いを思い出す。

ラグドー隊の騎士がこちらへの不満を示す中、飄々とこちらを持ち上げ円滑に事が運ぶように立ち回っていた。

恐らくあの青年も女であるラッツェル卿が活躍することを快く思っていないのだろう。

奴らを後方支援に回しやすいよう、他の隊に組みたい者がいるかと挙手の上がらぬ提案をついでのようにやってのけた。

強かな奴だ。

使い勝手は良さそうだし、少しばかり目を掛けてやっても良いかもしれない。

「先ずはこれらの資料がどれ程役に立つか確かめるとしようか」

こうしてレアノー卿率いる山賊討伐隊は夜の中進軍を開始するのであった。

◆

山賊同盟の首魁、ドコラは騎士達が拠点を襲撃しにやってきた報せを聞き舌打ちする。

森や山に隠れている拠点が見つかる可能性は低いが無いわけではない。

その為に夜間でも最低限の哨戒は出していた。

それが引っかからず既に拠点周囲が騎士達に囲まれている。

明らかにこちらが通るルートまで完全に把握されている。

即ち情報が漏れている。

捕らえられたギドウの一味の言伝役が情報を喋ったと言うのだろうか。

残された片腕で頭を掻く。

「脅しも理解できねぇ馬鹿だったとは思えねぇがな」

死霊術の恐ろしさを一番理解しているのは使い手であるドコラ本人だ。

それを最大限に伝える為、御し難いと判断した一味を利用した。

わざと行動しにくいテリトリーを与え、他の一味より旨味を減らす。

格差を与え、反逆心を煽った。

間もないうちに奴らはルールを破り、好き勝手にやり始めた。

元々無法者、不満を与えればすぐに爆発する。

そうして粛清と言う名目で始末し、見せしめとして死霊術の犠牲になってもらった。

効果は抜群であり、各一味の首領でさえドコラを恐れるようになった。

だというのに、一介の伝令風情が情報を漏らすだろうか。

死してなおその魂を永劫辱められる恐怖を乗り越えたとは考えられない。

綺麗好きな騎士達の拷問程度で吐くとも思えないが、現状を鑑みるに吐いてしまったのだろう。

脅しは十分と判断し、より効果的に動かす為に情報共有をしすぎたのは自身の落ち度と割り切ろう。

情報が漏れた上でこの拠点を包囲する襲撃ともなれば、相当数の数を用意してきたのだろう。

つまりは他の拠点も同様に攻略中とみて良い。奴らは普通に終わりだ。

「まぁ過ぎたことは仕方ねぇよな。逃げるぞ、準備しな」

「で、ですが周囲を騎士共に囲まれてますぜ！　突っ切るんですかい⁉」

「馬鹿か、お前らの実力で突っ込んだら半壊も良いとこだ」

山賊とて過酷な日常を生きている。

一般人の強さを一とするならば十もあるだろう。

だが騎士達は日々鍛錬を積み重ね、武勇を磨き上げている。

恐らく弱い騎士でも二十と見ていいだろう。

腕の良い騎士なら五十、ドコラ自身も謙虚に見ればおよそこの辺だ。

騎士隊長レベルになれば、考えるのも億劫だ。

だがそれは正面きって戦えばの話だ。

今相手をしているのは外側のテント。まあさほど失っても問題の無い雑魚だ。

だが雑魚じゃそう長くは持たない。早いところ行動せねばなるまい。

「各自宝を分散して持て。袋に穴空けて溢したら殺すぞ。用意する間に俺が騎士様達の包囲を崩してやる」

「へいっ！」

◆

戦いにおいて、高い勝率を出す手段で最も効果的なことは相手より強いことである。

個で勝っていようと数で攻めれば覆されることもある。

だが両方で勝っている場合、その戦局を覆すのは難しいだろう。

それが現状である。

練磨された騎士達と山賊の力量差は明確であり、数でも騎士達が圧倒している。

倒れる騎士の姿は見られない。

それに対し、地に転がる山賊の骸は次々と増えていく。

その光景をレアノーは満足げに眺め、指揮を続ける。

「さあ、我らを侮った愚か極まりない蛮族どもを根絶やしにしろ！　力も数も勝っている。首を取れぬ者は恥としれ！　功を競え！」

『おおっ！』

資料は非常に役立った。

事前に軽装の斥候を向かわせたところ哨戒の山賊を発見、それを速やかに排除。

闇夜に紛れ拠点集落の包囲に成功した。

包囲途中に気取られ、探知魔法を使われたことによって完全なる奇襲こそ失敗したが現在までの攻防で包囲は完成した。

最も規模の大きいとされる集落でこの状態だ。他の拠点攻略も好調と見てよいだろう。

被害もこのままなら微々たるもの、ひょっとすれば軽傷者程度で済むやもしれない。

そうなれば総指揮の評価はより高まるだろう。

「しかし数が少ないな」

資料によればおよそその人数は五十、哨戒は数名仕留めた程度である。

夜ともなれば商人達は動かない為仕事で出ているとも考えにくい。

山賊達の反応を見ても、この襲撃を予期して逃げていたとも考えられない。

だが交戦の様子を見ても三十名いるかどうかである。

その三十名も間もなく騎士達によって処断されるであろう。

「いずれかのテントにでも潜んでいるのか？　ふむ、さすればあの中央が怪しいが」

程なくして応戦していた山賊達の掃除が終了した。

レアノーは新たに指示を出す。

「報告では敵の数は五十、恐らくまだ二十近く潜んでいるはずだ！　テントの中を調べよ。徐々に中央に前進！」

騎士達に続いてレアノーも周囲のテントの内部を調べる。

そして顔をしかめた。

大半のテントには先ほどまで山賊達が就寝していたであろう痕跡が見られる。

食い散らかされた食べ物、小汚い毛布などなど。

だが時折異様な光景を目にしたのだ。

「これは……死体か？」

腐臭漂う死体が山積みとなり、放置されていた。

服の様子から山賊の死体のようだ。

外に臭いが漏れ出さないよう、香草のようなものが死体の上に撒かれてあったがその死体には多くの蛆や蝿がたかっている。

周囲の騎士達の様子を見るに、同じようなテントがいくつも存在しているようだ。

「《何故仲間の死体をわざわざ……確か山賊の首魁は死霊術士と言っていたな……まさか！》」

悪寒が奔る、レアノーとて騎士団長の一人。

死線を潜った事も無いわけではない。

そしてその経験がこれから起こる惨事を事前に警告し、一つの仮定が頭に過ぎったのだ。

「全員死体に気をつけろ！　何かあるぞ！」

そう注意を促した瞬間、死体が跳ねた。

視線を死体に向けていたレアノーは辛うじて回避し、追撃の剣で死体を吹き飛ばす。

その一撃で胴体が上と下に分かれたが、互いに蠢き合い、這いずるかのように組み合わさり元の死体へと戻っていく。

残った死体も動き出し、人間らしからぬ挙動で近くにいる騎士達へ攻撃を始めていた。

周囲のテントでも同様のでき事が起こったようで騎士達と死体の戦闘が開始されていた。

「これが死霊術か、汚らわしい！」

罵りながら襲い掛かる死体を寸断するが、放置した矢先から修復し攻撃を再開してくる。

もはやこれは人間の死体などではない、アンデッドの化物だ。

「各員連携を取れ！　動きだけならば恐れることは無い！」

周囲に再び視線を向けたレアノーの表情が凍りつく。

今先程倒した山賊達もが起き上がり始めている。

用意されていた死体はおよそ、百。

今新たに山賊の死体が三十追加されている。

「《馬鹿な!?　騎士達には魔封石を装備させている者もいたはずだ。このタイミングでこの死体を魔法で起動することも、今死んだ山賊に死霊術をかけることすら不可能なはずだ！》」

場は混戦となり始める。

アンデッドと化した死体の動きは速度と力こそ増したようだが技術といった者が何も感じられない。

ただ本能の赴くままに襲い掛かるだけだ。

故に練磨された騎士達が後れを取ることはない。

だが死なない。

斬り殺しても、刺し殺しても、叩き殺しても、すぐさま治癒し起き上がる。

「各員死ぬな！　アンデッドの仲間入りになるぞ！　浄化魔法を取得している者は色々試せ！　ない者も動きを封じる術を見つけよ！」

レアノーが指揮を飛ばす中視線に生きている山賊達が飛び込む。

混乱に乗じて逃走を開始しているようだ。

「誰か――ッ！」

追え、と言いたいが既に総出で対処をしている。

このタイミングで半端な指示を出せば、アンデッドに不意を突かれる者が出ないとも限らない。

山賊程度のアンデッドだからこそ対処は可能だが、騎士がアンデッドになってしまえばその脅威は計りしれない。

歯軋りの音が響く、完璧だと思われた包囲網はいとも容易く突破されてしまったのだ。

ドコラは笑い声をあげながら森の中を逃走していた。

「かっはははっ！　あいつら死んでた方が役立つじゃねぇか！」

「流石です頭！　ですがいったいどういう仕組みなんですかい？　あいつら魔封石を仕込んだ武器とか持ってましたぜ？」

「魔封石は便利だよなぁ、領域内に入った魔法を分解するんだからよ？　だが勘違いしちゃいけねぇのさ。分解するのは構築だけなんだよ」

「？」

「《俺が使用した死霊術はシンプル。死者の魂を元の体に取り込ませアンデッドとして暴走させる物だ。こいつの厄介な所は周囲の死体に同等の影響を及ぼす魔力を放つことだ。だからアンデッドに襲われて死にゃあそいつもアンデッドになるし、死体を置くだけでもアンデッド化できる》」

一度使用すれば周囲の死体を次々とアンデッドとして蘇らせる禁術、これ一つで滅んだ国もあるほどだ。

「《そして寝かせておいた方法は簡単だ、中央のテントにアンデッドを大人しくさせる魔力を放つ結界を展開していた。俺はそれをタイミングを見計らい、解除しただけだ》」

ドコラは隻腕の手の平で魔封石を複数転がしている。

「《結界自体は魔封石を近づけりゃ解除される。だが結界が生み出す魔力、死霊術が生み出す魔力に限ってはそういう質の魔力であって構築じゃあねぇ》」

魔封石は魔法を封じるもの、その意味は間違えていないが原理としては違う。

魔法の構築を分解し魔力へと戻すだけなのだ。

故に性質を持った魔力は魔封石の影響を受けない。

死霊術の最大のメリットは、生み出したアンデッドそのものが特異な性質の魔力を帯びるという点だ。それ故に魔封石を多用しても、その効果が弱まることはない。

使用する際に妨害さえされなければ後はやりたい放題。

「なぁに、こまけーことは言ってもわかんねーだろうからな。ただあれの近くで死んだ日にゃ、俺がやらなくてもああなるから精々死なないよう注意するんだな」

「へ、へいいい！」

一定の距離を進むたびに魔封石を一つ落す。

これで現地点までを探知魔法で追跡することはできない。

移動した痕跡を探しながら追いかけられることは不可能ではないが、そんな悠長に追うくらいなら普通に進むだけで振り切ることができる。

さらにこの先には魔封石を事前にばら撒いてあるエリアだ。

万が一のために逃走経路、および逃げ込みやすい地形を用意してあった。

最初の目標ポイントである開けた場所に到着する。

ここを知っているのは今ここにいる付き合いの長い部下だけ。彼らに秘密裏に開拓させた場所である。

「さて、少し休憩だ。逃げ出せた奴らは全員いるな？　各自持ち逃げした分の荷物も確認するぞ」

この先はこの仲間でしか知らない隠れ家や、ドコラしか知らない拠点も存在している。

こいつらを従えているうちは前者に避難しておけばいい。

「こりゃ他の場所もやられたよなぁ。いやあ騎士様に感謝しねぇとな。儲けが増えるぜ」

新王を迎えたガーネから逃げ込んだ山賊達の数は膨大だった。

そこで自分達が安全に略奪し、仮に騎士達が動いてもリスクが分散するようにドコラは山賊同盟を立ち上げた。

その結果は好調、気に入らない奴はわざと反逆させ見せしめに使い、他の奴らには恩を売り騎士達に見つかりやすい位置を陣取らせた。

こちらの拠点も同時にばれる可能性は低いとは思っていたが、念のためのプランはこうして用意してあった。

だがこれで山賊の数は激減。これからは少数精鋭で気軽に狩場を荒らせる。

何も悪いことばかりではないのだ。

「そうか、だが悪人に感謝されても微塵(みじん)も嬉しくは無いな」

声が響く、草陰から一人の騎士が現れた。

そしてその騎士の登場にあわせ周囲から同様に騎士達が姿を見せた。

「おおう、マジかよ」

「我が名はイリアス＝ラッツェル。山賊ドコラよ、悪しき道はここで行き止まりだ」

現れた女の騎士は名乗り剣を抜いた。

イリアスさんが格好良く名乗っている遥か後ろにカラ爺さんがいて、その背中にへばりながら隠れているのが異世界トラベラー。

正直疲れました。今回誰も担いでくれないんだもん。

「隻腕の男、間違いなさそうじゃの。坊主の読み通りじゃ」

さて、何故今こうなっているのか説明しよう。

隻腕の男、ドコラが逃げることは最初から想定内だった
今まで騎士達を欺いて来た徹底した情報統制、逃走術を持った男が拠点を囲まれたからといってそう易々と捕まるだろうか。

逃走手段や経路の一つや二つ用意しているのが当然だろう。

死霊術による恐怖支配に自信があることからも、死霊術を頼りにしているのは理解できた。

一応気になったのでラグドー隊の一人に、先日襲撃した洞窟を再度調査してもらったところ、死体がごっそり消えてなくなっていたそうだ。

悲しみながら埋葬した、そんなことはあるまい。

では何かに使うのだろう、当然こういう時にだ。

ドコラという名前もマーヤさんが情報を見つけ出してくれたおかげで判明した。

かつてとある王国の暗部の一人で、あくる日禁忌を犯したとされ指名手配。

その後はガーネで盗賊まがいの悪党となっていたようだが、新王を迎えたガーネの脅威からターイ

ズに逃走、今に至るわけだ。

暗部時代に培ったノウハウを、山賊業として役立てていると分かったのは非常に大きい。

つまりドコラは知恵が働くというより、過去の経験を活かすタイプなのだ。

そういう手合いの行動は本人の経験を信用してのものに片寄るため、パターンさえ分かれば読みやすい。

逃走にはほぼ確実に魔封石を使用すると踏んだ。湯水のように使っていることから事前に逃走経路に撒いておく可能性も同様だ。

イリアスさん達ラグドー隊を後方支援と言う名の完全フリー状態にしたのは、襲撃の前段階から逃走経路周辺の先回りを行う為だ。

進路も会議の場で事前に決めておき、逃げ出すであろう方向を絞る。

そして襲撃の少し前から探知魔法を使用しながら探索した。

それにしてもレアノー卿、ラグドー隊に自分の隊員一人もつけないでやんの。

恐らくは連携させる気すらなかったのだろう。いたらいたらでちょっとどうにかさせてもらったわけだが。

探せば見つかるわ見つかるわで探知魔法が打ち消された場所、すなわち魔封石が置かれていた範囲の外側を回りながら逃走経路の割り出しを行ったのだ。

その中に見つけた不自然に開拓された開けた場所、複数に分かれた後合流するポイントとして使うつもりだったのだろう。

どうもあっさり包囲網を突破されたようで全員で来たようだけどもね、レアノー卿はある意味ファインプレー。

なまじ経験が無くても、頭が冴えて回転の速い天才タイプが相手ではどうしたものかと思ったものだ。恐らく今レアノー卿はアンデッド集団でもけしかけられている頃だろう。

こっそり熟練聖職者のマーヤさんにお願いして援護に向かわせているから、今頃鎮圧が進んでいるはずだ。

これで後から文句を言われる筋合いも無いだろう。先陣も切らせたんだしね？

さあ、ここから先はイリアスさんの取り分だ。

「おいおい、マジかよ」

ドコラは現れた騎士達を前に、驚きの表情を見せたがすぐに笑みに変わる。

「嬢ちゃん、あんたがこの隊の隊長か」

「そうだ」

「ここを見つけた奴は今来ているのか？」

「……私が見つけた」

「嘘を言うなよ騎士様よ！　目を見りゃ分かる。お前はクソ真面目な騎士だ。そんな奴が仲間の騎士が襲撃している最中、逃げられることを前提で逃走経路に先回りなんざできるか？　できねぇよなぁ！」

「……」

「わかっちまうんだよ。ここを探り当てた奴はお前のような誇りに生きている奴じゃねぇ。俺達のような生き方を知っている奴だ」

うーん、あのドコラという男……頭の回転が速いというより嗅覚が優れているのか。

経験則で培った感覚を妄信していると見るべきか。

「なあ、そいつと話をさせてくれよ。そうすりゃ真っ当に相手してやるからさ、なぁ？　隠れているんだろう？」

ドコラは周囲を見渡している。

――ここは出るしかないか。

イリアスさんは絶対に前に出るなと念を押していたが、今周囲に意識を向けられるのは避けたい。

「カラ爺さん、後は頼みます」

「おう、気をつけるんじゃぞ」

立ち上がり、草むらを掻き分け広場に姿を現す。

何か物申したそうなイリアスさんを制す。

「逃げずに戦ってくれるんだ、話に付き合うくらいは構わない。何かあれば護ってくれるだろう？」

「あ、ああ……」

「それに、必要なことだ」

最後の言葉はドコラに聞こえないよう小さく囁く。

そしてそのままイリアスさんの真横に陣取り、ドコラと向き合う。

ドコラにとってこの会話は時間稼ぎなどではない。自分の好奇心を満足させる為の行為だ。

それはこちらにとっても必要な事。とはいえ取り繕う相手でもない。

こちらも自由に応対させてもらうとしようじゃないか。

「ほぉ、お前がそうなのか？　見たとこ戦えるタイプって感じじゃねぇな」

「そうだな。この中の誰よりも弱い自信はある」

「良いね、その開き直り。だがお前が本当にそうなのか、いくつか質問させてもらおうか」

「構わない」

「ギドウの一味の拠点をどうやって見つけた？」

「山で遭難していたら偶然洞窟を見かけた。それだけだ」

「――マジかよ。即効否定した案だったのかよ。まあ奇跡や偶然は一個くらいあるもんだ」

偶然のでき事も考えの片隅に出る程度には思慮深いわけか。驚きは見せるが感情への揺らぎはない。

ドコラは自分の手法を信じているが、完璧ではないことを理解している。

それ故に次の手、その次の手を用意している。

用意周到な人間。ならば今の状況にも対策や用意がある可能性は高い。

「次の質問だ、どうやって情報を吐かせた」

「死後も恐れる理由から、死霊術が関与していると判断した」

「その辺は良い。騎士達にゃ縁が遠くても聖職者ならピンと来る奴もいるだろうからな。だが聞いているのはどうやって奴らに情報を吐かせたかだ」

「死霊術士が死ぬまでの間処刑日を延長させた、先着三名でな」

「――なるほどな、生者にも使えると言うべきだったか？」

「実践できるならな、虚言はいずれ綻びが出るぞ」

「……最後の質問だ、何を以って俺を追い詰めた」

「理解」

　ドコラはしばし沈黙する。

　そして愉快そうに口を歪めた。

「分かった。お前で間違いねぇな。最初は疑ったが、今の眼をみて確信できた」

「それは良かった」

「何者だお前、そっちについて良い奴じゃねぇだろ？」

「失礼だな、善良な一般人だ」

「善良な一般人が俺みたいな奴を理解してんじゃねぇよ。つかお前みたいなのが一般人てどんな魔境だ。悪人は何やらかしてんだ」

　そう言われると返答に困る。

　悪人なんてピンきりだ。歴史に名を残す暴君もいれば、一人の心にだけ傷を残すような奴だっている。耳に聞いただけの存在もいれば、実際にこの目で見て、関わった者さえも。

　長々と話をするつもりは無いが、それを上手く伝えるにはどうしたものか……。

「なんでもやっている、なんでもな」

「へぇ、そうかい。黒い髪、黒い瞳……俺が知ってる部族の地域ってわけじゃねぇな……いや、待てよ」

ドコラは何かを思い出したかのようにこちらを指差す。

「お前、チキュウの人間か」

「っ!?」

こいつ、知っているのか。

この言葉は予想外だ。

山賊の首領が地球(こちら)の世界の事を知っているとは……。

しかしこうなるとイリアスさんに任せて殺されると困るよな、困るよね?

いや、ひょっとしてドコラも地球人なのか?

「その様子じゃ当たりの様だな。いやぁーまさか本当にいるとは、それも会えるとなぁ」

「こちらは質問に答えた、ならこちらも聞こう。何故地球を知っているんだ」

「そりゃあ俺の立場で知らねぇわけがねぇ、俺の人生を狂わしてくれた死霊術、そしてこの世界に最悪の歴史を生み出した蘇生魔法。禁忌を生み出す原因を持ち込んだ異世界の事をなぁ!」

どうやらドコラ地球人説は無さそうだ。

イリアスさんに視線を移す。驚きの様子から彼女も知らない事実だったようだ。

それにしても地球人が蘇生魔法を作った。そんな事がありうるのか?

確かに世界の歴史の中には、錬金術師や魔女と言ったファンタジー世界の基盤を作ったとされる逸話は存在している。

ならばそういった者達が過去にこの世界に来て、禁忌と呼ばれるほどの魔法を生み出した可能性は否定できない。

しかし現代では魔法なんて想像の世界でしか存在し得ない幻想だ。

にわかには信じがたいが、ドコラの様子から嘘には見えない。

そもそも嘘を吐く必要も無い場なのだ。

「他に知っている事はないのか？」

「なんだ、お前さんも口封じをしたいのか？　あの時のようによ！」

「知りたいだけだ」

「そうかい、だが残念だったな。俺が知ったのは深淵の入り口に過ぎねぇ。死霊術もそのおまけみてぇなもんさ」

「……」

「どうしても知りてぇってんなら手前で調べるんだな。取っ掛かりとしちゃ十分だろ？」

そう言ってドコラは腰につけていたナイフを抜く。

「俺としちゃ良いモンを見させてもらった。商売としちゃあがったりだが、色々溜飲が降りたぜ。ありがとうな」

戦闘態勢に入ったドコラを警戒してイリアスさんがこちらの前に出る。

お話はこの辺で終了か。正直な感想もう少しばかり会話を続けたかったが仕方ない。

こちらの目的も果たした。後は彼女達を信じるだけだ。

「さー、お前ら！　相手は俺達よりちーっと多い！　ついでにさっき来た騎士共よりだいぶ強ぇ！

だからちーっとばかり気張れよ。腑抜けた奴はアンデッドにしてやるからよ！」

『うおぅっ‼』

以前の山賊達と違い、士気が高く騎士達への恐怖心もない。

包囲網を抜けたのは逃げられるから、今立ち向かおうとしているのは戦うしかないからだ。

顔を見れば分かる。死霊術に怯えていた山賊達とは違い、こいつらはドコラに純粋に信頼を寄せている。

今の生き方を満喫している。

悪党だが、少し羨ましいとも思った。

先に出会うのがイリアスさんで無く、ドコラだったら……いや、そういうifの想像は今すべきではない。

この乱戦、自分の身を守ることに専念しなければならない。

「イリアスさん、どこにいれば良い？」

「その場から動くな、必ず私達が君を護る」

「わかった」

できることなんて無かった。言われたのは信じろとだけ。

なかなかに難しいことを言ってくれる。

今山賊達の殺気はこちらにも向けられている。

自分を容易く殺せる相手が、今襲い掛からんとしている。

その恐怖は熊やスライムにも負けない。

いや、同じ人間だからこそ感じる恐怖もある。

震える顎を押さえるために左腕の袖を噛む。

冷静さも失い始めているせいで、その力は必要以上に強い。

だが腕への痛みが、心の平静を辛うじて保たせてくれる。

「じゃあ、いくぜ！」

ドコラがナイフをこちらに向けて投擲する。

それをイリアスさんが叩き落す。

地面に刺さるナイフが二本、二本⁉

投げたのは一本――隠しナイフだ。

大き目のナイフの影に小さいナイフを混ぜての投擲、そんなそぶりは微塵も感じなかった。

それを当然の如く両方叩き落すイリアスさん、頼もしい。

ナイフの投擲と共に山賊達が散り、周囲で乱戦が始まった。

素人目でもラグドー隊の騎士達の方が格上だと思えるのは以前と変わらない。

だが圧倒的に違うのは山賊達の動きだ。

不用意に攻めて、返しの一撃で倒されるような真似はしない。

互いに牽制を繰り広げ、不用意に攻めない。

ドコラも新たなナイフを取り出し、イリアスさんと打ち合う。

その動きは他の山賊を遥かに凌駕している。

下手をすればラグドー隊の騎士達にも後れを許さないほどだ。

自分の周囲に二人、騎士達が護りに入ってくれる。

この人員を攻めに使えればより確実に勝てるだろうが、隙を狙われれば即終了の場違いな一般人がいることが欠点だ。

足手まといであること実感しながら、感謝する。

「はっはぁーっ！　嬢ちゃん強ぇな。ガーネでもお前ほどの奴は早々見なかったぜ！」

ドコラは額に汗を浮かばせながらイリアスさんの剣戟を捌いている。

まともに受けようものならナイフを持った腕ごと吹き飛ばされる剣圧を器用にいなす。

それも隻腕でありながら、そのプレッシャーは尋常ではないのだろう。

対するイリアスさんは汗一つ無い。楽しそうに戦う素振りも無い。

粛々と剣を振るい、追い詰めていく。

「腕は良いが口下手なのが残念だなぁ。もっと楽しもうぜ？　鍛錬に明け暮れた日々の鬱憤を晴らす絶好の機会なんだぜ？」

「悪人を喜ばせる必要は無い。その気も無い！」

「かぁーっ！　つまんねぇ女！　そっちの男の方がよっぽど抱き甲斐があるぜ！」

別の意味でゾクりとすることを言うもんじゃない。

しかしその打ち合いも徐々に均衡が崩れていく。

「なるほど。その若さで、女でありながらこいつらの頭張ってるだけはあるな。いい加減腕が壊れちまいそうだ」

わざとらしく腕の疲労をアピールするドコラ。そしておもむろに持っていたナイフを投擲する。

イリアスさんは顔色一つ変えることなくそれを叩き落す。

「ま、俺の実力じゃここまで楽しめただけ十分だな。ぼちぼち奥の手使わせてもらおうか」

新たに取り出したナイフ、それは先ほどまで見たナイフと違い刀身まで禍々しい黒。

イリアスさんもそのナイフに何かを感じ取ったのか、改めて剣を握りなおす。

「んー、警戒心も一級品だな嬢ちゃん。だが安心しな、こいつはお前に使う物じゃやねぇ」

そう言ってドコラは大きく振りかぶり、

「こーやって使うのさ！」

真上の方向へ、空高く投げた。

ナイフは目視できないほどの高さに到達し、破裂した。

黒い靄のようなものが凄まじい速度で広がり、降りてくる。

一瞬にして戦場が黒い靄に包まれた。

「結界を彼に！」

そう叫ぶと同時に、こちらの体が光の膜のような物に包まれる。

傍にいた騎士の一人がこちらに何らかの魔法を使用してくれたようだ。

周囲の視界が僅かに暗くなる。

視野を奪う為の物には見えない。結界を張らせたということは毒、いやもしかするとこれはあれか。

「おう、いい判断だ。魔力のねぇ奴にゃそれなりの害があるからな」

「死霊術か……！」

「ご明察、つっても死霊術を使ったわけじゃねぇ。死霊術で生み出した魔力をさっきのナイフに込めておいたもんだ。あほみたいな量をな。だからお前らが持ってる魔封石は意味ないぜ？」

魔封石を多用するだけあって、その特性を掻い潜りながらの魔法行使はお手の物ということらしい。

今死霊魔術をしようとした理由はなんだ？　ここにいる仲間の死体を再利用する為？

視線を周囲に向ける。

既に事切れている山賊もいるが動き出す気配はない。

同じことを他の騎士やイリアスさんも考えているのだろう。

乱戦の中でも死体への警戒を忘れない。

「ああ、こいつは逃走用に使ったアンデッドを増やす奴とは違う。本来の正しい死霊術の使い方だ。死者を使役する為のなぁ！」

周囲から叫び声が上がる。

山賊達のものでも、まして騎士達のものでもない。

ならば、それが意味するのは――。

「気をつけろ！　囲まれているぞ！」

周囲の地面から手が這い出す。

映画で見たワンシーンを思い出す。

墓場からゾンビが蘇る、あの定番の恐怖映像。

状況を理解したとき、二十の山賊を囲んでいた三十の騎士達は五十を超えるアンデッドに包囲されていた。

「こいつらは俺の魔力に応じて動き出す。ただ暴走してその辺を襲う雑魚じゃねぇ。俺の命令を忠実に守る駒だ」

アンデッド達は武器を携えている。

武装し指揮者に従うアンデッド。

そして森の奥からひときわ大きなアンデッドが飛び出した。

「――――っ！」

巨大なアンデッドは咆哮する。その姿には見覚えがある。

先日倒した山賊の一味のボス、たしかギドウといったか。

以前装備していた石槌にも負けない大きさの大剣を携え、イリアスさんの方へ突撃を開始する。

「ああ、こいつは素材として優秀だったからなぁ。それにお前らに恨みもありそうだ」

豪腕から繰り出される大剣をイリアスさんは受ける。

防ぎきったようだがその剣圧はイリアスさんの体を突きぬけ、大地に亀裂を生み出す。

以前見たときよりも遥かに早く、そして力強い。

肉体を超えた力を使った反動でギドウの腕が破裂する。

だがその腕は瞬く間に再生していく。

これが不死のアンデッド……ただ動くだけの死体ではない。無尽蔵に戦い続ける最悪の兵士。

それらに囲まれている状況、騎士達の表情に焦りなどは感じないが、緊張感は増している。

「なるほど、これは少しばかり同情したくもなるな」

そう言って剣を振るい、ギドウを頭の先から両断する。

しかし、ギドウは再生を開始する。

「さて、武装を見たとこ洗礼を受けた聖武器は無いようだが、どうする騎士様よぉ？　逃げても良いんだぜ？　俺達は去るものは追わねぇからよぉ？」

「戯言を。たかが死なない程度、何を恐れるか」

アンデッド化した山賊達。そしてそれに続き攻撃を開始する山賊達を相手にしても、なお騎士達は圧されない。

「我らはターイズ最強のラグドー卿率いる騎士団！　この程度で怯むと思うな」

「おうおう、すげぇな。だがその威勢どこまで持つかね？」

覇気を飛ばす騎士達を前にドコラは涼しい顔だ。

その余裕も分かる。

迫り来るアンデッドを捌ききれるとはいえ、そこまでだ。

相手は次々と再生し、要所要所で動きの良い生きた山賊が奇襲を仕掛ける。

この持久戦、不利なのはこちらだ。

逃げることも視野に入れる必要がある。

「術者を倒せば――」

「生憎こいつらにはもう命令を下した。俺の魔力がこの一帯に存在する以上、俺を殺してもこいつらは止まらねぇ。殺されてやるつもりもないがな」

なんつー傍迷惑な、そりゃ禁忌扱いもされるわな。

聖職者であるマーヤさんがいれば何かしらの対応策を知っていたかもしれないが、彼女はこの場にはいない。

事前に確認したが、死霊術への対抗策を持った騎士達はこのラグドー隊にはいない。全員が脳筋ゴリラだ。

何か策は無いのか、今自分にできることがないか考える。

だが死霊術への知識が足りなさすぎる。

このアンデッドは周囲に充満している魔力で動いている。

魔封石は効果がない。つまり現状これらを解除する術はこちらには無い。

現状取れるのはこの場を離れるか、周囲に充満した魔力をどうにかする事だ。

だが周囲には魔封石が大量にある。魔法でどうにかするという選択肢は無い。

ここは撤退し、再度奴らを追い詰めるしか――、

「そうか、この煩わしい魔力をどうにかすれば良いのか」

イリアスさんが深く腰を落とした構えを取る。

握り絞めた剣の刀身が輝きだす。

「魔法なんざ使わせねぇよ！」

ドコラが魔封石をイリアスさんの周囲にばら撒く。どれだけ持ってるんだあいつ。

しかし剣の輝きは消えない。眼の眩むほどまで輝く。

「魔法じゃねぇのか!?」

「総員、飛べ！」

イリアスさんが叫ぶと同時に体が宙に浮く。騎士の一人がこちらを抱え上げ跳躍したのだ。

高っ！　何で人担いだ垂直ジャンプで五メートルも跳んでるのこのお爺ちゃん!?

驚愕と同時にイリアスさんが剣を真横に振るう。

同時に膨大な光が放たれ、黒い靄は吹き飛び、大地に逃げ遅れたアンデッドや山賊達は目に見えぬ一閃に両断された。

着地の衝撃に咽せ、咳き込みそうになりながら周囲を見る。

戦場となった広間は愚か、周囲の木々も倒壊している。

巻き込まれたアンデッドも肉塊へと変貌し、再生しない。

咄嗟に飛び上がったドコラは、初めて焦りを含んだ顔を見せ着地する。

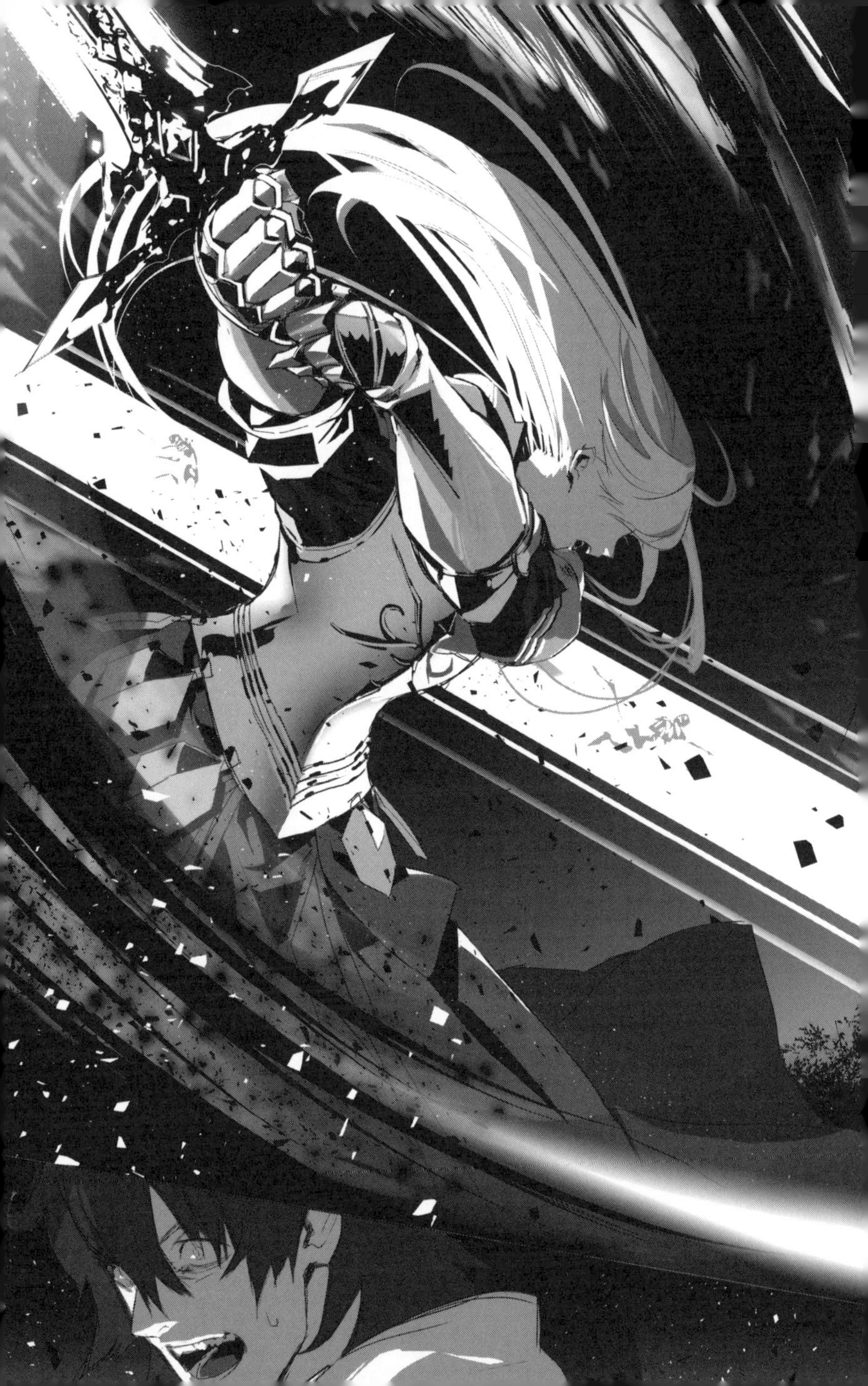

「なんつー力技だよ、おい。魔力を込めまくった一振りで強引に吹き飛ばしやがった」

ゴリラ極まる方法だった、開いた口を手で塞ぐ。

イリアスさんが剣先をドコラに向ける。

「どうやらもう再生することも無さそうだな。他に手があるなら早く使うと良い」

「そう言われちゃ見せないわけにはいかないな。こいつだけは使いたくなかったが」

そう言ってドコラは黒い玉を取り出す。

まさかまた魔力を込めた奴とか言わないよな？

「そらよ！」

ドコラはその玉を地面に叩きつける。

今度は濃い煙が周囲に充満し始める。

って煙幕かよ！

「逃げるか、卑怯者め！」

「逃げるさ、正直者め！」

ドコラは踵を返し、その場を立ち去ろうとし――――その場に倒れた。

「――――は？」

倒壊した森のさらに奥から飛び出した槍が、ドコラの両足を吹き飛ばしていた。

槍が飛んできた方向にはカラ爺さんが自慢げな顔でこちらを見ている。

その状況にイリアスさんも驚きの表情を見せている。

「……あー、誇りはねぇのか騎士様よ」

「彼女の指示じゃない、こちらの作戦だ」

ドコラに声を掛ける。ドコラの視線はこちらに移る。

その表情はとても物静かな顔だ。

「最初からこのつもりだったのか」

「一度逃げたんだ。今回も隙を作り逃げ出すだろうと考えていた」

「そりゃそうだな、良いタイミングだったぜ」

「逃げ切れると確信する瞬間を演出したからな」

——計画通りだ。

そう、この一撃はカラ爺さんとだけ相談していた。

イリアスさんには逃走への備えと称し、カラ爺さんには隠れてもらっていた。

カラ爺さんにはドコラがいずれかのタイミングで逃走を開始するだろうということを伝え、常に槍を投擲できる状況を保ってもらったのだ。

隠れるのをやめ姿を現したのも、ドコラが周辺を見渡すことでカラ爺さんが見つかるリスクを避ける為だ。

純粋な奇襲でも騎士が行う行為という盲点を突けるため、成功する可能性はあった。

だがドコラの実力の程が分からなかった為、より成功率の高い手段をとった。

カラ爺さんに投げるタイミングとしてこう指示した、

『誰かが逃走を始めたドコラに非難の言葉を浴びせた瞬間を狙ってくれ』

イリアスさんが言う形になったが、誰も言わなければ自分で言うつもりはあった。

こちらの非難の言葉を聞いてドコラは隙を突けたと確信しただろう。

その確信をした瞬間は自分の行動の成否を確認し、評価するプロセスが含まれる。

常に周囲に気を配っていたとしても、幾分もその精度は下がる。

自分の技術を信じているドコラにとって、策の成功の瞬間は満足せざるを得ないだろう。

だからこそ、そこが最も付入れる隙なのだ。

その状況を作る為、他の騎士達には何も言わなかった。

きっと彼らなら策を用いて逃げようとするドコラを非難するだろうと信じて。

「理解か、分かってんじゃねーか。してやられたがこうもハメられるとかえって嬉しいもんだ」

「そうか」

同じことを考えていたのだろう、ドコラは溜息を吐き笑う。

「ひょっとすればお前とは良い仲になれたかもしれねぇな」

「そうかもな。でも略奪行為で人の命を奪うのは好みじゃないな」

「お前ならすぐ慣れるさ。俺が保障する」

「じゃあ道を外さない様に気をつけるよ」

「ああ、それが良い」

背後からイリアスさんが剣を手に歩み寄る。

「――俺の所持品に地図がある。俺しか知らない拠点の場所についてもいくつか描かれている。一番見つけにくい拠点を調べろ、餞別だ」

ドコラは笑う、イリアスさんの掲げる剣など既に眼中にない。

「よく笑えるな、凄いよあんた」

「名前、聞いてもいいか？」

「……ああ」

名前を名乗る、同時に剣が振り下ろされる。

ドコラの口はこちらの名前を音無く反芻し、最後にもう一度笑った。

◆

その後の顛末は粛々と行われた。

他の拠点に関しては滞りなく殲滅。逃走できた山賊の数は確認できず。

補足された山賊全てが死亡、または拿捕される。

ドコラの拠点で発生したアンデッドは支援に入ったマーヤさん率いる聖職者達により無力化。

負傷者こそ多数出たが、それでもレアノー卿率いた騎士団の死者はゼロであった。

出世欲に囚われた人物に見えたが、部下の命を最優先に指揮を執り直していたようだ。

その配慮を女性であるイリアスさんにも向けてやればいいものを。

ドコラ拠点の一掃がすんだ後、マーヤさんと合流し、ドコラと決着をつけた場所の浄化処理を行う。既に死霊魔術の影響を受けた魔力は霧散しており、害はないとこのこと。残った死体に僅かに残っていたものを撤去し戦いは終了した。

ドコラの亡骸は運ばれ、後ほど晒し首となるとのこと。

帰りの道、馬車に乗せられながらドコラの死体が詰められた麻袋を眺める。

「……」

「何も言わないのか」

死体を挟んで反対側に座るイリアスさんが尋ねてくる。

「特には」

「ドコラは君の世界の情報を知っていた。君はそれについて知りたかったのではないのか」

「こいつはあの場での死を覚悟していた。だからこそ遺言を残した、多分それ以上の情報は持っていなかっただろう。話を聞きたかったかと言われれば聞きたかったけどな仕方ない」

「仕方ない？　何故そう思った」

「ドコラをあの場で斬り殺さないとって思ったから斬ったんだろう？　逃げられる可能性も、抵抗する可能性もないわけじゃなかった」

「両足を失った相手を逃がすはずが無い。抵抗を防ぐだけなら、残った腕を落すだけで十分だった」

「まあ、そうだな。だが非難できる立場じゃない。皆に黙って奇襲を行った。ラグドー隊ならば逃げられようと追いつける可能性も十分にあったのに、だ」

「あの作戦は君が私達を信用しきれていなかったと言うより、それ以上に奴の行動を信用していたからだろう。そしてより確実な方を選び、実行した。不満はあるが理に適っている、非難できるはずも無い」

「こっちも似たようなもんだ。非難する気は起きない」

「……」

溜息が漏れる。わざわざこういう会話をすると言うことは、そういう事なんだろう。

「それでもドコラを斬った理由、聞かれなきゃ答えられないのなら聞いてやる。それで楽になるなら」

「……すまない、私は恐怖してしまった」

「あれだけ力の差を示してそれでもか」

「恐怖したのは力ではない、君達の姿にだ」

「……」

「恐怖と言えば言い訳になるか。嫌悪してしまったと吐露すべきだろう。襲撃前、君の事を歪な鏡のようだと話したな」

「そういえばそんな事も言われたな」

「マーヤから奴の情報を受け取ってからの君は、少しずつだが奴と同じ気配を纏っているような気がした。そして奴と会話を始めた時、それはさらに濃くなるのを感じた」

「相手のことを考えると無意識に相手の真似をしてしまうことはそう珍しいことじゃない」

「だとしてもだ。最後の会話を聞いていた時、君はさらに彼に近しい雰囲気を持つようになっていた。――そのまま君がドコラと同じ世界の住人へとなっていくような、奴へと姿を変えてしまうような気がして……剣を振るわずにいられなかった」

否定はできない。あの時自分はドコラのことを理解し、ドコラもこちらのことを理解していた。

互いに嫌悪感を持つことなく、シンパシーを抱いていた。

仲良くなれたかもしれない。そんな言葉を聞いて僅かにうれしいとさえ思った。

相手は人間をなんとも思わずに殺し、その魂まで辱める悪党だと言うのに。

「それで良いんだろう。イリアスさんは目の前の人間が、悪の道に踏み込む姿を見過ごせなかった。嫌悪し、いてもたってもいられなくなり行動した。立派じゃないか」

「立派なものか！　勇気を奮い悪に立ち向かうならまだしも、嫌悪から拒絶のために剣を向けるなど！」

「立派だよ。イリアスさんは動けた。そしてそれを省みることができた。上出来すぎる成果だ」

「……」

「世の中には様々な人がいる。君と同じ立場にいて、同じように思ったものがいたとして、動けない者もいる。目を背け、自分の世界から隔絶してしまう者だっている。その中で拒絶のために動けたイリアスさんは立派だ。その価値観を押し付けず、むしろ負い目を感じているイリアスさんはとても立派だ」

「……ふ、まるで子供に言い聞かせるような言い回しだな」

イリアスさんの表情が柔らかくなる。

それに合わせてこちらも肩の力がようやく抜けてきた。

「そりゃあ年上だしな」

「……は?」

え、そこでその顔する? すっごいかわいい顔してる。

「失礼かもだけどイリアスさんいくつ?」

「十八だ、君よりも年上だぞ」

「いや、年下だろ」

固まるイリアスさんに実年齢を告げる。

さらに固まった。

ファンタジー世界だけあって日本系の顔は少ない。

そして思い出す。外国において日本人が若く見られるあの風習。

多少童顔だと子供にすら間違われる、低身長で若々しいのが我が民族だ。

あー年下だと思ってたのか。それで人を物みたいに担いで平然と……いや、それでもどうかと思うぞ。

「エ、エルフの血でも入っているのか!?」

「いやいや、両親も遥か先の祖先も皆人間だ」

「う、嘘だ、さん付けしてきたし、てっきり十六前後の……も、申し訳ありません!」

「いや、もういい。今更丁寧になられても困る」

「い、いや、しかし」

「わかったわかった。こっちがもう少し年上らしくすれば文句ないだろう。それでいいかイリアス」

「あ、ああ」

「そうか、騎士達は敬称として卿を使うから馴染みが薄いのか。地球の世界では大人同士はさん付けするのが一般だ。大人になれば年齢の差なんて大した意味はない。立場が上だろうと下だろうと相手を敬うのは最低限の礼儀として教わっている」

「いや、それはこちらも似たり寄ったりではあるが……年下にさん付けは――」

「大体相手の年齢なんて聞くまで分かるものじゃないんだから、一人の人間として扱うべきだろう」

「そ、そうか。そうだよな」

まあ、立場が変わればそれを忘れてしまいがちなのが現代社会の悪風なのだが。

「時に、君はこれからどうするつもりなのだ?」

先延ばしにしていた話題を引っ張り出すイリアス。

そうだよなー。今は山賊討伐への協力者って事で兵舎に寝床を借りていたけど、いつまでもと言うわけにはいかない。

「そうだな、先ずは国にいることの許可をもらいたい」

「それは問題ないと思うが……」

「なら最初にすべきは風雨を凌げ、眠れそうな橋の下や路地裏を見つける事だな。いい場所があれば教えてくれ」

「……は？」

「次に言葉の学習だな。この憑依術がいつまで持つかとか分からない。マーヤさんに頻繁に世話になるのも迷惑だろうし、早いところ文字の読み書き、一般的な会話くらいは覚えなくてはならない。その後は身なりに気を遣わない店を回り、日雇いでも良いから小銭を稼ぐ。生存に問題の無い食費が稼げるようになったら一着服を買い、もう少し身なりに気を遣ってそうな場所で賃金を得る。ある程度溜まる頃には多少の知り合いもできるだろうから、馬小屋に寝泊まりできないか交渉して……」

「待て待て待て！　警邏の都度その光景を見せられる私達の身にもなれ！　自分達の国で恩人にそんな生活をさせるわけにいかないだろう！」

「そんな！　出て行けというのか!?　牢獄暮らしでもいいから野宿は勘弁してくれ！　そうだそれが良い！　牢獄に入れてくれ！」

「尚のことできるかっ！」

いや、牢獄暮らしも悪くないと思うんだ。

山の中を虫に噛まれ、獣に命を狙われる野宿と比べれば遥かに良い。

一日の行動時間も制限されるだろうが一文無しで飢える事も無い。

まあ民の税金で賄われてる以上、無駄な利用は避けなくてはならないのだろうが。

とはいえ牢獄暮らしに憧れを感じ始める現代社会の生き難さは世知辛いものもある。

だが命の危機には変えられない。

「どうすれば牢獄に入れてもらえる？」

「頼むから止めてくれ、止めてください、できませんから！」

「任せろ」

「どっちだ！　どっちの意味を自信満々に言っている!?」

この剣幕では牢獄での無難なライフは無理そうだ。

やはりホームレス生活からの這い上がりコースを真面目に検討することにしよう。

「はぁ……行く当てがないのなら私の家に来い」

「良いのか？」

「元いた家を引き払って小さな家に引っ越したのだが、それでも一人では広くてな。部屋も余っている。自分の身の回りの世話を自分でこなせるなら文句は言わん」

思考がすっかり日本の建築物をイメージしていたが、冷静に考えればだだっ広い未開の地が多い世界だ。

質素に一人暮らしをするにしても、それなりに住まいの広さはあるのだろう。

問題があるとすれば男女が同じ屋根の下と言う問題だが――まあイリアスがこちらを襲う心配はないだろう。

え、こっちが襲う可能性？　怪力ゴリラに夜這いする度胸なんてあるわけないだろ。

その気になれば人の頭握りつぶせるんだぜ、こいつ。

「家賃は？」

「いらん、清掃を忘れず静かにしてもらえれば文句も言わん」

「いよっし！」

「……ひょっとしてこちらがこの提案をすることを狙っていたのか？」

「まさか、これは手間が省けた事に対する喜びだ」

「手間て……」

「橋の下暮らしから人の家に世話になるまでの工程を考えれば、だいぶ手間を省けたと思うが」

「そこは本気だったのか……」

こうして無事異世界に無一文で飛ばされた不憫な男は、屋根つきの住まいを確保するまでに至った。

山賊討伐の手助けをしたとは言え、正直肉体労働はほとんど無い。

そういや結構歩いたが筋肉痛来なかったな、肉体が順応したのだろうか。

国に戻ってからは事後処理で忙しくなるそうだ。

発生した怪我人の治療、装備の手入れ、回収した金品の確認、捕縛した山賊の投獄処理。

それが一通り終われば民を交える祝勝会、王からの褒章授与、その打ち合わせにその後の立食会の手配。

それらの間の隊のスケジュール調整なども含めると、相当量の仕事が発生している。

イリアス曰く、幸せな労働なのだから辛くは無いとの事。

それらの仕事に移る前に先に家に案内してもらう。

程よく市場に近い場所にある一戸建て、十二分に大きい上に二階建て。

そりゃあ一人暮らしには管理大変だろう、というかこの前の家ってどれだけでかい家だったんだ。

一階には台所やリビング、浴室を初めとする生活空間。二回には同じ広さの部屋が四つ。

「私の部屋は右手前、左側手前は物置として使っている。君の部屋は右奥の部屋を使ってくれ。長いこと開けていないから、掃除した方が良いかもしれない」

「左奥は？」

「客間として作られているが、同じく使っていない」

「つまりこの二部屋は一切使ってないと」

恐る恐るマイルームになる部屋を開ける。

部屋の右隅に木製の机と椅子、中央壁に窓を挟み左隅に簡易なベッド。

左手前には箪笥が一つ。

うむ、シンプルイズベスト。

ラックの一つくらいは自作して、本棚とかも作りたいところだが現状はこれで満足。

中に入り、周囲を見渡しながらベッドに置かれた布団を叩く。

大量の埃が舞う。

窓を開ける。綺麗な空気と埃まみれの空気が入れ替えを行う。

「よし、先ずは掃除だな」

「道具は一階の物置にあるから使ってくれ。水は――」

簡易的な家の設備、道具の在り処などを確認。

そして最後に家の鍵のスペアと小袋に入った硬貨を渡される。

「しばらく留守にする。無駄な出費が無ければ食費込みで足りるはずだ」

「ヒモ生活からのスタートだと……」

「ヒモ？」

「なんでもない、感謝する。なるべく早く返せるよう勤めよう」

「別に――まあそうだな、そうしてくれ」

頷きながらイリアスさんは家を後にした。

残された新たな入居者は、腕まくりをして掃除を開始するのであった。

◆

ターイズ国の王、マリト＝ターイズは山賊討伐の報せを聞いた後、安堵の息をつく。

急なアンデッドの襲撃こそあったが死者は無く、完全勝利と言っても過言ではないだろう。

傍にいたラグドー卿も同様に知らせの内容に目を細め、喜ぶ。

「ラッツェル卿は上手くやったようだな」

「そのようですな。レアノー卿が指揮権を得て、後方に回されたと聞いた時は溜息が止まりませんでしたが」

イリアスは見事山賊同盟の首魁、ドコラの首を獲った。

それもレアノー卿が追い詰め、逃してしまった後にだ。

「最初から山賊の頭目を狙っていたのであれば、見事な手腕と褒めるしかあるまいな。レアノー卿も歯痒い思いをしている頃だろう」

「ええ、どうも良き協力者に会えたようです」

「ふむ？　協力者か」

「ええ、隊の者が変わった青年の協力を得て、ラッツェル卿は水を得た魚のように活躍していたと」

「あの武勇を活かせる者か。なかなかに興味深いな。会ってみたい」

「ラッツェル卿への褒章を与える式典の際に、その青年を呼ぶよう伝えておきましょう」

「そうか、だが式典では長話も難しい。その後の立食会にも招待せよ」

「もちろんそのつもりです」

「吉報を聞けたうえに楽しみも増えるか。久々に酒が美味く感じられそうだ」

「まだお若いのですから程ほどに」

マリトはまだ知らず会わぬ青年のことを考える。

騎士達が攻めあぐねた山賊達の尻尾を掴み、壊滅にまで追い込んだ切っ掛けとなった人物。

どのような男なのだろうか、話をしてみたい。

出会いとは己の人生を彩り、形作る一筆。

その者はこの人生にどのような色彩を置いてくれるのであろうか。

楽しみを噛み締め、執務に励むのであった。

「よし、終わった」

お掃除完了。ついでに反対側の部屋もお掃除済ませました。

二階の部屋はイリアスの部屋以外掃除、一階も軒並み掃除完了。

慣れない掃除道具に、現代の掃除器具の便利さを懐かしみながらの作業だったが、幸いにも無事五時間程でミッションをやりとげたのだ。

うん、掃除が下手とかじゃないんだ。

雑巾はあるけど水が近くの井戸から都度補充せねばならない。

ポンプがあるのはありがたかったが、大量に使っていいものか悩んだ結果、水を使わずに一通り拭いた後、水拭きに切り替えることで節約することにした。

箒で掃く場合、いつもはその後雑巾で水吹きだったんだけどなぁと学生時代を思い出す。

モップが欲しいなモップ、腰痛めそうだわ。

ついでに物置も武器やら防具やらも置かれていて、どう扱うかで悩まされた。

メンテはできないので丁寧に運び一度ベッドの上へ。

その後物置を掃除して元に戻す。

これが一番の重労働である。武具って重いんだよ。

腹の虫が空腹を告げる。今ならきっと何を食べても美味い。

しかし飲食店なんてどこにあるのか、日が沈んだ頃に聞いて回るのも不審がられそうで怖い。

というわけでやってきました教会。

「マーヤさん、いますか？」

「あら、坊やじゃないの。こんな夜更けに女を訪ねるもんじゃないわよ」

「実はですね」

と、イリアスの家に世話になること、掃除に明け暮れていたら日が暮れて町を調べる時間が無くなり、どこで食事をすればいいのかが分からないので聞きに来たことをざっくりと説明する。

「あの子ったらしれっと男を囲うだなんて、やるじゃないの」

「その辺の不用心さは後々学ばせる必要はあるとして、どこか美味しい飯が食えるところないです？」

「この時間じゃ居酒屋くらいだね、坊やには早いわねぇ」

年齢を伝える、イリアスと同じ反応。

「ひょっとして私もまだギリギリいけるのかしら」

「候補には入れておきます。居酒屋の場所を教えてもらっても？」

「その見た目じゃ色々言われそうだねぇ」

せやった。別にイリアスさんやマーヤさんが特別と言うわけではない。

この世界から見れば日本人の多くは年齢が幼く見える。

「この世界って酒は何歳からって決まっているので？」

「十八からだね、自身の魔力が体に馴染まないうちの酒は調子を崩しちまうからねぇ」

「こっちは酒や煙草は二十歳から、成人として見られる年齢が二十でそこから先は自己責任という感じです」

「成人扱いが二年も違うのかい。燻る時期が長そうだねぇ」

「しかし居酒屋に一人で行けないとなると困るなぁ」

「今度連れて行ってあげるわよ。今日はうちで食べていきなさいな」

「それは助かります」

こうして無事夕食にありつけた。

マーヤさんの料理は兵舎で食べたものと比べ、ヘルシーなもので肉食を好む身からすればやや物足りなかったが、それでも随分と丁寧に作られたのがわかる美味しさだった。

「ところでこの憑依術ですが」

「ぎくり」

なんだい、その古いコテコテのリアクションは。

「な、なにか問題があったかい？」

「いや、効果はどれくらい持つのかなと」

そう、この憑依術非常にありがたい。

言葉のコミュニケーションが取れるのは当然として文字が読めるのだ。

書くことは残念ながらできない。

故に兵舎で資料を作る際にはカラ爺さん辺りに手伝ってもらった。

だが無限に続くことはないだろう。効果が切れればまた意思疎通のできない頃に逆戻りだ。

「私の魔力を込めたからそれが尽きるまでだね、一週間は持つからあと四日程度かね。切れたらまた掛けてあげるわよ」

「それはありがたい。文字が読めるうちにこの世界の言葉を勉強しておきたかったけど、そこまで急ぐ必要は無くなりそうです」

「あら感心ね。文字を学ぶなら手ごろな本をいくつか貸してあげるわよ。羊皮紙と筆もいるかしら」

「最初は砂にでも書くとします。元手掛からないですし」

「あら、良いわねそれ」

青空教室は偉大なのです。

「で、話を戻して憑依術に何か問題があると?」

「あ、あらぁ？　何のことかしら？」

「ふむ、この教会では真実を隠し、嘘を是とする聖職者がいると。周囲の人にも教えねば」

「冗談よ冗談！　実はねぇ、久々に使ったものだから何か間違えたっぽいのよ」

「何かって何です」

「それが分からないのよね。こう、魔法を使ってる時に『あ、失敗した』って感じになっちゃったのよー！　とりあえず話が通じたから……ま、いいかしらって」

「良くない、とても良くない」

便利だと感動していたその裏で、そんな危険なエピソードがあったなんて知りとうなかった！

いや知らないなら知らないで恐ろしい話なんだけどさ！

「せっかくだし今調べちゃいましょ」

「すぐに分かります？」

「ちょっと時間掛かるわねー。あの時は話を聞くのが優先だったからねぇ」

マーヤさんがこちらの額に手を当て、目を閉じる。

手がほのかに輝きを持ち、額が温かくなる。

「うーん、この辺がこうなっててーあらーこれはやらかしたわねー」

怖いこと呟かないで早く調べてください。

「分かったわ、やっぱり失敗で副作用が出てたみたいね」

「直せないので？」

「うーん、間違えた術式に体が馴染んじゃってて、次からも副作用が出る可能性があるわ」

「……それはどういう副作用？」

「ごめんね、思ったより深刻だったわ……」

緊張が走る。まさか寿命が削られるとかそんなハイリスクな副作用じゃないよな……。

そりゃあ学習時間半年以上得してるけど、それはあまりにも代償がでかすぎる。

「なんと……筋肉痛が来るのがかなり遅くなるわ」

「……もう一度」

「筋肉痛が来るのが通常よりだいぶ遅くなるわ。ついでに痛さもちょっと増すっぽいわね」

なんてこった。二十過ぎてから運動した翌日に筋肉痛が来るようになり、最近じゃ二日後に来たりしていたのに……それ以上だと⁉

それじゃあまさか、下山後足が乳酸付けで次の日筋肉痛確実と思われていたのに何事も無かったあの幸運が、実は先延ばしにされていただけだと⁉　しかもしれっと痛みが増すとな⁉　ついでで副作用増やすな！

あ、痛い、なんか急に足が、全身ががががっ⁉

「あら、噂をすれば筋肉痛が来たようね」

「うぐ、おおおお！」

ちょっとまて、これ洒落にならんだろ！　その後もう一度山に行って、今度は森に行って、今日は五時間も重い物持ち運びして掃除してたんだぞ⁉

「ち、治癒魔法で筋肉痛を治せないのか⁉」

「筋肉痛は治療の痛みだからねぇ。治っている症状を緩和するのは管轄外だねぇ」

「う、うぐおおおお！」

その後、マーヤさんに杖を借り、生まれたての子馬のように震える足で帰宅するのであった。

全身の痛みを噛み締めながら、一刻も早くこの世界の言語をマスターしようと心に誓うのであった。

05 とりあえず一段落。

新居での朝は全身の痛みによって散々な迎え方をすることになった。

全身の筋肉痛は緩和するどころか増している。

これが後数日は続くと思うと気が滅入る。

しばらく肉体労働には注意しつつ、行動をしなくてはならない。

それにしても辛い。過去にここまでの筋肉痛を味わったことがあったであろうか、いやない。

だからといって寝て過ごすわけにもいかない。この街についてなるべく知識を得なければなるまい。

寝返りを数度打ち、のそのそと起き上がる。

痛みを堪えて軽くストレッチ、中断。

イリアスに自由に使って良いと言われた道具の中に男物の服があったため、それを拝借。

派手さもなく、落ち着いた感じで悪くない。

そうそう、話によれば日本人特有の黒髪、黒い瞳は珍しいとの事。

カラーコンタクトといった物があるとは思えないので眼は断念、頭は丁度いい布があったので頭にバンダナのように巻く。

これで見た目的に目立つ可能性は減るだろう。

さー、国の探検と行こうじゃないか。

「さー安いよ安いよー！　取れたての野菜だよー！」

「焼きたての焼き鳥はいかがかねー！」

「俺の筋肉を見てくれぇ！」

市場は活気に溢れている。

いや、最後の何だよ。

全身に油を塗りこんだテカテカマッチョがパフォーマンスしてるんだけどさ。

すっげぇ良い体、だけど朝から油ギッシュ過ぎて胸焼けするわ。

手前にある籠に銅貨を投げ入れつつ、市場の散策を続ける。

大まかに分かったことだがこの国では紙幣は存在していない。

国によっては独自の紙幣を発行している国もあるかもしれないが、大抵の国は硬貨での取り引きが主流だ。

銅貨が百円、銀貨が千円、金貨が一万円。

その上もありそうだが今度確認しよう。

手持ちは金貨が一枚、銀貨が十枚、銅貨が五十枚、二万五千円の所持金となるわけだ。

市場の最低価格は当然銅貨一枚となるが、百円でも高いものはある。

そういったものは複数で銅貨一枚と言った纏め売りが主流の模様。

少数の概念もあるようで、この野菜は一つ〇・五銅貨、あの野菜は一つ〇・二銅貨といった感じで、合計で一銅貨になるように選ばせて買わせている箇所もある。

食料自体は安いものを探せば基本安い。

調理済みにもなれば一～五銅貨前後で手間も減らせそうだ。

朝食に焼き鳥的なものを食べる。相変わらず塩は使われていないが、代わりにスパイスのような辛味が脂と良いバランスを保っている。

日本円に換算しての金銭感覚が程よくマッチしている分、理解がしやすいのは助かる。

次に探すべきは飲食店だが、午前中はどこも開いていない。

昼になれば昼食所はオープンするのだろうが、適当に探していては時間を食いそうだ。

散策を終えたら語学の勉強が待っている。

出店で昼夜の食事も買っておくべきか？　自炊はこの世界の食材を知らなさ過ぎるからまた今度。

「わきゃんっ！」

よく分からない鳴き声が背後で響く。振り返ると一人の娘が壮大に転んでいる。

買い込んでいたと見られる食材があちこちに転がっている。

当人は両手で卵を掲げる様に持ち上げており、受け身などとれず顔面から地面に突っ込んでいた。

幸い丸いものは少ないので範囲は狭い。拾い集めてやるとしよう。

「大丈夫か？　集めておいたぞ」

「いたた、え、あ、ありがとう！」

年はイリアスと同じくらい。明るいウェーブの掛かった赤茶色の髪がきゅーとな女の子って雰囲気だ。顔面強打の影響で鼻先が赤く、涙目で非常に痛そうだが怪我はなさそうだ。

それにしてもえらい量の買い物だ。

木の皮を編みこんだ籠のような物に入れていたようだが、天寿を全うし無残に壊れている。

「それじゃ運ぶのに苦労するだろう。手伝おう。どこまで運べば良い？」

「え、良いの⁉　助かるっ！」

荷物を半分ずつ手分けして持つべきか、だがそれでも袋がないと辛い物はある。

近場に籠とか売ってないものかと視線を泳がせつつ、あったあった。

「少し待ってろ」

そう言って大きめで頑丈そうな籠を購入。

背負えるタイプで銀貨一枚。

「これに入れよう」

「わざわざ買ったの⁉」

「道の真ん中でしどろもどろしていると、他の通行人の邪魔になる。早く行くぞ」

「う、うん！」

どかどかと食材を籠に積め持ち上げる。

卵といった脆そうな食材は引き続き女の子に持たせる。

意外と重い。肉体労働はしないと決めたのだが……手伝うと言った手前金だけ出して終わりは気が引ける。

体の痛みを我慢して運搬を開始する。

「本当に助かっちゃった！　あ、私はサイラ、貴方は？」

「通りすがりのオジさんだ」

「ぷっ、オジさんて！」

年齢を言う。

「うっそぉ!?」

「本当だ。顔はさておき貫禄くらいあるだろ」

「いや、あんまり――あ、なんでもないですごめんなさい！」

へっへっへ、そりゃ騎士とかと比べりゃないかもしれないけどさぁ！

イリアスの方がよっぽど貫禄あるよなー。今度貫禄の出し方聞いてみよう。

「えーっと、お兄さん？　この辺で見ない顔よね？」

「数日前にターイズに来たからな。今日は街を覚えるためにぶらついていた」

「そっかぁ、私はこの先のお店で給仕やってるの。贔屓にしてね！」

「味が良ければな」

「うーん、それじゃだめか」

「良くないのか」

そしてサイラに案内してもらうこと十分。一見の店に到着。

雰囲気としては居酒屋だろうか。

「ここが私のお店『犬の骨』だよ！」

「もうちょい何とかならなかったのか、店の名前」

「うるせぇな、人の店にケチつけてんじゃねぇよ」

と会話に割り込んできたのは、二メートルはあるであろう大男、顔には大きな傷跡がある。

どこの荒くれ者だよ⁉　山賊討伐の一件で慣れてなきゃびびって泣いてたわ！

「サイラ、ここはお前の店じゃねぇ。俺の店だ！」

「えー、だって店長、私が働いているんだから私のお店で問題ないっしょー？」

「問題ありだ、つか誰だこいつ」

経緯を話す。ちなみにこの大男、名前をゴッズというらしい。

「成る程な。そいつは面倒かけたな兄ちゃん。籠の代金は払おう」

「いらん、それより飯を食わせてくれ」

「昼にも飯は出すがまだ仕込み中だ。すぐにはできねぇぞ」

「大丈夫だ、昼に食わせてくれと付け加えるつもりだった」

「そうか、なら昼まで待つか昼にまた来い」

「なら中で手伝わせてもらおうか。サイラ、それが終わったらこの街について色々話を聞かせてくれないか？」

「いいよー！」

これも何かの縁、せっかくなのでサイラに色々話を聞くとしよう。

ゴッズは基本厨房で料理の下準備、サイラは店の清掃だ。

空気中にはほのかに酒の匂いが漂っている。

「一応夜の仕事が終わった後も大雑把に掃除するんだけどね。やっぱり酒臭いよねー」

「吐瀉物(としゃぶつ)が残ってないだけマシだな。さくっと終わらせよう」

てきぱきと協力して掃除を終了。店の換気をしつつ雑談タイムに入る。

サイラに聞いたのは街にある店の種類、人口、役職の割合などなど。

大手スーパーやコンビニと言った物はさすがにないが服屋に靴屋、帽子屋、鍛冶屋、武具屋、薬草屋といった様々なお店が存在しているらしい。

本屋の中には魔道書を取り扱うところもあるらしい、文字を覚えたら行って見るとしよう。

基本誰でも利用できるが、一部の施設はある程度の身分がなければ使用できない場所もある。

図書館、兵舎、屯所、要するに国の役員や騎士達が利用する専用施設のことだ。

そりゃー一般人がほいほい牢獄に近づけるのはよろしくないよな。

先日その一般人が牢獄に入れられて、また入れてくれと頼んだ事案があるが忘れよう。

「ところで気になったんだが、サイラは何でこの店で給仕を始めたんだ？」

「うーん、私将来服屋になりたいんだけど、その為にお金貯めてるんだ。だけど毎日だと目的の為の時間割けないから週三日休みで、仕事がある日は昼も夜も働けるここを選んだの」

「儲かってるのかここ」

「昼は全然、夜は酒目的の人たちで結構賑わっているよー」

ふむ、つまり昼飯は期待できないということか。

まあ腹に入れれば何でも良いし、籠代の出費も浮く。

「それじゃあ休日は服の勉強か」

「うん、色んなお店回って洋服を見て、自分で布を買って試しに作って見たりして。でもまだまだなんだけどね」

「服屋に弟子入りとかはしないのか？」

「そりゃあ弟子入りはしたいけど、職人気質のお店って簡単に弟子なんて取ってくれないよー」

いくつかの店に頼み込んだが断られたらしい。

それもそうか、弟子を取ると言うことは将来店を継がせるのが目的となる場合が多い。

他人を育てようものなら将来ライバルになるわけだからな。

学び舎のようなものはあるが、それはある程度の階級の高い者達が通える場所、通えたとして学べるのは高い教養などであり、服のデザインといった専門知識を学べる学校などはない。

将来服屋になるには跡取りとなるか、独学で学ぶ必要があるということだ。

しかし後者では資金面も、技術面でも苦労することになるだろう。

いや、進行形で苦労しているのだ。

「難儀(なんぎ)な道だな」

「うん、でも楽しいよ」

「そりゃそうだ。そうでなきゃやってられないからな」

「えへへー」

うっ、笑顔が眩しい。

ヒモ生活スタートという現状、早く何とかせねば劣等感で死んでしまう！

「そういえばお兄さんは来たばかりなんだよね？　宿とかどうしてるの？」

「ああ、そこは親切な騎士の家にあった空き部屋を貸してもらえてな」

「わぁ、騎士様と知り合いなんだ⁉　お兄さんって実は偉い人⁉」

「いや、たまたま仕事を手伝う機会があってな。その縁からってところだ、今はただの無職だ」

「そっかー、早くお仕事見つかると良いねー。ところでそのお世話になっている騎士様ってどこの隊の方なの？」

「ラグドー隊のイリアス＝ラッツェルだ」

『えっ』

丁度顔を出したゴッズと綺麗にハモるサイラ。

なるほど、職場関係は良好なようだ。

「あ、あのイリアス様ってあの⁉」

「他にいるのかは知らないが、剣の一振りで森を薙ぎ倒すゴリ――女の騎士だ。有名なのか？」

「有名も何も、この国で知らない人はにわかだよ！」

にわか国民ってなんだよ。だがまあ、最古参のラグドー隊にいる紅一点ともなればやはり有名なのだろう。ルックスも良いがむしろあの馬鹿力のほうが有名な気もする。

「イリアス様は、ターイズ国で行われた剣術大会で優勝したすっごい人なんだよ！」

「ああ、腕に自信のある騎士達を、剣を振るわずに殴り倒したのはもはや伝説だ」

剣術競えよ。俺が審判なら失格にしてるわ。

やっぱあいつゴリラじゃねぇか。

「そうか、カラ爺さん達も強かったがイリアスは別格だったしな」

「カラ爺さん？　ってもしかしてカラギュグジェスタ＝ドミトルコフコン様⁉」

なぜフルネームを覚えている。未だにメモを見ながらですら言えないのに。

「確かそんな感じの爺さんだった」

「カラギュグジェスタ様と言えば『神槍』と呼ばれ、ターイズ騎士の中でも五指に入る槍の名手だ。遥か空を飛ぶワイバーンと戦い、兜を投げ撃ち落とした話は冒険者でも未だに語られている武勇だ」

槍投げろよ。攻めて武器使えよ。もう神兜って呼ばれろよ。

「いやぁ、あの方は滅多に前線に出ない。あの方の戦いを見られるなんて、兄ちゃん幸運だぞ！　ラグドー隊の騎士達はどれもが超一級の騎士で他にも――」

言えない。嬉々として語っているラグドー隊の面々に資料作成のデスクワークを手伝わせたり、奇襲の狙撃要因として利用してたとか言ったら、多分このミーハー組に襲われる。

「それにイリアス様の戦いも見たんでしょ⁉　やっぱり凄かった⁉」

「そりゃ凄かった。自分よりでかい石槌を素手で掴んで砕いた時は、同じ人間とは思えなかったな」

『うおおおー！』

とりあえず最初の山賊拠点襲撃の話をかいつまんで話すことになった。

二人の騎士ファンは両手に汗を握り締めながら、その話を聞いているのであった。

「あれ、ってことはお兄さんって今回の山賊討伐に協力してたの？」

「そういう事になるな。戦えるわけじゃないから、道案内とかそんな感じだったけどな」

「へぇーそうなんだ。でも私も見たかったなぁ、イリアス様の戦うお姿！」

「戦闘は良かったが、色々どろどろしてたぞ。他の騎士隊に指揮権奪われたりしてな」

急に暗い顔になる二人、言うべきでは無かっただろうか。

「……そっか、やっぱりそういうのあるんだ」

「ラグドー隊内では評価が高かったが、他の騎士隊の連中からの扱いは胸糞悪い感じだったな」

「うん、イリアス様は強くて凄いけど否定的に言う人も少なくないの」

「騎士は男の象徴だとか思っている奴らには、イリアス様の強さが嫌悪の対象になっちまってるのさ」

「男性からは疎まれ、女性からは恐れられている。そんなところか」

「でもでも！　誰もがってわけじゃないんだよ！　ちゃんと支持してる人だっているんだから！」

「それは目の前にいる二人をみりゃ分かる」

「そ、そうだよね」

イリアスへの差別は騎士内に留まらず、民にもといったところか。

だがそれでも憧憬の念を抱く者は当然の如くいる。

頭の中に先日の戦いの光景が過ぎる。

そりゃそうだ。あんな強さを魅せつけられて焦がれないわけがない。

「まあ安心しろ。イリアスは指揮権こそ奪われたが山賊を束ねる男の首を獲った。今回の件に終止符を打ったのは間違いなくアイツだ」

「そっか、そっかぁ！」

「へへ、何よりだな！　そろそろ昼飯時か、いっちょ作ってくるか！」

我がことのように喜ぶサイラとゴッズ。

良かったなイリアス。お前はきちんと評価されているんだ。

万人に評価される者なんていない。

限られた者達だろうと、真に評価されると言うことは最大の名誉なのだ。

今はまだ非難されることに意識が向いているが、いつか理解した日にはきっと。

そうだな、今度ここに連れて来てやろう。

「……」

「あ、やっぱり不味い？」

「うちは食いモンはほとんど売れねぇからな、酒は自信あんだが」

連れて来るのはこの店の料理の質が上がってからにすべきだな。

「この不味さはなんとかしないとな」

この世界の料理は数度食べている。

出店での食事だって同じだ。

そしてこの世界の味に拒否反応を示すことはなかった。

だがゴッズの料理は正直にいって不味い。イギリス料理を思い出す。

生野菜のサラダがあるのは良い。オリーブオイルの様な油を掛けてあるのも良い。

だがあまりにも油臭い。バージンオリーブオイルというより、お徳用サラダ油をぶっ掛けたサラダと言えば伝わるのだろうか。

次に肉、硬い。ガッツリ焼いて筋も残っているステーキは噛み切れず、草履でも噛んでいるかのようだ。無論塩味もなく、申し訳程度のスパイスも噛み切っている間に味が無くなり、後は顎のトレーニングだ。

他の料理も栄養さえ取れれば問題ないだろうと言いたげな主張をし、味の良さを伝えようとしない。

「サイラが作った方が良い気がする」

「店長給仕できないのー。それに私も細々とした節約料理くらいしか自炊しないし……」

ほろりと涙が出そうになる。

しかしこれで潰れずに給料も出せるということは、酒だけで持たせているのだろう。

ざっと酒の在庫を見せてもらう。

うん、これは良い。

厨房の底に酒蔵が作られており、ひんやり涼しい中に多くの酒が陳列している。

鼻腔をくすぐる酒の匂いは確かに喉に飲酒欲求を求めてくる。

「料理を良くしようとは思わなかったのか？」

「そりゃ思うときもあるさ、だが習う相手もいなくてなぁ」

「主婦にでも頭下げろよ。それだけで売り上げ伸びるぞこれ」

「うーむ、この顔だとなぁ」

「新米騎士にしょっ引かれたこと多々あるもんねー」

なるほど、この図体と強面が影響しているのか。

「よし、昼は店を閉じよう、どうせ客来ないだろ」

「た、たまには来るんだぞ！」

「どうせふらっと立ち寄った新規客だけだろ、リピーターなんか付くか！」

「お兄さん、鋭い！」

「分からん方が鈍い」

夜の仕込みは既に済んでいるらしく、店をクローズさせ二人を連れて教会へ向かう。

「なあ兄ちゃん、なんで教会なんだ？」

「そりゃここに美味い飯を作れる人がいるからだ」

マーヤさんを訪ねるとマーヤさんは昼食後のお茶タイム中、こちらの分も用意して迎えてくれた。

「早速知り合いが増えたのね坊や」

「『犬の骨』の店長のゴッズ、こっちは給仕のサイラ。実は折り入って頼みがありまして」

そして大よその事情を説明、そして一品だけでもいいので簡単な料理のレシピを教えてもらえないかと。

　それにしても二人はガッチガチに固まっている。

　あーこのパターンはあれだ、あれだよな。

「ひょっとしてマーヤさんって昔有名だったり？」

「そうねぇ、昔は悪霊払いとしてぶいぶい言わせていたわ」

「ぶいぶいて、そうなのかゴッズ？」

「あああ当たり前だ！　マーヤ様はこのターイズ国が認める信仰で最も数の多いユグラ教、そのターイズ支部の最高責任者だぞ!?」

「マジかよ」

「マジなのよ」

　なんでこいつら揃いも揃って後出しで有名人設定ついてくるの？

　色々頼みごと投げちゃってる身としてはどんどん立つ瀬無くなっちゃうんだけどさ。

「それじゃあ忙しくて頼んでる場合じゃないか……」

「良いわよ、暇だし」

「暇なのか」

「厳密に言えば本部への報告が終わって対応待ち。他の執務は若い子がやってくれてるわ。久々に肉体労働したから皆優しいのよねぇ」

　老体に鞭打ってという年には見えないのだが、国内の最高責任者が前線で戦った分、他の者達が立場を取り戻す為に奮闘しているのだろうか。

それともイリアスのように全員がビビるような戦い方をして恐怖を刻み込んだのか。

詮索は置いておこう。

「それじゃあ頼みます」

「兄ちゃん、俺の意思は」

「無ぃよ。マーヤさん相手ならその強面も問題ないだろう」

「俺が萎縮しているんだが」

「だらしないねぇ。坊やなんて私を脅すくらいには度胸あるってのに」

「何やってんだ兄ちゃん!?」

憑依術の件は仕方あるまいて。

「それは置いておくとして」

「置いていいものなのか?」

「マーヤさん。この国って塩は売っていないんですか?」

「あら、随分希少な物を知ってるのね」

「日本、元いた場所では有り触れた物なんです」

「そうなのね。知っていると思うけど、ターイズは森と山に囲まれた国。自国での生産は無いわ」

「ということは商人が持ち込んでいると?」

「そうね。いくつもの国を経由しているからその分高価な品ね。一部の貴族の嗜好品として取引されているわ」

「森山な分香辛料は豊富でも塩はそんな感じか、塩胡椒とか売れるんだろうなあ」

相場を聞くと確かに高い。

一キロ当たり金貨一枚、日本円で言えば一万円。

江戸時代の三陸地方でもそんなにしなかっただろうに。

海が無ければ直接の製法はほぼ絶望的、塩湖も期待できないだろう。

残る方法は岩塩の採掘だ、海外ではむしろこちらの方が多い。

だがこの様子だとそういった手法は使われていないようだ。

世界の歴史において塩は古代から金と同等に扱われる縁の深い物だ。

それがこれほどの文明が発達してなお普及が少ない。

狩猟時代では動物の内臓や骨から塩分を摂取していた。

それが穀物や野菜を多用するようになり、塩の需要は増したのだ。

塩を給料にする時代もあれば塩の為に戦争が起こったこともある。

塩という存在があるのであればこの世界もそれは同じ歴史を辿っていても不思議はない。だがこの塩の普及体制の低さはなんだ？

「向こうの国では塩は必要な栄養源として様々な方法で精製されています。ここではそうではないのですか？」

地球での塩の歴史について知っている範囲でマーヤさんに話す。

ふむ、とマーヤさんは思案顔を見せ話す。

「考えられるのは魔力の有無かしら。自然の多い土地で取れる野菜や穀物にはそれなりの魔力が含まれているの。良い土地で作られた物ほど健康に良いって風習はあるわ」

なるほど、ミネラルを魔力で……ありなのかそれ。

ああ、でも少し納得した。

自分の体に含まれる魔力量が子供並、下手すればそれ以下な理由。

この世界の人々は日常から魔力を含んだ食事を摂取しているのだ。

魔力も立派な栄養源、多分人間の生存に必要な栄養素の代わりをする機能があるのだろう。

つまりは摂取すべき食材という物が無く、その土地で作りやすい食べ物をきちんと生産すれば良いのだ。

塩は必然性を失い、嗜好品としての立場から動かないというわけか。

ということはだ。大陸であるこのターイズではこの付近の山中に岩塩が眠っている可能性もあるのか。

だからと言って今からピッケルかついでどうこうするわけにもいかない
「塩があれば料理の質は格段に上がるんだがなぁ」

「そんなに欲しいなら商館に口利きしても良いわよ？　少しは割引してもらえると思うわ」

「それはありがたいんですが、今回安く仕入れたとしても供給が安定しないことには……いや、待てよ？　マーヤさん、商人の形態について教えてもらえます？」

暫しの講義の後、子犬のような目をして不安がるゴッズを教会に残し、サイラと共に商館へと向かうことになった。

そして商館に到着、マーヤさんに貰った紹介状を見せると奥の部屋に案内された。

来賓の客を迎える部屋のようで、この世界に来てから見た最も豪華な部屋である。

しばらく座っていると朗らかな笑顔の壮年男性が姿を現した。

綺麗な身なりに整えられたオールバック。

その表情は自信に満ちており、熟練の商人であることはひしひしと感じられた。

「初めまして、この商館の主、バンと申します」

「さ、サイラと申します」

再び緊張しているサイラ、今回は仕方あるまい。

将来服屋を経営するなら商人とのやり取りは必須、その将来の取引相手でも上位の立場にいる相手との対談の場に連れて来られたのだから。

こちらも軽く自己紹介を行う。

「マーヤ様からの紹介状を読ませていただきました。塩をご希望のようですね、もちろんございます。マーヤ様からの頼みとあればこちらも価格を色々勉強させてもらうつもりです」

「いえ、今回欲しい分に関しては相場通りで構いません。提供していただくだけで十分ですので」

「おや、そうですか。では他にどのような？」

「この国での塩の相場を下げたいと思っています」

「――詳しいお話を伺ってもよろしいですかな？」

「塩の需要量を増やしたいのです。そして供給数を増やし、仕入れ値を下げていきたい」

「そうですね、需要さえ増えればこの国に入る塩の量も増えるでしょう。そうすればこちらも安く仕入れることができる。ですがそう簡単にはいきません。相場は日々変化しますがその変化は緩やかなもの。急激な変動があると言うのは戦争や飢饉でも起きなければ難しいでしょう」

「この国が戦争を始める気配はないし、飢饉の心配も薄い。さらに言えば塩はそれらに該当しない」

地球の世界ならば塩は必需品なので該当するのだが、魔力で塩分供給が必須ではないこの世界では限定地域でしか取れず嗜好品扱いとなっている塩はそういった影響を受けない。

「ええ、ですがその提案をするということは何か案があるのでしょう？」

「今度国民が利用する店で塩を使った料理を提供し、その価値を認めさせようと画策しています」

「ふむ、確かに味が良くなり売り上げも伸びれば真似する店は増えるでしょう。ですが塩の扱いを心得ている者は少ない。扱いきれますかな？」

「ええ、実は故郷の国が塩の産地で塩は家庭でありふれた物でして」

「なんと、海岸傍の出身でおられましたか。道理で塩への思い入れが強いはずだ」

「バンさんにはこちらで増えた分の需要に合わせて、塩を都度入手できるようにしてもらえれば十分と思っています。最初はさほど増えないと思います。ただ在庫が切れない程度に手配を続けてもらえないでしょうか？」

「ええ、その程度でしたら構いません。その分は買い取っていただけるでしょうし、上手くいかないようであっても塩は場持ちするので腐る心配もないでしょう」

これで品切れになる危険性は無くなる。

生産コストが増えるが極端な値上げはできない。食事での儲けはむしろ減る可能性があるが、客が増えれば酒が出る。

少量だけしか使わない塩ならば、その分のマイナスは十二分に取り戻せるだろう。

将来的にはそのコストも下がるだろう。

後は残ったアイディアを伝えるとしよう。

「ひとまずは高級品のままで良いと思っています。その範囲で需要を増やし、緩やかに下げていきたい。最終的な目的は嗜好品の大衆化の潤滑油にしていきたいなと」

「ほほう、それは大きい目標ですな」

「ですが良い機会だと思っています、今回の山賊討伐成功を切っ掛けにターイズに足を運ぶ商人も増えるでしょう。商人が増えると言うことは様々な品物がやってくると言うことです。この国の王は臣下からの評価も高い優れた王と聞きます。国が豊かになれば民達も様々な物への購入欲を持ち始めるでしょう。既に酒という嗜好品が前例にありますしね」

「ふむふむ、その点は大いに同意です。今回の山賊討伐の流れを機に嗜好品を広めて市場の拡大、私も考えておりました」

「その中で最も自分にとって価値を理解している塩を流行させようと思っています」

「わかりました。軌道に乗るようなら是非私にも協力させてください。ツテならば多数心当たりがありますので」

「ありがとうございます」

これでこの国の食文化は進むことになるだろう。

そしてそれに一枚噛む事ができれば多少なりとも利益を得られる可能性も……！

「それと、これは与太話程度に聞いて欲しいことなのですが……バンさんは岩塩をご存知ですか？」

「ええ、本来海で取れる塩ですが時折山脈からも塩を含む鉱石が取れると言う物ですね？ ですがターイズで使用されている鉱山で岩塩が取れたと言う話はまだ聞いたことがありません」

「はい、ですが最近新たな洞窟が発見されています。未開の地が多いこのターイズの山々を調べればひょっとすればという可能性もあります。今後これを調査していこうと思っています」

「ふむ、上手くいけば国にとって有益な資源となりそうですな」

「森が生えている山だと可能性は低いですけどね。どちらかと言えば山塩が取れないかという方が本命です」

「山塩？ そちらは初耳ですが」

「山塩というのは塩を含んだ温泉水を煮詰めて取る塩です。岩塩ほどの供給はありませんが、海と縁のない山でも取れる塩としては場所によっては重宝されています」

「ほほう、そのような物があるのですか」

「洞窟が多々見られ、川が流れる豊かな山ならば栄養価の高い地下水などが眠っている可能性は十分あります。その中に塩が含まれていれば取れるでしょう」

この国で塩が取れる、それはこの国発祥の流行を生み出せると言うことだ。

他の国から流れてくる流行ならば手軽に流行らせることもできる。

だが自国から発祥した流行は外に流れると言う副次効果がある。

経済を回す手段は多い方が良い。

「ふむふむ、なかなか興味深い話ですな」

「ですがこれは見つかれば今後扱いの際にご協力をお願いしたい程度ですので、話半分として期待はしないでください」

「いえいえ、面白い話を聞かせてもらいました。なんでしたら投資しても良い程ですな」

「それは助かりますが、不発に終わる可能性もありますよ？」

「塩に限った話で言えばそうです。むしろ成果が上がらない可能性の方が高いでしょう。ですが私として着目しているのは未開の地を調査すると言うことです」

バンさんの表情は未知の冒険を前にした少年のように輝いている。

合理主義を突き詰めた商人というわけではない。冒険心を忘れない勝負師の面も持ち合わせている。

確かに未開の地を調査すれば新たに有益な鉱山が見つかる可能性もあるだろう。

そうなればバンさんにとっては新たなビジネスチャンスとなる。

「この国にまだ眠っている財宝があるやもしれない。その発見の可能性を探る。そういった話は商人としてワクワクしますからな！」

「とはいえ、大損するような危険は冒せませんからね。可能性が見えるまでは道楽程度に留めましょう」

「ええ、しかし良い話を聞かせていただきました。よもや貴方のような若者に年甲斐も無く興奮させられるとは思ってもみなかった。マーヤ様が紹介するだけのことはある」

「そこはただの運ですよ、偶然知り合ったからその縁を活用できただけのことです」

「運も実力の内、是非今後もご贔屓に」

こうして塩を購入。相場としては一キロ程で金貨一枚であったが銀貨八枚で購入することができた。

今後バンさんのところを贔屓にしてもらうと言う約束はさせられたが。

しかし懐がどんどん減っていく。

だが成功すると決まったわけではないのだから、ゴッズに塩代を請求するのは酷だ。

上手くいかないようなら今後自分ひとりで利用するとして、悪くない買い物だと割り切ろう。

「ねぇねぇ、お兄さん。私必要だったの?」

「ああ、バンさんから見てサイラの姿は『勉強の為に連れて来た子』として映っていた。今回の場合はこちらが商売熱心な人間に見えただろう。だからバンさんのような立場の人でも若造相手に丁寧に対応してくれたと見ている」

「ほぇー、そんなことまで考えていたんだ」

「ただバンさんが純粋に良い人だったという可能性もある。そこはただの幸運だ」

個人的には投資の話をもらうその手前までいければ十分だと思っていた。

調査する際にどのようにすればいいのかなどのノウハウが聞ければ個人で調査し、説得材料が見つかれば交渉というプランだったのだが……嗅覚が鋭いのだろう。

こちらとて山塩だけを考えていたわけではない。

ドコラの所持していた地図には未使用の洞窟などの情報もあった。

拠点としては向かない為に使用されていなかったのだろうが、目印の情報としては記載されていた。

彼らが未開の土地を事前に探索してくれた上、その地図を残してくれていたと言うわけだ。

何かに使えない物かとこっそり写しを一枚手元に残しておいたのは内緒だよ?

「さて、目的の塩は手に入った。早いところゴッズの所にいくとしよう。できれば一品二品は塩を使った料理を考えておきたい」

「りょーかい!」

そして夜が来る。

『犬の骨』には酒目当ての客がぽつぽつ集まり始める。

一日の労働を終え、肉体への感謝と自分への褒美として美味い酒を飲む。

その風習は世界が変われど同じである。

さあ、リニューアルしたゴッズの料理のお披露目だ!

と言いたいのだが、当然ながらの問題はある。

不味いと分かっているゴッズの料理を頼む者などいないのだ。

酒の肴として、出店で売っていた焼き鳥を持ち込む奴もちらほら見かける。

飲食店に食べ物を持ち込むのは本来好ましいものではない。

だがこの店の料理の不味さを知っていれば持って来るのも頷けるし、ゴッズもそれをよく理解している。もちろんそれを考えていないわけではない。

「はい、お酒おまちー！」

「おう、ありがとうなサイラちゃん！　って何だコリャ？　こんなもん頼んでねぇぞ？」

「実はですねーこれ『犬の骨』の新メニューなんですよー！　試食と言うことで無料でお出ししているんですー」

少量ではあるが試食させる為、お通しとして提供する。

頼まないのならタダで食わせれば良いのだ。

「へぇー、つってもゴッズの料理だろ？　食う気が失せるなぁ」

「でもよ、結構良い匂いじゃねーか？」

「そういやそうだな、まあ不味けりゃ酒で流し込めば……お、こいつは！」

最初は訝しげな態度で口にしていた客達が目の色を変えて二口目、三口目と手を伸ばす。

「おい、こいつ美味いぞ！　酒が進む！」

「本当だ！　ゴッズ死んだのか!?　別の奴が料理を作ったのか!?」

「勝手に殺すな！」

厨房からゴッズの怒声が響く。

最初に用意した物、それは芋系の野菜を薄くスライスし油で揚げ塩を振りかけたもの。

後は細長くカットしたものを同様の手順で調理したもの。

要するにポテトチップスにポテトフライだ。

ジャンクフードの定番であるが塩だけで味付けができ、塩の良さを理解するのに効果的でお手軽な食べ物と言えばこれだろう。

浅漬けなども考えたが塩の消費を考えると流石にコストが洒落にならない。

今回用意したレシピは少量の塩で作れるものがメインだ。

「サイラちゃん、これ追加で注文いいか⁉」

「はーい、了解ですー」

「他に新メニューはあるのか？　あるなら食ってみてぇ！」

「いくつかありますよー！　じゃあ持ってきますねー！」

塩だけではサラダの改良は難しかったので今回はパス。オリーブオイルと塩というのも悪くないのだがこの場にいるのは男ばかり、口に合うかは微妙なラインだ。

ステーキはマーヤさんに下準備を学んだ事で焼き過ぎず、柔らかく仕上げることができるようになっていた。それに塩と辛めの香辛料にニンニクのような薬味が加われば上できだ。

骨付き肉と野菜を煮込んだスープも、それだけでしっかりと味わえる程度になったが塩の一振りでさらに味がぐっと引き締まっている。

今まで塩と遠い生活をしていた者達にとってこのメリハリのある味は新鮮だろう。

とはいえ今まで塩分控えめの味に慣れていたのだから、急に塩辛い味付けになるのはよろしくない。

個人としてはもう少し欲しい所で留めている。

「この焼き鳥うめぇ！　持って来た奴の比じゃねぇな！」

「なんだよこのスープ、ゴッズは俺のお袋だったのか……」

「肉も美味い！　酒もお代わりだ！」

「ちょ、ちょっと待ってー！」

サイラが慌しく店内を駆け回る。

こちらも厨房で野菜のカットや洗い物に追われている。

ゴッズとしてはいきなり新しい料理を作っている為、どうしても作業速度が落ちる。

故に臨時の手伝いとして頑張っている所存だ。

肉体労働のつけが怖いなぁ……。

食べ終わった客が帰る際に口コミで広めたのだろう。来客も次々とやってきて閉店時間ぎりぎりまで大忙しで一日を終える事となった。

「うおお、明後日の分まで仕入れておいた食材が尽きちまったぞ」

「はふー、疲れたぁ！」

最後の客が出て行った後、崩れる二人。

なお、助っ人は既に倒れています。もう無理。

初日でここまで忙しくなることは想定外だった。

従業員不足を何とかしなければ、この二人ではやっていくことは難しいだろう。

「下準備ができて、夜は給仕に回れる人材をもう一人か二人雇っても良さそうだな。今日は下準備に時間を回せなかったから特に大変だったが、上手い事効率化すれば楽になるはずだ」

「そうだな、それまで我慢してくれよサイラ。給料割り増しすっからさ」

「嬉しいけど嬉しくないー」

売り上げも好調、塩の消費も激しいが採算は十分に取れている。

明日にも追加で仕入れないと足りるか不安な所はある。

ふらふらになって帰っていったサイラを後にして、ゴッズと塩の仕入れについての相談を済ませ、明日以降の食材調達のプランを立てる。

気づけば深夜、筋肉痛は悪化する一方で歩く気力も無くなった現代っ子は店のスペースにて眠ることになったのであった。

◆

時間は遡り、その日の夕方。

イリアスは自宅の前にいた。

彼を家に招いた後、放置したまま一日以上が経過していた。

城に泊まる程の激務は久しいが、鍛え抜かれた精神と肉体の前には一日二日程度なんの支障も無い。

気がかりと言えば家に残して来た彼の事だ。

冷静に思えば街の案内もろくにしていなかった。

彼なら上手く立ち回っているだろうが、気になるものは気になる。

「そういえば人のいる家に帰るのは何年ぶりだろうか……」

両親が生前の頃は彼らが迎えてくれていた。仕事でいない時も執事達が迎えてくれていたのだ。

両親が亡くなり、屋敷を維持する必要もないと判断し引き払ってからは、誰もいない静かな家に帰る日々。

そう思うと、誰かが待っている家に帰る事に対し、少なからず楽しみを抱いている自分がいた。

そういえば彼には取っておいた父の服を、自由に使って良いとも言った。

体格は似ているからきっと服も合っているだろう。

そうだ、ラグドー卿から彼も式典に参加するよう言われたことを伝えねば。

驚くだろうか、だが彼の功績を考えれば当然のことだ。

それに明日は休みだ、じっくり街の案内をしてやるとしよう。

執務以外の時間帯のことを考えたのはいつ以来だろうか。

浮き足立っている自分を省みて、小さく笑う。

「――今帰った、長く放置してすまないな」

しかし反応はない。一階を見渡すが彼は見えない。

二階にいるのだろうと周囲を見渡す。

掃除の後が見られる、この感覚も久しぶりだ。

二階に上がり、彼の部屋をノックする。

反応はない、念のため開けてみるが彼はいなかった。

「出かけているのか。それにしてもしっかりと掃除しているな。感心感心」

他の部屋も確認したが、自室以外掃除されている。

武具の手入れだけはされていないようだが、置いてあった場所は綺麗にされている。

「マメなんだな……」

これは彼が帰ってきたら礼を言わねばなるまいな。

ひとまず着替えておくとしよう。

「……遅いな」

日は沈むが彼は帰ってこない。

一緒に食事でもと思ったがこの様子では外で食事を済ませてくるだろうか。

仕方ない、先に食事を取るとしよう。

とはいえ食材は日持ちのいい乾物ばかり、調理するも味気ない食事となった。

「……」

食事の片付けが終わっても彼は帰ってこない。

もしや出て行ったのではと不安になり、彼の部屋を見たが彼の服が洗濯され、丁寧に畳まれているのをみるに留守にしていただけだろう。

流石に明日になれば帰ってくるさ、今日はもう寝るとしよう。

溜息を吐きながら寝室へと向かうのであった。

06 とりあえずやばそう。

今日も筋肉痛は治りません。

もう痛いのが当たり前になっており、随分と慣れてしまった気がしないでもない。

へんな癖がつかなければ良いのだが……。

一昨日が山下りの時、昨日がギドウとかいう山賊討伐時の物。

なら今日は尋問していた時期の痛みか。

あの時はこれといった運動はしていなかったから、明日までは悪化することは無いだろう。

問題は明後日に全拠点への攻撃した際に、森を探索した分が襲い掛かるという点か……。

そしてその後に控える大掃除、『犬の骨』での労働分……。

今日もまた重労働が控えていると思うと気が重くなる。従業員探しも頑張らねば。

「おう兄ちゃん、起きたか。……ひでぇ顔だな」

「肉体労働は苦手でな……」

「兄ちゃんは従業員じゃねぇんだ。無理しなくて良いんだぜ？」

「そうか。じゃあ買い出しは頼んで良いか？　籠は新調したばかりだから問題ないだろう。こっちは
バンさんの所に塩を追加で購入しに行って来る」

「お、おう、……いや、休んで良いんだぞ？」

「大した重量でもないからな。問題ない」

「そ、そうか。つーかやらんでも良いんだぞ？」

「そうすると新たな従業員を見つけでもしないと二人じゃ体力持たないぞ。無茶を言うな」

よっこいしょーのどっこいしょ、と我ながら若さを感じない掛け声で立ち上がり店を後にする。

「……いや、そういう意味じゃ、うーむ」

ゴッズが何かを言っていたが大した事でもなさそうなのでスルー。

さて、まだ早朝だがバンさんはもう仕事を始めているだろうか。

商館に到着し、受付にアポイントを取ると前日と同じように来賓室に案内される。

そして程なくしてバンさんがやってくる。

「朝早くにすみません。実は思った以上に塩の消費が早くて……昨日の倍って在庫ありますか？」

「なんと、それほどの早さで!? ええ、在庫はもう少し余裕はありますな。用意させましょう」

「助かります、節約したつもりなのですがそれでも飲食店となると消費が予想以上でしたよ」

「ふむ、そのお店の名前は？」

「『犬の骨』っていう元々飯が酷く不味い居酒屋です」

「ああ、存じていますとも。酒のセンスは有能ですが料理は壊滅的だと」

偉い商人にも伝わる飯マズレベルだった。

「簡単な料理はマー……上手な女性にお願いして教えてもらい、後は塩を使ったシンプルな料理を新メニューとして追加しています。その範囲でしたら良い料理を出すようになりましたよ」

「そうですか、一度伺って見るとしましょう」

「ええ、そうしてください。給仕の子は可愛いですよ」

「ほほう……」

と、来賓室の扉をノックする音が響く。

受付の人が申し訳なさそうに顔を出す。

「お話中申し訳ありません、ドミトルコフコン卿がいらっしゃいました」

「おお、カラギュグジェスタ様が来ましたか」

うーん、この名前を噛む奴はいないのか？

昨日練習したけど五回中四回噛んで一回忘れてしまったぞ。

「って、カラ爺さんってバンさんと知り合いだったんですか」

「おや、その呼称で呼んでいるということは、そちらもお知り合いですか。なら問題はありませんね、お通ししてください」

そしてまもなくカラ爺さんが入ってきた。

以前見た全身フルアーマーではなく、なかなか粋なファッションセンスの私服だ。

「おお、坊主ではないか。イリアスに連れて行かれてから見とらんかったがこんなところにおったか」

「先日はお世話になりました、カラ爺さん」

「ふぉふぉっ、カラ爺は仇名なんじゃからさんはいらんぞ」

「あー。ではカラ爺も元気そうでなによりです」

「良いものですね。こちらはたまに噛みそうになりますよ」

やっぱり難しいんだな、安堵した。

そうか、年齢は似たり寄ったりだからカラ『爺』という言い方は難しいのか。

それ以上にカラ爺様はさんづけと同じか。

「なに、わしも噛むからのう。ふぉっふぉっふぉっ！」

アンタは噛んだらダメだろう。

「カラギュグジェスタ様。頼まれていた品ならもう包んでご用意してあります。帰りに受付で受け取ってください」

「おう、いつもすまんの。して、坊主はここに何用じゃ？　安い買い物ができる場所ではないぞ？」

「実は――」

『犬の骨』でのでき事を話し、そして今に至る。

「あそこか、酒は美味いが飯は自分への罰として注文する騎士もおるぞ」

騎士達にも有名だったわ、騎士マニアも本望だろう。

「ふむ、成る程のう。しかし坊主もお人好しじゃな。別にそやつらに恩義があると言うわけでもない、そこまで困っていると言うわけでもないと言うに」

「それはそうですけどね。イリアスの事を良く言っていたからつい親近感が沸いたというか」

「ふぉっふぉっ、それならばその気持ちも分かるわい。わしに手伝える事があれば手を貸すぞい？」

流石にカラ爺に給仕や料理を任せるのは無理だ、騎士の仕事もあるし何よりあの二人が仕事どころじゃなくなる。

カラ爺に頼めそうな事か……ああ、そうだ。

「昨日の段階で結構な集客があって、人員が足りていないんです。料理と給仕ができて暇がある人とかって紹介してもらえませんか？」

「そういえば二人しかおらんと言っておったの」

おお、と手を叩くカラ爺。

「ではわしの妻を紹介しよう」

それはどうなんですかね。

「それはどうなんですかね」

「娘が嫁いでから家にはわしと妻だけでな。わしは家を留守にする事も多い。一人で寂しく家に残しておくのも申し訳なくての」

ああ、なるほど。

カラ爺の年齢を考えれば既に老後の人生を配偶者とじっくり過ごしていても不思議じゃない。

だがカラ爺は騎士であり、まだまだ現役だ。

そうなるとカラ爺の奥さんは子供もいなくなり寂しくなった家で、一人旦那の帰りを待ち続けているわけか。

「――わかりました。事情を話し相談してもらって良いですか？　でも強要はしないでくださいね」

「無論じゃ、むしろ怖くてできんわい」

あのカラ爺をして恐怖させる奥さんってどんなだよ。

少し想像しようと思ったがイリアスと言うゴリラのせいで怪力なお婆ちゃんのイメージしか沸かなかった。

「わかります、その気持ち」

バンさんも恐妻家らしい。苦労してるんだな。

「ああ、そうだ。今後は『犬の骨』の人が塩を買い付けに来ると思います」

「ええ、受付には話を通しておきますのでご安心を。それ以外でもいつでもいらっしゃってください」

カラ爺と共に包みを受け取り商館を後にする。

「そういえばカラ爺は今日は非番なんです？」

「うむ、昨日ようやっと大まかな雑務が終わっての。妻に頼まれてお使いというわけじゃ」

非番の早朝にお使いか……。だがそのおかげで従業員問題も解決しそうなのだから感謝せねばならない。でも冷静に考えるとそんな奥さんが調理や給仕を引き受けてくれるのだろうか？

「良いわよ」

即答だった。

カラ爺の家に付いて行き、カラ爺が事情を説明。

そして悩む様子も無く快諾。

老年の女性だがしゃきっとしており、とても気が強そうな印象を受ける。

カラ爺の奥さんはこちらに歩み寄る。

「いつ帰ってくるかもわからない亭主の飯を作るより、すぐに美味いと言ってくれる人達の飯を作った方がずっと作り甲斐があるわ。帰って来たと思えば『もう食ってきた』なんて生意気な事も言わないでしょうしね」

と、よく聞こえるように大声で言う。

あーカラ爺が小さくなってる、可哀想に。

ドミトルコフコン夫人……カラ爺の奥さんは愉快そうに笑い、そして小声で囁く。

「あの人が、私が寂しくないように気を使ってくれた。それだけで私は満足なのさ」

こりゃカラ爺の頭が上がらないわけだ。

その後早速支度を済ませ『犬の骨』へ案内し紹介する。

冷静に考えると、カラ爺の奥さんってのもなかなか恐れ多いのではないかと思い立つ。

名前を伏せるか偽名でも使おうと考えたが、隣にカラ爺はいるわ開口一番に名乗られたわで小細工を使うことはできなかった。

結果ゴッズは軍人さながらの敬礼をしながら、店長という立場を忘れることになった。

カラ爺の奥さんの手際は良く、ゴッズへの料理指導だけでなくサイラへの給仕指導も次々こなしていく。この様子なら当面の忙しさにも対応できそうだ。

とはいえ、将来的にはもう少し人員を増やす必要も出てくるかもしれない。

「まあなんじゃ、妻に任せておけば大丈夫じゃよ」

邪魔だと言われて店の隅っこで小さくなっているカラ爺はしみじみと語った。

「あんた、いつまで店にいるつもりだい？　客じゃないならさっさと帰りな！」

ああ、追い出されてしまった。

哀れに思っていた矢先、

「坊やもその状態で客商売ができると思ってるのかい？　うちの人の散歩にでも付き合ってきな！」

筋肉痛でまともに動けない男にも戦力外通告が下され、二人で仲良く街を歩く事になった。

「ああ、いい天気じゃのう」

「そうですね……っと、そうだ」

懐から地図を取り出す。

ドコラの持っていた地図の写しだ。

「実はドコラがいずれかの拠点に何かを隠していると言っていたんですよ」

「ふむ、あの時わしは遠くにおったから聞こえんかったの」

「そういえばアンデッドが沸いたりイリアスが木を軒並み吹き飛ばしていましたけど、良く無事でしたね」

「木に登っておってな、イリアスが吹き飛ばした後一緒に着地したんじゃよ」

あの鎧に槍を持って木登りとか本当に老人とは思えないなこの人。

「一番見つけにくい拠点と言われたらやっぱりここですかね」

地図に記載されていた情報を読み、目印になるポイントから最も離れている拠点を指差す。

山賊が吐いた情報には載っておらず、あの時ドコラ達が向かっていた方角とも違う場所にある。

恐らくは彼だけが知る拠点なのだろう。

「本物の地図は今どうなっています？」

「イリアスからラグドー卿へと渡っておる。その後はマリト王に渡ると思うの」

「と言う事はまだ各拠点の調査は済んでいないわけですね」

「そうじゃな。恐らく明日明後日には部隊が組まれ向かうと思うぞい」

うーむ、ドコラが残した餞別とやらは、ひょっとすると彼が持つ地球の情報の可能性もある。

騎士達が明日か明後日にはそれを回収してしまう可能性もある。

そうなった場合見る事はできるのだろうか……。

重要な機密事項だった場合、それは難しいかもしれない。

ドコラは他でもない、この地球出身の男に情報を託したのだ。

そう思うと心の奥底から自分の物だと主張したくなる気持ちが湧き上がる。

だからといって出し抜いて取りにいくのも……そもそも一人じゃ道に迷いかねない。

「ふむ、なら今から取りに行くかの？」

「……え？」

「ドコラの残した物がなんであれ気になるのじゃろう？　坊主だけの物にすることは難しいが、お主には知る権利がある」

「本当に良いんですか？」

「ダメとはまだ言われていないからの。言われる前に行くとしよう」

ニッ、と悪い顔で笑うカラ爺につられて口元が上がる。

「はい、お願いします」

「うむ、まだ広場の椅子に腰掛けて黄昏れた休日を過ごすにゃ早いわい」

「それは同意します」

しかし溜息をこぼす二人であった。

カラ爺の駆る馬に乗り公道を進み近場まで移動する。

馬を降りた後森の中へ進んでいく。

「馬を放置して大丈夫なんですか?」

「あの馬は賢いからの。悪人や獣に襲われようなら勝手に蹴り殺すわい」

馬も強いのかこの国は。

「馬を保護しようとする通行人や商人を襲わないですよね?」

「……ダイジョウブジャロ」

やばい、早く目的の物を見つけて戻らないと犠牲者が生まれかねない。

とはいえ先導しているのはカラ爺様だ。邪魔な草木を槍で払いながらサクサク進んでいく。

それに必死についていくのだが、ああ、これは筋肉痛延長コースかなぁ。

「そういえば兜を投げてワイバーンを撃ち落したって話を聞いたんですが、本当なんです?」

「えらい昔の話を持ってきたの。懐かしい思い出じゃわい」

「何故に兜を投げたんですか？　槍じゃなくて」

「そりゃ飛んでいる奴にわしの槍を投げたら、槍がそのままどっかに飛んでいくからの」

言われて見れば、全盛期のカラ爺なら投げた槍が大気圏を抜けても驚かない気がしてきた。

「わしとて長年付き添ったこいつを無下にするのは気が引けるからのう」

いや、今草木とか蜘蛛の巣払ってますけど、それは良いの？

といった感じで雑談で盛り上がりつつ、ついに目的の拠点に辿り付いた。

拠点と言うにはほとんど手の入っていない洞窟なのだが……。

進もうとするとカラ爺が槍を前に出して、こちらの動きを制止させる。

「入り口のところ、色が違うのは分かるかの？」

言われて見ると確かに微妙に色が違う部分がある。

入り口に線引きでもしたかのような痕跡だ。

「毒じゃな。獣が入らぬように塗っておる。踏んだら靴を棄てる事になるぞい」

そう言って毒の塗られたラインを跨いで進んでいく。

それを真似しつつ中に入る。

洞窟の中は当然ながら暗い。カラ爺の付けた松明の灯りを頼りに内部を調べる。

確認できたのは一人が寝れそうな藁が敷かれている簡易な寝床。

そして小さな木箱や樽が点々と置かれている。

樽の中には乾物の野菜や干し肉が入っている。

木箱の中には……色々入っている。

ナイフや魔封石、宝石のような物も多々見られる。

「へそくりじゃな。ねこばばしても良いぞ」

「どうせ売るときに足がつきますよ。女の子へのプレゼントにしか使えませんよ」

「イリアスにでもどうじゃ？」

「うっかりで砕きそうで……」

「そうじゃな……」

すげぇよなイリアスは、容易に想像できちまうんだからよ。

サイラは……宝石を持つより質にいれて資金源にしかねない。

そうなると盗品だとばれ迷惑をかけるだけだろう。

他に知り合いの女性と言えばマーヤさんとカラ爺の奥さんだが……教会の偉い人や騎士の奥さんに盗品をプレゼントはいかんでしょ。

「他に何か……ん、これは……」

一冊のそれなりの厚みがある古びた本を見つけた。

マーヤさんからこの世界の本を借りたが、それと比べると市販の本という感じではない。

どちらかと言えば手記のような物だろう。

ドコラの日記だろうか？　こういうのって見るのは気が引けるんだけどなぁ……。

と表紙を見るとなにやらタイトルらしき文字が手書きで書かれている。

暗くてよく見えないので松明を持っているカラ爺の方へ近寄り、文字を照らす。

その文字が目に入り、動きが止まった。

「どうした坊主」

明らかな動揺を感じ取ったカラ爺がこちらに気づく。

「……これです、ドコラの言っていた餞別は」

「ふむ、何の本じゃ？」

「いえ、まだ読んでいません。だけど確信できました。明るい場所で読みたいので外に出ましょう」

明るい外へ出る。

もう一度表紙に書かれている文字を見つめる。

横からカラ爺が覗き込み、奇妙な顔をした。

「なんじゃ、まったく読めんぞ」

「でしょうね、これは……日本語です」

「ニホン語？　坊主の国の言葉か？」

「はい、そして表紙にはこう書かれています」

そこには最も慣れ親しんだ言語、日本語でこう書かれていた。

「――サンプル四号『蒼魔王』調査記録」

表紙に書かれていたタイトルを読み上げ、暫しの静寂が訪れる。

これを入手した場所が日本ならば苦笑いで済ませていたのだが……これは不味い物だ。

今頭の中ではマーヤさんから聞いた事、ドコラが語った事を反芻している。

魔王、禁忌とされた蘇生魔法によって蘇った者達の末路にして、最悪の歴史を紡いだ者達。

そしてその蘇生魔法を生み出したとされる地球人。

この本は明らかにそのことに関連する物だ。

好奇心が無いわけではない。この世界で初めて見る地球との接点なのだ。

しかし、書かれている単語があまりにも不吉すぎる。

サンプル、調査記録——

半端に頭が回るせいで、書かれているであろう内容が頭の中に浮かぶ。

暗部として生きていたドコラが残した物だ。今思考回路は『そういう風に』動いている。

「……読まんのか？」

カラ爺の声で現実に引き戻される。

そうだ、今ここにいるのは自分だけではない。

カラ爺もいるのだ。

「カラ爺、先に話しておきたいことがあります。これはイリアスとマーヤさんだけが知っている事なので極力他言無用でお願いします」

「わかった」

カラ爺に自分のこれまでの経緯を正直に話す。

理由も分からず地球の日本から転移して来たこと、今はマーヤさんの憑依術により意思疎通が取れていること。

包み隠さずに話した。

そしてその上でドコラが話した内容も伝えた。

「それで今、この本を前にしているわけですが……」

「なるほどのう……揺れる気持ちは分からんでもない。じゃがお主自身はどうしたいのじゃ」

「自身がしたいこと……」

考え、そして溜息をつく。

「――読みません、今は」

「今を逃せばその機会を失う事になるやもしれんぞ。良いのか？」

この世界では蘇生魔法に関する知識を求めることは禁忌とされている。

そしてこの本の内容が表題通りならば、これを読むのはその禁忌の領域に手を伸ばす行為だ。

確かにこの本には地球とこの世界の関係が記されている可能性もあるだろう。

だがそれ以上に知ってはいけない事が多く書かれている可能性が高い。

「これを自分一人で抱えるのなら読んでいたかも知れませんけど、カラ爺と共有した以上はこの世界の流れに合わせるつもりです」

「わしは口が堅いんじゃがのう」

「カラ爺が隠し通せてもこっちが隠しとおせる自信が無いんですよ」

少なくとも疑われ、尋問されることになれば隠し通せる自信は皆無だ。

拷問なんて爪一枚剥がされそうになるだけで心が折れるだろう。

苦笑しながらカラ爺に本を渡す。

「ただこれは信頼できる人物に預けたいと思っています。残念ながらレアノー卿のような他の騎士達に見つけて欲しくはありません」

「わしに預けると言うことはラグドー卿、はては王へと届く事になるが」

「まだ会った事が無いのでなんとも言えませんけど、カラ爺が信頼できるのなら構いません」

「重い期待を預けられたもんじゃな、じゃが安心せぇ」

「さて、帰りましょうか」

これでいい。

この本が危険視される結果になった場合、読んだものも同様の扱いを受けるだろう。

ただこの国に居させてもらっている流れ人の立場でその状況になることは芳しくない。

カラ爺はこの国では信用のある騎士だ。

彼の前で読まなかったと言う証言があればそれだけで効果がある。

読んだとして、カラ爺は口を割らないかもしれない。

だがカラ爺は騎士。上司や王への忠誠とその場の口約束を天秤に掛ければ揺れてしまう可能性もある。それでもこちらとの約束を守ってしまうかもしれない。

だが、彼のような立派な騎士にそんな真似をさせたくは無い。

忠誠を裏切らせても、約束を破らせてもいけない。

「最後に、本当に良かったのかの？」

「無難に生きたいんです、自他共にね」

「ふぁっふぁっ、若いうちは冒険しても良いんじゃぞ」

この本を読む機会が完全に無くなったわけではない。恐らくは——言い訳じみた期待を頭の中で思い浮かべ、忘れることにする。

選択はした、後は流れに任せるだけだ。

こうして二人はターイズへと帰るのであった。

カラギュグジェスタは若者と別れた後、ラグドー卿の元へと向かった。

急な訪問、その異様さを感じ取ったのだろう。

今部屋にいる二人の間には緊迫した空気が流れている。

「それで、急な用とは？」

「本日、山賊同盟の首魁ドコラが残した地図を元に、ある拠点の調査を独自で行いました」

「——レアノー卿が調査隊を送る手筈を整えていると言うことを知らないわけでは無かっただろう」

「諸事情がありまして、申し訳ありません」

「構わん、先を話せ」

「こちらを」

そう言って洞窟で発見した本を手渡す。

ラグドー卿は本を手に取り表紙を見つめる。

「ふむ、見ない言葉だな」

そして本を開く、書かれている文字は一切が読めない。

だがその中に時折図のような物が描かれている。

しかしその意味もやはり不明だ。

次々と本を流し読み、ラグドー卿の動きが止まった。

「カラギュグジェスタ、お前はこれを読んだか？」

「いえ、本を発見してから今に至るまで一度たりとも開いておりません。誓って宣言できます」

「そうか、良かった。『かの若者』もよく自制したものだ」

カラギュグジェスタの眼が見開かれる。

「見抜かれていましたか」

「マーヤから話は聞いていた。イリアスは口を濁していたがな」

ドコラが彼と話していた時、その場には他のラグドー隊もいたのだ。

ならばチキュウ人なる人種が死霊術、そして蘇生魔法を生み出したと言う言葉を耳にした者もいただろう。当然それをラグドー卿に報告しない筈は無い。

そしてマーヤから彼の素性を聞いていたのであれば、今回何故自分が単独で拠点に向かったのか、隣に誰が居たのか推測するのは容易いことであった。

カラギュグジェスタは頭を下げる。

「隠そうとしたこと、お許しください」

「許す、お前と私の仲だ」

ラグドー卿は全体を流し読み終えた後、本を閉じる。

「本を開いていないことは信じよう。つまりその者はこの本の表題が読めたのだな？」

「はっ、読めないと口にした私に対し読み上げてくれました」

「なんと言っていた？」

「サンプル四号『蒼魔王』調査記録、確かにそう言っていました」

そしてラグドー卿の表情はさらに険しい物となる。

「最悪の歴史を生み出した数多の魔王、その一人『蒼魔王』が現れたのは四番目であったな」

「ええ」

本の中で辛うじて意味を理解できた図、そして表題の意味。

「この本の出自を調べる必要がありそうだ」

「……」

「案ずるな。お前もその若者も罪に問われるような事はしていない」

「そうですか……良かった」

安堵するカラギュグジェスタとは裏腹にラグドー卿の内心は揺れていた。

この事はマリト王にも伝えねばなるまい。そして内密に調査すべきだ。

これらの知識がまだ他にもあるのであれば、それは見過ごすわけにはいかない。

ラグドー卿は本を懐にしまい、立ち上がった。

◆

森の探検が終わり、カラ爺と別れた。

収穫はあったけどさー、あんな地雷は踏みたくないよなぁー。

馬で移動時間こそ短縮されていたが時刻は既に日が沈もうとしている夕方だ。

昼は軽く済ませたから空腹もいい感じに進んでいる。

夜には『犬の骨』に顔を出したいところ、夕食もそこで取れば問題ないだろう。

森を往復して体は汗でべとべとだ。

一度家に戻って体を拭き、着替えるとしよう。

いやぁ、住まいがあるし、着替えもあるって素晴らしいよなぁ。

一日そこらであったが山の中の生活は日常のありがたさを噛み締めるいい教訓となっていた。

「たーだいーまー」

一人暮らししていてもつい言っちゃうんだよなぁ、特に気分が乗っているときはね。

「……おかえり」

「おわっ!?」

玄関には体育座りでこちらを睨んでいるイリアスがいた。

そうだった。ここイリアスの家だった！

つかなんで玄関で座っているんだこいつ。

しかも凄く機嫌が悪そうだ。仕事で何かあったに違いない。

仕方ない。ここは大人としてフォローしてやらねばなるまいて。

「驚かすなよ玄関だぞ、普段からそうしてるのか？」

「いつもではない、今日は朝からだがな」

んー、どう言う事……おや？　おやおや？

確かカラ爺は今日は非番だったな。

ということはイリアスも同じように非番で、多分昨日には帰ってきていたわけだよな。

それで朝からずっと玄関で……。

うーん、うーん。

なんだ、涼しいなー、なのに額から汗が流れるなー。

「ずっと、待っていた……のか？」

「なに、一日放って置かれる寂しさを私も実感できた。良い経験になったぞ。街の案内は必要なさそうだな」

「そのなんだ、ごめんな？」

「……」

ああ、いじけてる。

眼がこっちを見てくれてない。

ど、どうする？

「そ、そうだ。夕飯を一緒に食べるか」

「生憎ろくな食材がない。買い出しに行くこともできなかったからな」

「だ、大丈夫だ。良い店を見つけたんだ。店長も給仕の子も良い奴で……」

「そうか、昨日の夜中ずっと私が君の帰りを待っていた間、君はそこにいたのか」

あかん、これはあかん。

「そして今日もその店で楽しく過ごしていたというわけか……」

「い、いや、昼はカラ爺と——さ、散歩してたぞ！」

「私が玄関で帰りを待っている間、カラ爺と楽しく……」

何だこいつ面倒くさい！

胸倉掴まれて揺らされた方がましだぞ！

「……すまない、嫌味を言ったな」

と思ったら謝ってきた。

「私もまだまだ未熟者だな。家に人が待っていることや、非番を他人と過ごすことを考えていたら浮き足立ってしまっていた……。君にも事情はあるだろうに……許してくれ」

ああ、そういうことか。

形はどうあれ、イリアスの期待を知らず知らずのうちに裏切ってしまっていたわけだ。

戦いに関してなら間違いなく超一級の騎士だ。

だがそれ以外の事に関しては年相応、いや下手をすればそれ以下の女の子なのだろう。

人に淡い期待を抱いてしまう、昔の自分のような——

「ちょっと待ってろ。着替えて来る。そしたら出かけるぞ」

「あ、ああ」

落ち込ませてしまった事は仕方が無い。互いに落ち度があったというわけではない。

ならすべき事は一つ、見えてる物だけでもきちんと拾ってやろう。

そして日がすっかり沈んだ頃、二人で『犬の骨』を訪れた。

「ここは……あの『犬の骨』か!?」

あ、例に漏れず知ってるのね。

「ああ、料理に定評のある『犬の骨』だ」

「私も自分を罰する時にはここを訪れようと思っていた。そうか今がその時なのか」

そんなにか、いや、そんなにだったわ。

「大丈夫だ。きちんと生まれ変わってもらったからな」

「？」

中に入る。既に多くの客で賑わっている。

忙しそうに駆け回るサイラがこちらを見つけ、声を上げる。

「いらっしゃ――あーっ！」

「昨日よりも賑わい方が増してるな」

「もう、大忙しなの！」

半泣きだ、そんなに嬉しかったか。いや、そういう事にしておこう。

視線を泳がせ周囲を眺め、違和感を覚える。

いや、気づかない方がおかしいのだが……。

「知らない人が働いていないか？」

「ドミトルコフコンさんが知り合いを何人か集めてくれたの。『これだけ良い物出す店を三人でどうこうできるかい、ちょっと友人呼んでくるよ！』って！」

ああ、確かに妙齢のご婦人方が給仕を頑張っておられる。

厨房の方も、ゴッズとカラ爺の奥さん以外に調理を行っている人がいる。

三人でも辛いだろうから食事の後に手伝おうと思っていたが、これなら必要もなさそうだ。

「なぁ、あのご婦人方ってラグドー隊の奥様方？」

「そうなの、もう感動！」

ファンの奥さんでも喜べるなら、こいつはこの職場が天職になるやもしれん。

って良く見るとラグドー隊の皆さんも店に来ているのか。

カラ爺もいましたよ。店の端っこに固められている集団の中に。

そっかー。彼ら非番だけど奥さん達がこっちに来てるから、飯食べる為にはここに来ないといけないのかー。肩身狭そうだなー。こんな悲しい光景は予想外だったなー。

まあ食事は美味しそうに食べているからよしとしよう。

酒を追加しようとして、婦人方に睨まれている光景は見ないことにする。

とりあえず座ろう。扉の外でちらちら見ているイリアスに声を掛ける。

「イリアス、向こうが空いてるから座ろう」

「あ、ああ」

「……イ、イリアス様⁉」

サイラが出会ってから一番のびっくり顔を披露してくれた。

イリアスもその顔にびっくりしている。

「わぁー、わぁー、こんな店に来てくれるなんて光栄ですー！」

「給仕がこんな店って言ってやるなよ……」

握手を求められ、それにぎこちなく応じるイリアス。

やはりこういう国民からの好意を受け取ることには慣れていないようだ。

「握り潰さないようにな」

「するかっ！」

席に座り、注文はサイラに任せる。

葡萄酒のような酒が出され、肴のチップスやフライが置かれる。

そういえばこの世界に来て飲む酒は初めてだ。

香りや味はワインに近いが、やや度数が高めで甘さが強い。

これは油断して飲むとすぐに酔いが回ってしまいそうだ。

空き腹を食べ物で埋めるべく料理に手を伸ばす。

「……美味しいな」

「そうだろう。塩を利かせた味は普段ないからな。昨日は酷いもんだった」

そうして昨日のでき事を話す。

サイラに出会い、この店に来たこと。

ゴッズをマーヤさんの元へ連れて行き修行させたこと。

そしてバンさんの商館に行き塩を貰い、新しいメニューをみんなで考えたこと。

夜遅くまで営業し、へとへとになって眠ったこと。

「知らない街だと言うのに、たった一日見ないだけで君は色々なことをしていたんだな」

「おかげでくたくただ」

「君は人の為に尽力していたとい言うのに、私は君を恨みがましく待っていた……情けないな」

「――サイラの歓迎っぷりを見てどう思った？」

「そうだな、少し驚いて……戸惑ったな」

「だが嬉しかっただろう？」

「そう……だな……」

「ラグドー隊の騎士だけじゃない。イリアスを認め、好いてくれる国民はちゃんといる。非難する連中ばかり見て、そういった人達を見ないのは損でしかないよな」

「ああ、反省し以後気をつけよう……やはり未熟だな私は」

「まだ言うか」

「私はただ父のような立派な騎士になろうと生きてきた。だが省みれば他者の評価に喜び、悩み心を乱している……」

「良いんだよそれで。人に非難されて嫌な思いをする事も、人に好かれ喜ぶ事も人間として当然のことだ。それを未熟だと切り離すことこそ心の弱さだ」

「そんなことは――」

「イリアスの父親は一度たりとイリアスに微笑むことが無かったのか？　娘の前ですら人としての心を殺し続けた冷徹な人間だったのか？」

「――父はとても誇らしく、勇敢で、そして厳しい人だった……」

イリアスは俯き、グラスの中の酒を見つめる。

「ああ、でも覚えている。幼い私が花の冠を作り、贈った時に見せたあの笑顔……」

「――切り離すんじゃない。受け入れ、受け止めるんだ。嫌なことがあれば怒りを力に変え捻じ伏せろ。嬉しいことがあれば噛み締めて、前に進む力にしてやれ」

「そういう……ものか」

「そういうもんだ」

「だが結局態度に出てしまうのは未熟ということになるな」

「そこは否定しない。進む道を間違わずに精進するんだな」

「ああ、君に道の事を言われるなんてな。私以上に危ういというのに」

「そんなにか」

「そんなにだ」

イリアスは笑った。酒が入っているせいもあるのだろう。

赤みを帯びた笑顔は彼女の年よりも大人びて見えた。

これからも頻繁に彼女をここに連れてきてやろう。ここにはイリアスの味方が沢山いる。

それが彼女の強さとなるのだから。

そんな頼もしい人達の姿を横目で見る。

サイラは空き食器を運搬中に転んでいる。

ゴッズはカラ爺の奥さんに叱られ涙目。

客が増えたせいでテーブルが足りなくなったのか、ラグドー隊の面々は床に座らされている。

……たまにでいいな、うん。

そしてその帰り、酔いつぶれたイリアスを背負わされる事になる。

どうやら筋肉痛の日々は続く模様。

◆

窓から差し込む朝日の眩さにイリアスは目を覚ます。

朝だ、起きねばならない。

体を起こす、見慣れた自室の光景だ。

だがいつもと違いやや体調がよろしくない。

その理由を考え、昨日のでき事を思い出す。

いつも通りに起床、だが彼が帰ってこないことに気づきどうするかを考えた。

ひょっとすれば帰ってくるかもしれないと待ち続け、探しに出かけるか悩み、すれ違いを恐れて待ち続けた。

結局帰ってきたのは日が暮れる直前であった。

その後彼に連れられ、『犬の骨』へと向かった。

そこで出会った給仕の者とのでき事、店の賑わい、美味しい食事に酒の味。

そして彼との会話の内容を思い出す。

――楽しかった。

ラグドー隊では皆親切にしてくれていたが、非番での関わりは無かった。

誘われたこともあったが自ら鍛錬を口実に距離を取っていたのだ。

自分は他の者達から疎まれている。

仕事以外でも親しくすれば彼らに迷惑が掛かるのではないかと恐れていた。

しかし全てがそういうわけでは無かった。

私のことを疎む国民もきっといるのだろう。

だが自分のことを認め、尊敬してくれる民が確かにいたのだ。

そして彼が言った言葉をもう一度頭の中で反芻する。

口元が緩んでしまった。

「それで……」

そこから先の記憶があやふやだ。歩いて帰った記憶がない。

酒を飲める年になった後もわざわざ飲むような事は無かった。久方の酒に高まった気分……。

最後に途切れる意識……。

ああ、何てことだ。

「私は、酔い潰れてしまったのか」

となれば彼は私を運んで……。

情けなさに目がはっきりと覚める。

右手を顔に当て、深い溜息を吐く。

とりあえず起きるとしよう。

起き上がり、一階に降りて顔を洗う。

自室に戻り、仕事着に着替える。

時刻的に朝食を作る時間は無い。市場で果物でも買うとしよう。

そうだ、彼に詫びを――いや礼を言わなければならないだろう。

彼の部屋の前に付き、軽くノックする。

返事は無い。まだ眠っているのだろうか。

そういえば彼との出会いは眠っている彼を起こすところだった。

「ふふっ、そういえば寝つきの良い奴だったな」

過去のことを思い出し、つい笑ってしまった。

間もなく出かける時間、すれ違いにならないよう夕食の話について話もしておきたい。

申し訳ないが一度起きてもらうとしよう。

扉を開け声を掛ける。

「まだ寝ているのか？　昨日の事だが――」

彼は既にいなかった。

窓際に残されていたのは昨日まで着ていた服だ。洗濯されている。

一体いつ起きたのだろうか、そもそも家で洗濯されて気づかないほど深く眠っていたのか自分は。

「……はぁ」

溜息が漏れた。

07　とりあえずピンチです。

もうね、芸がないと言われても仕方ないんですけどさぁ！

筋肉痛がね、痛いんですよ！

おかげで日が昇る前に起きるハメになった。

寝なおす気分にもならなかったため、仕方が無いのでさっさと洗濯を済ませ、出かける事にした。

欠伸が出る。昼にシエスタを一時間程度取っておいた方が良さそうだ。

『犬の骨』に移動している間に日は昇り始めている。

ゴッズは起きているのだろうか、起きていたら残り物でも貰おうかな。

店に到着、同時に見覚えのある人に出会う。

カラ爺の奥さんだ。

「おや、早起きだね坊や」

「おはようございます。そちらこそ」

「年よりは早起きって相場が決まってるからね！」

ぐっとガッツポーズの奥さん。

凄い元気ですね、少し分けて欲しい。

「私は食材の管理と仕込みを始めておきたくてね、坊やはどうしたんだい？」

「あー、昨日の客の数と売り上げを確認して、皆さんへの給料を初めとした資金繰りをゴッズと話そうかなと」

「あら、それだったら私がなんとかするわよ。これでもやりくりは上手なのよ」

旦那の給料もしっかり管理していそうだ。

カラ爺って小遣いどんだけもらえてるんだろうな。

「それじゃあ経過だけ聞いたら帰りますよ」

「昨日の残りがまだちょっとあるよ、食べていきな」

流石にありつけないかなと思ったが願っても無いお誘いを頂いた。

「ではお言葉に甘えて」

「しっかし、塩は便利だねぇ。大体の料理にちょっと使うだけで味がぐっと引き締まるし、旨味も増すのよ」

「本当は塩を使った料理だけでなく、塩を使って作る調味料やらができればもっと幅が広がるんですけどね。その為にはまず塩の価格帯を下げるようにしないと」

「そんなことできるのかい？」

「確実というわけじゃないですけど、今後色々手を回すつもりです」

「それじゃあ期待しておくよ、塩の値段を聞いたら皆使うのを躊躇っちまってねぇ」

なんてことを話しながら店に入る。

「おはようございますドミトルコフコン夫人！　本日も麗しゅう！」

ゴッズが敬礼しながら迎えてくれた。

うーん、これが店主かぁ。

食事を取りつつ、ゴッズから売り上げや出費の話を聞く。

方向性の話はカラ爺の奥さんを混ぜて進めていく。

この調子ならば金銭のやりくりは問題なさそうだ。

従業員も急に増えたが収支はプラスを維持できそうだ。

問題があるとすれば食材の運搬量が増える事だが、既に荷車の手配をしているとの事。

こちらとしては当面やることは無さそうだ。

「後は女性向け、昼食向けのレシピを増やせば客層も稼働率もよくなりそうだな。今度思いついた物があったら紙に書いて持ってこよう」

「ま、まだ増えるのか?」

「なに言ってんだい、ビシビシいくよ!」

「ひえっ」

二メートルの大男を震え上がらせるお婆ちゃん、いい構図だ。

「そうだ、兄ちゃんの取り分を渡さなきゃな」

「従業員も増えてそんな余裕が無いだろう。以前払った塩代を回収できればそれで良い」

何せこれからはここで塩味の効いた料理が食べられるのだ。

それだけでこの数日の労働の対価として十分だ。

「そうは言うがなぁ……じゃあいつでも飯を食いに来てくれ。空いてる時ならいつでも奢ってやるよ」

「そうか、じゃあ混んでいる時に来てやるよ」

「立つ瀬ねぇなぁ、おい」

とは言え時折はご馳走になるとしよう。

何せ今のところヒモ生活なのだ。そろそろ定職を得ねばなるまいて。

支払った塩代、籠代、そして二日分の賃金を貰い、所持金は微かにプラスになった。

とはいえ買い食いした分や昨日の夕食代を引くと、さほど増えたというわけではない。

最終的にこの所持金はイリアスに返さねばならないのだ。金策も考えねばならない。

「それじゃあ金策の旅に出てくる」

「おう、気をつけてな……いや、金に困ってるなら謝礼くらい受けとりゃいいのに」

目指す場所はバンさんの所、金になる話なら商人を頼るのが定石だ。

かれこれ三日連続で訪れているにもかかわらず、バンさんは笑顔で接客してくれた。

「『犬の骨』、訪ねさせていただきました。いやはや、素晴らしい変貌っぷりでしたな」

「もう行かれたのですか、昨日の今日で早いですね」

「もちろん、最も信用できるのはこの目で見た物ですから。しかし従業員の方々には少々度肝を抜かれました……」

有名な騎士達の奥さんだもんなぁ、そりゃあ知ってる人は萎縮するだろう。

彼女らも久々に活気のある生活を手にしてやる気満々、小遣いも稼げて一石二鳥との事。

「おかげで仕事が無くなりましたよ。暇になったので別件の話でも進めておこうかなと」

「未開の地探索の話ですか、目星などはもう？」

「ええ、……ただちょっとこの話は内密にお願いしたいのですが」

と、ドコラの地図の写しを机の上に広げる。

「これは……」

「先日壊滅した山賊同盟の首魁が持っていた地図の写しです。彼らは騎士達の手から逃れる為に山や森に拠点を作っていました。そして用意周到にも周囲の情報を調べていたのです」

「良く入手できましたな。しかしこれは凄い。これほどの広域で行動していたとは……我が国の騎士達が苦戦するはずだ」

「今日明日には各拠点の調査が入り盗品などは回収されますが、拠点として使用されていない目印となっている洞窟などは手付かずの筈です。この辺を調べて行きたいと思っています」

「後は調査する順番などでしょうかね。ふーむ、昔宝の地図を見た時を思い出しますな！」

「宝の地図って、バンさんは昔冒険者でも？」

「ええ、商人の才の方が優れていたので今は落ち着いていますが、昔はやんちゃでしたとも」

なんだろうな、知り合う人間スペック高い人多すぎない？

ゴッズとサイラに凄い親近感が沸くんだけど、あいつらも実はって特技があるのだろうか。

ああ、ゴッズの酒に対する目利きはバンさんも評価していたっけ。

案外サイラも服屋としての才能があるかもしれないな。

「しかし不用心ですね。私が抜け駆けするとは思わなかったのですか？」

「その時はその時ですよ。バンさんが『そういう人種』だと割り切ってやりますとも」

「はっはっはっ、それは怖い。では良き協力者として振舞わせて頂きましょう」

「ただ調査しようにもですね、腕や体力に自信は無いわけで……」

「なるほど、用心棒になる人材が必用なのですね」

「後はそれを雇う資金も……」

人件費、食費、馬代、雑費、どれもありませんとも。

カラ爺のような騎士がいれば問題ないのだがそう何度も無償で働かせるわけにもいかない。

ああ、いや待てよ。

「バンさんのように興味のある有志を募るという形はどうですかね？」

「費用としては折半も可能ですし悪くないと思います。ですが募る際に他の商売敵に情報が漏れる可能性もあります」

そうだよなぁ、儲けを考えると出し抜こうという者もいるだろう。

あくまでこのプランは上下関係を予め作っておく必要がある。

「信用できる冒険者の一人二人ならばこちらでも手配できます。しばらくは小規模になりますがそれで様子を見るとしましょう」

「そうですね、その間にでも資金面のことを考えておきます」

「こちらに出させようとはしないのですな」

「あまり甘えていると協力関係が維持できませんからね」

アイディアを出して終わりというわけではない。

資源を手に入れた後はバンさんが主体で動くのだ。

調査の時点からバンさんにおんぶに抱っこではこちらの必要性が無くなってしまう。

ここは何とか自分で解決する必要があるのだ。

「でもまあ最初の冒険者の手配と給金は甘えてしまいそうですが……」

「その事に関しては、今後の塩の供給増加への謝礼ということで出させていただきますよ」

この計画の最善の結果として、早い段階での資源発見を達成することだ。

見込みさえあれば借金という選択肢もできる。

上手くやれば国を説得する事もできるだろう。

そうなると今は少しでも地理の情報などを学び、嗅覚を鋭くする必要がある。

その後はバンさんに現在使用されている鉱山の話などを教えてもらい、細かい話を突き詰めていくことになった。

◆

「イリアス。例の協力者への式典、立食会の誘いの返事は貰えたかね?」

ラグドー卿の言葉にしまったという顔を見せたイリアス。

そういえばなんだかんだで一緒にいる時間が短く、色々あったためこちら側から話を切り出す機会が無かった。

「まだか、昨日は非番だったのではないのか」

「申し訳ありません……実はその、彼は前の夜から出かけており帰ってきたのが夕方で……」

「ひょっとして一日中待ちぼうけを受けたのか？」

「は、はい」

ラグドー卿は溜息をつく。

せっかくの非番をそのように潰すというのはよろしくない。

「今日はもう上がって良い」

「し、しかし」

「ああ、そうだな。言い方を変えるとしよう。本日のラッツェル卿の任は協力者に招待の旨を伝えること、そして了承を得ることだ。もう日付も短い、その事のみ尽力せよ！」

「は、はい！」

駆け出すように去るイリアスを後にして、ラグドー卿はやれやれと言いつつも優しく笑う。

一昨日と比べ随分と肩の力が抜けていた。僅かな時間で何かあったのだろうか。

ラグドー卿はイリアスのことを娘のように思っている。

その彼女の良き変化を目にしたラグドー卿はまだ見ぬ青年に感謝の念を抱くのであった。

「……王は、どうなされるだろうか」

件の本の話は王に伝えた。

王は難しい顔をした後、本をラグドー卿に預けた。

本の出自を追え、との指示は出されたがそれ以上は無かった。

王もかの青年と出会うことを楽しみにしている。

願わくは、良い関係を築くことができれば良いのだが……。

◆

さて、冒険の始まりだ。

バンさんの話では、近場には危険な獣が出ない地域もあるとの事。

地図で確認すると一箇所洞窟があるではないか。

費用を浮かす為にも自分のみで足を運ぼうとした次第である。

うーん、筋肉痛なのにこのやる気の高さ、日本での自分にも見習って欲しいアクティブさだ。

門番に挨拶しつつ城を出る。

隣にはバンさんもついてきている。

ちょっと一人で見に行ってみようと言い出したら、彼が馬を貸してくれることになったのだ。

しかし馬に乗れないことを伝えると、

「では私も行きましょう。久しぶりに動きたくなりましたからな！」

との事。冒険計画をしているうちにスイッチが入ってしまったようだ。

それで良いのか商館の主人よ。

今までの方向とは別の方向、鉱山への道を進んでいく。

そして一時間程進み、鉱山まで残り三割と言った場所で馬を降りて森に入る。

「この馬は人を襲わないいんですか？」

「国の方へ逃げるように訓練してありますからご安心を」

それは良かった。

カラ爺の馬は気性が荒く、帰りの際に噛まれそうになった思い出がある。

それに比べこの馬の眼の優しいこと。

その馬と別れ森を進んでいく。

やはり元冒険者だけあってか、進む速度はカラ爺達騎士にも負けていない。

いや、歩みの速さだけならそれ以上だ。

さらにこちらがついて行きやすいよう気を払ってくれている。

冒険者時代はスカウト的なポジションだったのだろうか。

進む方向への迷いも一切感じられない。

「手馴れていますすね」

「それはもちろん。戦闘はパッとしませんが、斥候の仕事なら今でも若いのには後れを取りませんとも」

「頼もしい限りです」

森を抜け、木々の数が減っていく。

岩肌が見え始め、平らな道から上りを含む山道へと変わり始める。

追いつく為にひぃひぃ言いながらも、無事目的の拠点に到着した。

以前見つけた洞窟とは違い周囲は岩肌だらけ。洞窟の入り口というよりかは亀裂に近い。

ここから上はほぼ岩山。ドコラの地図にはその先の情報は無かった。

隠れる拠点候補としてはここらが限度ということなのだろう。

「さて、行きましょうか」

二人とも松明を持ち、洞窟の中に入る。

中は狭い通路が続いている。

一本道で進みやすいのだが、岩肌にはこれといって目新しい発見は無い。

もう少し地下に続く道などがあればよいのだが……。

「ただの通路みたいな感じですね」

「そうですね……おや、行き止まりです」

なんてこった、もう行き止まりだ。

ワンルーム程度の広さの空洞に行き当たったが、そこで道は途絶えていた。

最初の調査は不発に終わってしまったようだ。

「うーむ、これは残念ですね。隠れ家としても狭くて長いだけというのは使われなかったのでしょう」

「そうですね……岩肌に鉱石でも見えれば別なんですが……」

「それらしい物は見当たりませんね……おや？」

バンさんが壁を観察していると何かに気付いた様子。

「どうかしましたか？」

「これは……この場所だけ魔法で作られた壁ですね」

そんなのあるの？　と思いつつ指された壁を見る。

だが他の壁との違いなんて分からない。

同じ材質に見える。

「同じに見えますが……」

「はっはっはっ、そうでしょうそうでしょう。ですがこういう道のプロなら分かります」

そう言ってバンさんが取り出したのは頭に何かを引っ掛けるような捩れのある杭のようなもの。

キャンプなどでテントを張る際に使用される杭を思い出す。

「土魔法で周囲の鉱石を利用して壁を作ったのでしょうが……ふんっ！」

勢い良く、壁に杭を突き立てる。

そして次に取り出したるは、煌びやかな装飾が施されている金槌だ。

バンさんは自分の持っている袋をこちらに預け、杭と対峙する。

「少し離れていてください、危ないので」

無言で距離を取る。

バンさんは深呼吸の後、杭に向かって金槌を振り下ろす。

すると轟音とともに壁が砕け散った。

「な、なんです、それ」

「衝撃を何十倍にもするエンチャントハンマーです。壁を突き破る際に重宝します」

「便利な物もあるんですね」

「それなりに魔力を浪費するのと、魔封石を持ったままだと使えないのが玉に瑕ですけどね」

ああ、それで荷物を持たせたのか。

そして魔力が微々たる日本人には使えない模様。

くう、魔法が付与された武器なら魔法も戦闘もできるんじゃ、とか思っていたのに！

崩れた壁の先にはさらに通路があった。

「これは、ふぅむ……」

バンさんの考え込む理由も理解できる。

今我々は資源の捜索の為にやってきている。

だが見つけたのは故意的に隠された通路だ。

何やらきな臭い。

恐らく山賊達はこの場所で引き返したはずだ。

「よし、行きましょうか」

ああ、バンさんの目が冒険者モードだ。

外れの結果で終わるよりかは好奇心を満たしたいのだろう。

それはこちらも同じこと、頷き進む。

しばらく進むと先に光が見えた。

外だ、どうやら山の中を抜けたようだ。

洞窟を抜け、外の光に目が眩みつつも周囲を見渡す。

そこには新たに森があった。

先ほどまで進んでいた森に比べれば、木々以外の植物の茂りが大人しい印象を受ける。

うーん、なんだろうかこの虚しさ。

過去に使われていた通路だったりするのだろうか？

「これで終わりですかね？」

「……いえ、少し待ってください」

そう言ってバンさんは森へと足を運ぶ。

置いていかれるわけにもいかないので続く。

バンさんは道を進むというより、森を調べて回っているような様子だ。

そして非常に興味深そうに何度も頷いている。

「これはなかなか重要な発見をしてしまったようですな」

当然の如く首をかしげる。

「こちらの地図を見てください」

大きめの地図を取り出す。

ドコラの地図とは違い、細かい情報こそ無いがターイズ領土全域の地形が分かるような地図だ。

「私達はここから進みました。歩いた時間からして今いるのはこの辺です」

そう言って指を指した場所は——山脈だ。

「山脈の中ですね」

「ええ、つまりこの森は周囲を山脈に囲まれている隠れた森なんです」

なるほど、大きな山脈の中にぽつんと空間があり、そこに森がある。

確かにこれは発見というべきなのだが……。

「見知らぬ森が近場にあったというだけなのでは」

「いえ、この周囲の草木を調べましたがターイズ領土で目撃されている物とは別物なのです」

周囲の木々や植物をもう一度観察する。

言われて見ればここ数日歩き回った森と違う気もする。

そうだ、これはあの場所に近い。

「植物の形が『黒魔王殺しの山』にあった物と似てますね」

「おお、良くご存知ですね」

「ええ、この前そこでスライムに襲われまして」

「よく生きてましたねっ!?」

あーこのリアクション懐かしい。

だが確かにそうだ。

木々は透き通っていないし、発光もしていない。

だがそれに照らされて見えた足元の植物がそれに近い。

「ええまあ、運よく」

「運がいいとかそういう問題の場所ではないはずなのですが……コホン。これらの植物は魔力の高い土地に生息する物です。ターイズにはかの山以外にこれらが発生している場所はないと思われていましたが……」

「つまりは希少な植物が見つかる可能性があると?」

「ええ、これは新たなビジネスチャンスになりますよ！」

バンさんは非常に喜んでいる。

あーあ、こっちをそっちのけで周りを調べだしちゃったよ。

だが、塩と言った食用品ではなく貴重な薬草などが取れるのであればそれはそれで良い儲け話になるだろう。

不発かと思われた探検で予想外の当たりを引くとは、日頃の行いが良いんだな！

うんうん、と頷き視界から消えそうなバンさんの方へ向かおうとして。

突如襲った衝撃と共に意識が途絶えた。

◆

ここ最近は筋肉痛で目覚める日々だったが、今回は頭の痛みで目覚めた。

「オババはもう呼んだのか？」

「ああ、間もなく来るだろう」

視界がおぼつかない。周りが騒がしい。

なんというか獣臭い。

「おい、目覚めたぞ。聞こえるか？」

誰かが近づく、誰だ？

記憶を遡る。バンさんと共に希少な森を発見して……それから……。

「聞こえているのかと言っている！」

「う……静かにしてくれ、頭が痛いん——だっ⁉」

って、何だこいつら⁉

その姿に驚き、意識がハッキリとする。

周囲を複数の人間に囲まれている。

だが今日の前にいる者達は人間のようで、人間らしからぬ容姿をしていた。

この世界では初めて見る黒い髪、赤い瞳、そして獣のような毛に覆われた耳にふさふさの尻尾。

尻尾……？

そういえばイリアスが言っていた気がする、この世界にはエルフといった亜人もいるのだと。

言うならば彼らは犬、または狼が混ざった獣人なのか？

それ以前に両腕を後ろで縛られ、転がされていることを先に問題視すべきだろうか。

うーん、これはあれだ。

拉致という奴ですね。

「悪いが、現状を説明してもらえないだろうか」

「なんだこいつ、何を言っているんだ？」

「さぁ、何か喋っているようだが……」

おや？

なんだか奇妙な反応だ、これはひょっとして。

「言っていることが分からないのか？　害意はない。拘束を解いてもらえないだろうか」

「何かを訴えているようだが……」

「さっぱりわからん」

言葉が通じていない模様。ひょっとして憑依術が切れたのか？

捕まった時点では憑依術を使用されて六日目、気絶していた時間が一日近ければその可能性も高い。

いや、待て。こちらの言葉は通じないがこちらは向こうの言葉が分かっているじゃないか。

日本語というわけではない、それならこちらの言葉も通じるはずだ。

ええと、マーヤさんは憑依術について何と言っていたか……。

『名前はない術なんだけどね。精霊を一時的に憑依させ対象の意識を組み込み共通語に翻訳して発する。また受け取るときは相手の意識にあわせて伝わるようにする憑依術だよ』

とか、そんなところ。

ははぁ、なるほど。

こちらの言葉は共通語に翻訳されているが、受け取る立場では向こうの言葉をこちらが理解できるように翻訳がされているのか。

この憑依術は英語を話せるようになり、英語を聞き取れるようになるものではなく。

英語を話せるようになり、あらゆる言語を聞き取れるようになるものなのか。

思った以上に便利だけど、半端に使えないタイミングがあるのがなんとも言えないね！

「我らと同じ黒髪、だが一族の者ではない。よもや魔族か⁉」

首を横に振っておく。

一人の男がそれに気付く。

「今、こいつ首を振ったぞ。言葉が分かるのか？」

頷く、周りも気付く。

「お前は何者だ、答えろ」

「言葉は話せない」

「何を言っているんだ？　我々の言葉が分かるならそれを話せ」

首を横に振る。

「ひょっとして喋れないのか？」

「そんなわけがあるか、言葉が分かるなら話せるはずだ」

首を横に振る。

「言葉が分かるのに話せないと言いたげだ」

頷く。

「うーむ、どういうことだ……嘘を吐いているようには見えんが……仕方無い、オババに任せるとしよう」

さっきも聞こえたがおばばとやらがこの村での長老のようなものなのだろうか。

幸いにも食人族のような有無を言わさぬ蛮族というわけではなさそうだ。

上手いこと意思疎通ができれば、交渉の場に持ち込める可能性はある。

しばらくするとごてごてした装飾を身に纏ったご老人が姿を現す。

髪の色が幾分か失われているが、白髪というよりも灰色の髪色をしている。

「その子かえ、まだ子供じゃないかえ」

「狩りに出ていた者が見つけ捕らえたそうです。近くにもう一人いたらしいのですが気付いたときには姿を消していました」

状況説明ありがとうございます。

となるとバンさんはこちらが襲われた際に、上手く隠れられた可能性がある。

助けに来てくれる可能性は——まあ半分。残りは一度戻って応援を呼んでからの救援だろう。

バンさんの性格から考えればカラ爺辺りに助けを請う可能性は大いにある。

「それと、どうも我々の言葉が分かるようなのですが、知らない言葉でしか話をしようとしません」

「ふむ、妙な話だね、どれ見てみるとしよう」

通称オババはこちらの額に手を当てる。

この光景どっかで見た覚えがあるな、マーヤさんの時か。

「ほほう、この子は精霊を憑依されておる……なるほどならばこうして……」

オババの手が光り輝き、熱のようなものが頭の中に流れ込んでいく。

「どうかね、坊や」

「……憑依術に何か細工をしたのか？」

「喋った、喋ったぞ！」

どうやら意思疎通が可能になった模様。

「面白い魔法を作った者もおるようじゃな。しかし外に思いを吐き出す為の方法がわしらとは違うものであったからのぅ。わしの魔力を精霊に染み込ませたのじゃ」

「……副作用とかも弄れたりしないか？」

「そういえば妙に歪になっておった場所があったの。すまんがわしが弄れたのはそこだけじゃ。その魔法をかけた者はとても優秀じゃ」

マーヤさん、そんなに凄いなら筋肉痛どうにかする方法を早くお願いします。

魔力を込めたという事は、もうしばらくは会話ができるということだろうか。その点では助かった。

「言葉が通じるなら話は早い。こちらは貴方達に害をなすつもりはない。聞きたい事があるなら答えられるならば答えるつもりだ」

そして彼らとのコミュニケーションが始まった。

彼らは『黒狼族』と呼ばれる一族であり、人間とは少し異なるらしい。

遥か昔に世界を恐怖と破壊で埋め尽くそうとした魔王から逃れる為、この隠れ森へ移住しその道を塞ぎ、今の今まで密やかに生きてきた。

というのが彼らのルーツだ。

こちらもそれなりの数の質問を受けた。

外からどうやってこの場所へ辿りついたのか。

もう一人の仲間はどこに行ったのか。

外の世界は今もなお滅んでいないのか。

知っている範囲で全てを答えた。

「もう魔王がいない……そんな馬鹿な」

「確証があるわけじゃない。だが遥か昔に姿を消してからは新たな魔王は見られず、今この大陸は人間達が国を作って生活をしている」

「あの黒魔王が……滅んだというのか」

その黒魔王、スライムに殺されたそうですよ。

とは言わないでおこう。

基本聞かれたことには正直に答えた。

バンさんのことも同様、まだ近くに隠れているのか、一度戻ったのか不明だから話しても問題はない。

「ただ仲間を見捨てるような人ではない。武勇に優れた人ではないので、人を集めて戻ってくる可能性は高い」

「なんと……それでは戦いになるというのか⁉」

ざわめく若者達。

「いや、それは防げる。幸いにもこうして生きているなら助けに来た仲間を説得すれば穏便に済む話だ。こちらも勝手に森に入った落ち度がある」

「今すぐ解放しろとは言わないのかい？」

「それではそちらに不安が残る。安心できるようそちらの前で説得を行うつもりだ。そんなわけだからしばらく村に滞在させてもらうが構わないか？」

「――良かろう。だがついでの頼みごとを聞いてはもらえぬだろうか」

「内容次第だ。聞かせて欲しい」

「わしらはこの森に生きて長いこと外の世界との関わりを絶ってきた。じゃが一族は徐々に衰退する道を辿っておる……やはり狭いこの森で永久に生きていくことは難しいと感じておる」

「外の人間達との交流を希望したいわけか」

「然り。坊やは我らの言葉も、外の者の言葉も理解できる。その橋渡しを頼めないじゃろうか」

「それは構わない。元よりこの森の植物は貴重な物も多い。現地で動けるものがいるのならば支持する者も多いだろう」

先住民に対しての貿易は格差を感じるものがある。

しかしターイズ国、その商人であるバンさんを見る限りではそう悪いようにはしないだろう。

「ただし、全てを丸投げされるのは困る。橋渡しはするが交渉はそちらの代表に行わせてもらおう」

「うむ、では成立じゃな」

「オババ、本当によろしいので？」

「この者は何一つ嘘を述べなかった。信じても大丈夫じゃよ」

この人も嘘見抜けるタイプなんですか、何か技法とかあるんですかね？

こちとら騙されても良い様に立ち回るだけで精一杯だというのに、羨ましい。

「そういえばどれだけ気絶していたんだ？」

「僅かな時間だ。まだ日は暮れていない。その、すまなかったな」

どうやらこの男が襲った犯人の模様。

「いや、仮に話しかけられても意思疎通は難しかった。もう一人の相方のことを考えればそのまま二人で逃げ帰り、後日人を集めていた可能性がある。そうなった場合交渉がややこしくなる可能性もあった。そういう意味では悪いことばかりじゃない」

「そ、そうなのか」

「代わりといってはなんだが、この村の生活などを見せてくれ。こちら側の理解を深める為にも必要なことだ」

そして村の中を案内してもらうことになる。

やや時代遅れを感じさせる家々が並んでいる。

少し離れた場所には畑もあるようだ。

中央の広場のような場所には人が集まっており、今日収穫した果物や獣などを分け合っているようだ。

「囲まれた森だというのに獣は狩れるんだな」

「獣は山を越えられる。時折降りてきては家畜を襲うこともあるから毎日森の探索は怠らない」

なるほどな。

と、木製の道具がぶつかり合う様な音が聞こえる。

広場の傍で男達が木の棒を手に訓練をしている。

その動きは山賊よりも遥かに早い。

騎士と比べると――柔軟さはあるが技巧面では劣っているように感じる。

「獣相手ならそこまで訓練する必要もない気もするが」

「いつ魔王の軍勢がやってくるかも分からない。だから俺達は日々戦士としての鍛錬も忘れない」

そういえばそういう村だった。

隔絶された村だが、人口は百よりも多そうだ。

時折こちらを興味深そうに見つめる者達がいるが、その眼は恐怖心や不安というよりも好奇心に満ちた目が多い。

「その割には外から来た人間に対して寛容なんだな」

「それは既に村に事情が伝わっているからだ」

全員がご近所付き合いレベルというわけか……。

人口が増えれば増えるほど、人間は他者と積極的に関わろうとしなくなる。

当然ながら全ての人間が自分の人生に関わるわけではないのだ。

しかしこの規模の村になれば出会う人間の数は有限、数えられるほどに落ち着く。

だからこそ互いのコミュニケーションは必須となり、一蓮托生の一族として生きていける。

これはこれでありなのだろう。

人付き合いが苦手な身としては耳の痛い話になりそうではあるが。

その後、案内役に連れられ村の中を転々と見回り、大まかな情報を得ることができた。

そして村の入り口を最後に案内してもらった。

既に空は真っ赤、外を案内してもらうことはできないだろうし、逃げられる心配をさせるのも酷な事だ。

さほど興味を示さないようにして大雑把に見て回る。

「……ん？」

ふと、入り口傍に子供達の姿が見える。

騒いでいるやんちゃ坊主達は石や木の枝を拾い集め、入り口の外にある何かに投げ入れて遊んでいる。

ゴミ置き場か何かなのだろうか、それにしては人が入れそうな形をしている。

小屋と呼ぶにはあまりにも歪で、木々や藁を適当に組み合わせただけの瓦礫のような感じだ。

「あそこは？」

「ああ、あそこには近づかない方が良い。呪われてしまうかもしれねぇからな」

「呪われるって、なにか危険な物でもあるのか？」

「ああ、あそこは『忌み子』の巣だ」

忌み子？

そう思ったとき、何者かがその中から姿を現した。

最初は浮浪者や海外で見る貧困に苦しむ人を連想する姿に、嫌悪を覚えそうになる。

しかしその全貌を見た時、その姿に美しさを感じ、思わず息を飲んでしまった。

整えられておらず、ぼさぼさに伸び放題でありながらも、透き通るかのような純白の髪。

服とも呼べないボロを身に纏い、全身は泥で汚れていると言うのにそこから覗く白い肌。

形こそ黒狼族の者達と代わりが無いが、黒に染まらぬ白さを持った少女がそこにいた。

「あれが……」

忌み子と呼ばれた少女は恐る恐る子供達の方を見る。

すると子供達は大声で叫び石や棒を投げつける。

少女は慌てて瓦礫の中へと引っ込んでいった。

そして聞こえる子供達の笑い声。

それだけではない。周囲にいた大人達も笑顔で子供達を見守っている。

なんだ、これは。

視界がぐらつく。

村人の笑顔が、気持ち悪い。

この感覚を知らないわけではない。

ああ、これは日本でも味わったことがある……。

「さあ、もう戻りましょう。日も暮れます。」

「――なんであの少女はあんな場所にいるんだ」

「なんでって、忌み子だからですよ。あの姿を見たでしょう?」

案内役の男は不思議そうに顔を傾ける。

眼を閉じ、息を吐く。

こいつは何も理解していないだけだ。

ならば話を聞くべきはこの男ではない。

もう一度視線を瓦礫へと向け、オババの元へ向かった。

「村の様子は見て回れたかえ?」

「ああ、それで一つ聞きたい。忌み子と呼ばれている少女のことだ。何故あの子は忌み子とされている」

「あれは呪われた子じゃ。あの特異な姿を見たであろう。老いたものは髪の色に白が混ざる。だがわしのような年寄りでもこの程度。あれの髪は死を連想させる不気味さを持っておる」

反論したい気持ちを抑え、その先を促す。

「黒狼族の親を持ちながら突如あれは生まれた。あれが生まれたとき、母親は命を落とした。育てようとした父親も数日と経たぬうちに獣に不覚を取り、帰らぬ者となった。不気味に思い、森に置き去りにした次の日には周囲の草木は枯れ果て、捨て置くこともできなかった。戦士がその命を絶てば、その者に呪いが降りかかるやも知れぬと命を奪うこともできなかった。それゆえに村の外にて生かし、この村に入り込む災厄を引きうける宿命を与えたまでのこと」

「不吉だから厄除けに使おうってことか」

「それ以外に使い道はないのでな」

気に食わない。だがその気持ちを吐き出して良い場所じゃない。

立ち上がり、家を出ようとする。

「あれに関わりなさるな。坊やにも災厄が降り注ぐであろう。それにもう夜は遅い、村の外の安全は保障できぬ」

「この村から離れるつもりは無いから安心しろ。そしてこの眼で確かめさせてもらう」

「好きにするが良い。その眼で見れば分かるであろう」

返してもらった松明を片手に村の入り口までたどり着く。

流石にこれを持ったまま入れば火災になりかねないので消火する。

この月明かりならそう困ることも無いだろう。

瓦礫の入り口らしき場所へ進む。

臭う。生ものが腐ったようなゴミ溜めのような臭いに鼻が曲がりそうになる。

足元には動物の内臓や、汚れた果実が転がっている。

夕方に分配したであろう食事の残りをここに置いていったのだろう。

それでも足を止める理由にはならない。

瓦礫の中を覗き込む。

そこに少女はいた。

敷かれた藁の上、穴の空いた場所から月を眺めている。

月明かりも少女を照らし、その白い髪と肌は発光しているかのような輝きを放っていた。

その姿は初めてこの世界に来て感じた幻想的な光景にも劣らないものだ。

「おい」

「――――ッ！」

と声を掛ける、その瞬間少女はこちらに気付き叫び声を上げた。

言葉にならない声をあげ、首を左右に振りながら瓦礫の奥へと後退さる。

怯えた眼には、涙が溜まっている。

「大丈夫だ。何もしたりしない」

声を掛けるが少女は言葉にならない声を出し続け、こちらから離れようとしている。

いや、違う。

オババは何と言っていたか、この少女の両親はこの子が生まれてすぐにどちらも死んでいるのだ。

そして今まで交流を避けられて生きていた。

怯えて話せないのではない。言葉を知らないのだ。

この子も黒狼族なのだから、言葉が通じると思っていたのが浅はかだった。

ここに来て憑依術の欠点が浮き彫りになった。

この魔法は家畜に対して使い、『言葉を理解させ』『意思を言葉にする』効果がある。

だが言葉を知らない者が相手ではそもそも理解するものが無い。

こちらの意思を言葉にしようともその言葉を知らないのだ。

この少女に憑依術を使えば意思疎通はできただろう。だが使われている立場では応用は利かない。

なんてもどかしい。これでは意思疎通なんて……。

「そうか……」

そこまで考えて少女の震える理由が分かった。

この少女は生まれてからずっと、このもどかしさを味わっていたのだ。

わかるのは村の連中が自分を嫌っていること。

何かを言われても、それが何を意味しているかなんて知らない。

ただその後に迫害を受け続ける。

何故こんな扱いを受けるのか、何故生かされているのか、そんな事を知る術も無く。

ただ怯えて生きていた。

だから声を掛けられるだけで、震えるほどの――

少女は距離を取るが逃げない。逃げられないのだ。

足には鎖が付けられており、その先にある巨大な杭へと繋がっている。

擦れただけなのか、それとも何度も逃げようとしたのか、足には夥しい血の跡が滲んでいる。

人として扱われていない。家畜ですらない。

眼が熱くなる。視界が滲む。

この少女が味わった苦しみの全てを理解なんてできやしないだろう。

それでも少女の凄惨な過去が浮かび上がるかのように伝わって来るのだ。

涙が、止まらない。

堪えきれず、距離を取ろうとする少女を抱きしめる。

硬直し、喚きながらもがく少女の体は冷え切っている。

「寂しかっただろう、辛かっただろう、怖かっただろう、ふざけるなよ……誰にだってお前をこんな生き方に追い遣る資格なんて無いんだ。訴えたかっただろう、もどかしかっただろう、助けすら求められないこの世界で、たった一人で……くそったれが！」

子供のように泣かなくなったのはいつ頃だったのか。

世界が乾燥しているように感じた頃には、もう泣く事の労力すら惜しむようになっていた。

世の中には叶わない事もある。叶ったかもしれない事もある。

もしかすれば自分にしか叶えられなかった事もあったのだろう。

それを、そういうこともあるよなと割り切ったフリをして、済ませたつもりになっていた。

自分にできる範囲で強くなれば良い、無難に生きられたならばそれで良いと。

そんな無意識のうちに作っていた壁をこの少女が打ち砕いた。

心の奥底で蓋をして、抑制していた行き場の無い怒りや悲しみが溢れ出す。

少しでもこの少女の代わりに涙を流してやりたい。

辛かったのだと世界に訴えてやりたい。

それに意味が無くとも、偽善だと言われようとも。

「うあ、ああ、あああああ！」

少女を抱きしめ嗚咽する。

少女は恐怖しながらもその様子を見て、反応を変え始めた。

こちらが泣いていることを、叫んでいること理解したのだろう。

そのことだけは少女も知っている事だ。

だからそれにつられて少女も声を上げる。

涙を流し、共に泣いた。

◆

バンは彼が拉致された際に救助を試みたが、その数、実力差を見積もった後、急ぎターイズへ帰国した。一人二人ならば無理をしてでも助け出すつもりはあったが、あまりにも数が多すぎた。

すぐに処刑されるような気配は無いと判断し、救援を呼ぶ選択をしたのだ。

そしてその相手は彼のことを知っており、バンとも交友の深いカラギュグジェスタ＝ドミトルコフコンその人だ。

「亜人に坊主が捕まったじゃと⁉」

経緯を説明するや否や、カラギュグジェスタはすぐさま飛び出し、ラグドー隊に声を掛ける。

即座に集まれたのは十名、だが十分な数である。

村の人口はおよそ百、その中でまともに戦えそうな者は半数といったところだろう。

通常の騎士団なら心配もあるがラグドー隊ならばその欠片もない。

「よし、いくぞい！」

「そういえばラグドー卿への報告は――」

「そんなもん後でええ！　坊主の命が最優先じゃ！」

別に上司に止められるのが怖いわけではない。

ラグドー卿ならば間違いなく救援の部隊を編制しろと言うだろう。

むしろ悠長に報告などすれば叱咤されるに違いない。

城門を飛び出し、馬に乗って駆け抜ける騎士達とそれに続くバン。

「こんな時にイリアスが非番で捕まらんとは……！」

「一応私の部下にイリアス様を捜索し、事情の説明をするよう手配しています」

「なら良い。イリアスなら自分の足で馬より早く来るじゃろうて！」

カラギュグジェスタはユグラ教に属しているが、普段からの信仰は薄い。

だが今ばかりは祈らざるを得なかった。

彼は機転が利く。だがその弱さは一級品だ。

「坊主、無事でいるんじゃぞ……！」

◆

ひとしきり泣いた後、少女を抱きしめっぱなしだったことに気付き解放する。

「あー、無様な姿を見せた。悪い」

言葉が通じなくとも、意思を向けることに意味はあるはずだと言い聞かせ少女に語りかける。

すると少女は首を振った。

首を振ったのだ。

「……今、首を振ったのか？」

今度は頷いた。
「言葉が分かるのか？」
頷いた。
そして言葉にならない声であうあうと、呻く。
――理由を考える。
この少女は言葉を知らないはずだ。
だが突如こちらの言葉を理解できるようになった。
同じ症例を過去の記憶から探る。
少女を観察する。
そして少女の髪に手を伸ばす。
少女はもう怯えた様子は無く、その様子を静かに見つめている。
手に触れた少女の髪は長いこと洗っていないのだろう。
ごわつき、皮脂で汚れ、ふけだらけだ。
だが、それでも月夜に照らされている髪は発光しているように――
いや、発光しているのだ、脚色抜きに。
今までの記憶と経験から頭の中に一つの推測が浮かんだ。
確証はないが、それであっているのだろう。
少女はこちらを興味深そうに見つめている。

それもそのはずだ。言葉もしらない少女に突如意思を伝えられる相手が現れたのだ。
幸運だったのは、この少女は首を振るというアクションを知っているということ。
恐らくは村人達の様子を観察し、その意味合いを学習していたのだろう。
この場所に入ったときも首を振っていたのを思い出した。
何も教わらなかった少女が、必死になって覚えたのがこれだ。
唯一の自衛の方法として。
少女の肩を掴む、驚いた表情を見せる少女に続けて言う。
「この村から出たいか?」
その問いに少女は暫し固まったが、やがて頷いた。
無論、少女の返答など聞かずともここから救い出すつもりはあった。
だが今の少女はこれまでの人生によって、拭いきれないトラウマを抱え込んでいる。
強引にここから救い出すだけでは、きっと残りの人生にもその傷跡が付いて回る。
それを払拭する為には、この子の手でトラウマに打ち勝つ必要がある。
ここに来るまでの間、その方法は浮かばなかった。
意思疎通ができないと知ったときは強引でも良いと思った。
しかし、今この少女は意思を示せている。
何か良い方法は無いものか、かすかな望みは見えないわけではないが確実性が欲しい。
「静かに」

と、突如背中から声が聞こえた。

心臓が口から飛び出るかと思うほどに動揺してしまう。

誰が、一体いつからいたのか、さっきの言葉を聞かれてしまっていたのか⁉

……いや、この声は。

「脅かさないでくださいよ、バンさん」

振り返るとそこにはバンさ――誰⁉

いや、良く見ればバンさんだった。

バンさんの格好はファンタジー世界でよく見る盗賊の格好である。

山賊達に比べ、いくらか高級感のある服装だ。

「助けに参りました。これから潜伏しようと思った矢先にここからその……男泣きの音が聞こえまして」

聞かれてたあああああ⁉

年甲斐も無く泣き叫んでしまったのが知人にばれてしまった！

こ、これは消すしかない、いや落ち着けせっかく助けに来てくれた人を亡き者にするのは――

「な、内密にお願いします」

「それはそうと、既に森の外にはカラギュグジェスタ様たちラグドー隊が控えておられます」

「流石、早いですね。イリアスも来ているので？」

「それがイリアス様は急遽非番となり、足取りが追えず……きっと今頃は部下が伝えてくれていると思われますが……」

それはそれで良かったかもしれない。

イリアスなら正面から乗り込んで、今頃大騒ぎな気がする。

「それでは脱出しましょう」

「いや、待ってください」

と、バンさんを呼び止め、黒狼族との話を伝える。

「なるほど、既に向こうは和平と交易に応じるつもりだと……それなら明日にお迎えにあがった方がよろしそうですね」

「ええ、カラ爺達には夜の間待ってもらうことになりますが……」

「わかりました、洞窟にて待機しておくようお願いしてまいります」

本来ならば心配して来てくれたカラ爺達を安心させる為にも、早くこの村を出るべきなのだが、バンさんとしてはその先の事も見据えたいと思っている。

故にこの提案はすんなり通った。

「それと、皆さんにお願いしたいことがあります」

「何でしょうか？」

「この少女の事で……おーい、怖くないよー」

そういえば突如現れたバンさんに意識が向かっていて、少女のことをすっかり忘れていた。

少女はバンさんに怯えて部屋の隅で震えている。

「盗賊スタイルは受けが悪いのでしょうか？」

「いえ、実はですね」

少女の経緯を話し、この少女をこの村から独立させたいという話をする。

「お、おおおおん！」

バンさんも泣いた。

良い人だ。

「そうだったのですか、なるほど良く分かりました。恐らくカラギュグジェスタ様にも説明すればきっと協力してくださることでしょう！」

「はい、それでバンさんにはまず確認して頂きたい事が――」

バンさんが現れたことで、頭の中で保留にしていた案が現実味を帯びてきた。

そしてバンさんの太鼓判によりその計画は明日実行されることになる。

そろそろ戻る必要がある。少女に抱きついていたせいで服もかなり汚れ、臭いも酷い。

たしか水場があったからあそこで綺麗にするか。

去ろうとすると少女がこちらを見つめている。

不安を訴えるその目をまっすぐ見据えて笑う。

「大丈夫だ、必ずお前を自由にしてやる」

無難に生きることが癖になってからと言うもの、どこか一歩引いた位置を好むようになっていた。

目立つことを避け、動くにしても誰かを前に押し出すようなスタンスをとっていた。

きっとカラ爺やバンさんでもこの少女を救うことはできるのだろう。
むしろ確実性を取るならこの二人に任せるのも手だ。
だけど思ってしまったのだ。
決意してしまったのだ。
この少女を助けたい、他ならぬ自分の手で、と。
無難に生きるという道からは外れるのかもしれない。
いや、そうでもないか。
自分にとって後悔のしない道を選ぶことも、心の安定を保つ無難な選択肢なのだ。
だから今回ばかりは普段から避けていたこの言葉を言おう。
「『俺』がお前に自由を与えてやる」
一人称を言葉に込めて、少女に誓ったのだ。

◆

イリアスは午前中にラグドー卿の命により非番となった。
彼を見つけ、式典と立食会の招待を行い、参加させることが目的だ。
真面目なイリアスは早速街を歩き回り、彼を探し始める。
しかし見つからない。

『犬の骨』を訪れたらしいが、食事をした後その場を離れていた。
その先の居場所は聞いていないらしい。
マーヤのいる教会、自宅、市場、様々な場所を渡り歩いたが影も形も見えない。
ここまでくるとわざと隠れているのではないだろうかとさえ思えてくる。
気がつけば既に日が暮れている。
「待っていても、探していても見つからないのだが……どうすればいいのだ」
それに答える野良猫の鳴き声は虚しく響く。
何度か家に戻ったが、帰ってきた気配はない。
夜の街になれば営業している店も少ない。
なればと『犬の骨』を含めて店を巡る。
きっと、見つかるだろう、きっと。
「……何故だ」
それでも見つからなかった。
体力の疲労は無くとも精神の疲労は着実に蓄積され、その顔に表れていた。
仕方が無い。家に戻ろう。
ここで家にいたらもう、それだけで十分だ。
そんなことを考えながら自宅へ戻る。
するとそこで待つ人物がいた。

「や、やっと見つけた！」

どうやらこちらを探していたようだ。

しかしイリアスには心当たりが無い。

「ええと、どちらの方ですか？」

「ああ、私バン様の使いの者です！」

バン、そういえばこの街にある大きな商館の主人がそんな名前だったような。

両親が他界してからと言うもの、そういった施設に訪れる機会は無かった。

と、そこで彼と『犬の骨』で飲んだときの記憶が蘇る。

そのような名前の商人の所を訪れたと言っていた。

そして察する。ああ、そこにいるのか。

自分の節穴よりもようやく彼の消息が掴めそうなことが何よりも救いだ。

「もしかしなくても、うちにいる青年の話だろうか」

「はい、実は亜人に攫われてしまったそうで」

「……は？」

彼女の残業はまだまだ続く。

◆

次の日、朝方にオババの場所へ訪れ、話を切り出した。

「昨日の交渉の件だが一つ条件を付け加えたい」

周囲の黒狼族がざわめく。オババだけは静かにこちらを見据えている。

「急な話だね、坊やは昨日の話で既に了承した。それを覆そうって言うのかぇ？」

「いや、交渉の席は追加の条件を飲もうと飲まないと用意はする。ただし条件を飲んで貰えた場合には相応の対価を約束しよう」

「それはなんだい？」

「相手との交渉の際に、必ず対等な関係になれるように取り計らうと約束する」

「それは飲まなければ対等な関係を築かせないという事かぇ？」

「いいや、ただ席を用意するだけで何もしない。そちらの技量次第ということになる」

「わしらでは無理だとでも言いたげだねぇ」

「できる自信があるなら飲まなくていい。約束通り対話の席を用意するだけだ」

「……そちらの条件を聞かせてもらえるかぇ？」

「忌み子にこの村を出る機会を与えて欲しい」

周囲は再びざわめく、しかしそのざわめきは一段と大きい。

オババはそれを手を上げて黙らせる。

「一つ聞いても良いかえ？」

「ああ、もちろんだ」

「坊やがあれに執着を見せていたのはわかっておった。じゃが何故あれを寄越せとは言わないのかえ？」

「理由は二つだ。忌み子の為であり、あんたらの為だ」

「あれは喜んでこの村を出て行くじゃろう。わしらも喜んで差し出す。それを機会を与えるだけで済ますことに何の為になる？」

「機会の内容についてだが、この中で最も強いのは誰だ」

周囲の黒狼族を見渡す。

暫しの静寂の後に一人の男が手を上げた。

ひときわ体格が良く、戦士としての風格も申し分ない。

「俺だ」

「じゃあお前、忌み子と決闘しろ。忌み子が勝てばあの子を自由にしてもらう」

「俺に忌み子と殺しあえと言うのか？」

「いいや、いずれかが戦闘不能になればそれで良い。過ぎて殺しても文句は言わないがな」

「そうかい、なるほどねぇ」

「オババ？」

「坊やもわしらと同じよ。あれを哀れに思いながらも嫌悪しているのさ。だからお前と決闘させ、楽に死なせてやりたい。今後この村と交易する際に、忌み子が居たら嫌だからわしらに処理して欲しいのさ」

「──なるほど」

「そう思いたいならそうすれば良い。それで受けるのか？」

「構わないよ、受けようじゃないか」

「そうか、言質は取ったぞ」

「だがあれを殺し、呪いを受けたいと思う者はこの村におらん。死なないよう手を緩め痛めつけるだけに終わっても文句は聞かぬからな？」

「いいや、その男は殺す殺さないは別にしても本気で戦うだろうさ」

「俺が？」

と、そこで外から一人の黒狼族が入ってきた。

「オババ、村の入り口に武器を持った者が！」

「迎えが来たみたいだな」

そして全員で村の入り口へ向かう。

そこにはカラ爺を初めとしたラグドー隊の面々、そしてバンさんの姿もあった。

全員が武装しており、ピリピリとした空気を生み出している。

カラ爺はこちらの姿を視認すると真っ直ぐに歩き出す。

しかし途中で止まり、振り返る。
もう一人のラグドー隊の騎士が歩き出し、カラ爺と正面に向き合った。
その騎士が持つ武器は巨大な槌、山賊討伐の時にもその活躍を見せた男。
ボルベラクティ……ボル爺と呼ばれている人だ。
その光景に呆気を取られている黒狼族を他所に、二人は構える。
「ふっ！」
カラ爺の掛け声と共に槍の一閃がボル爺を襲う。
目にも映らぬ速度の槍を当然のように槌で受け止める。
その瞬間に周囲に轟音と衝撃波が発生し、この場にいる全員の体に伝わった。
カラ爺の突きは止まらない。
だがそれを捌きながらもボル爺は隙を突き、槌を振り下ろす。
カラ爺が間一髪で回避すると、槌は地面へと突き刺さる。
その振動たるや、村の家々を揺らすほどだ。
昨日は黒狼族達と彼らを一度比べ、それなりの優劣をつけた。
だが今の二人の動きは比べるまでも無く圧倒的であった。
打ち合う都度に村に衝撃が伝わる。
それを見ている黒狼族は驚愕の表情を崩すことができない。
「おおおっ！」

「はああっ！」

最後に互いの渾身の一撃がぶつかり合い、ひときわ大きな衝撃が発生する。

中にはその衝撃に仰け反り、尻餅をつくものもいた。

「――ふう、こんなもんじゃろ」

「衰えておらんのおぬしは」

「そっちもな、ふぉっふぉっふぉっ！」

何事も無かったかのように二人は笑った。

この村最強の男の横に歩み寄り、声を掛ける。

「彼らは戦うつもりはない。少数で来たからこそ、侮られぬようその武勇を披露し見せた」

「……」

「では始めよう。彼らは何もしない、見届けるだけ。この村最強の男の決闘をな」

男は武器を強く握り締め直す。

最早彼に手を抜く選択肢は存在しえない。

あれ程の演舞を見せられた後、騎士達の前で、そして部族の前で手を抜き、温い戦いを見せようものならば、公にその実力差を示してしまうことになる。

例え対話によって対等に交渉を行ったとして、彼らには今後重圧が圧し掛かる事になる。

ここで部族としての強さを証明できなければ、彼らは人間達に対して精神的に対等であると思う事はできなくなる。

村人達が少女を連れてくる準備に入っている間に、カラ爺はこちらに歩み寄る。

そしてオババに一礼し、こちらの横に立つ。

「どうじゃ、注文通りにできたかの？」

「良い演舞でした。これなら面白いものが見れますよ」

「そうかのう。わしちょっと心配なんじゃが……それにこの後の役目ものう」

「すいません。ラグドー隊の中で最もお願いができるのはカラ爺なもので」

「そう言われりゃ悪い気はせんがな。お、来たようじゃな」

少女が村人に連れてこられる。

棒で突かれ、広場へと追い立てられる。

この光景にカラ爺の握る槍が音を立てる。

「自制、頑張ってくださいね。一番辛いと思いますけど」

「おう、坊主を信じとるでな」

「一声掛けて来るが良いか？」

オババの方を向き、少女を指差す。

「構わんよ」

その返答と同時に立ち上がり、少女の傍に歩み寄る。

少女は震えている。

無理も無い、周囲から向けられる視線は忌避の念が込められている。

少女の耳元で囁く。

少女は目を丸くし、こちらを見ていたがそれを無視しオババの元へ戻り座る。

広場の中央にはこの村最強の戦士と忌み嫌われた少女が対面している。

「上手く焚き付けてくれたもんだね坊や。ああされちゃ部族として手は抜けないねぇ……」

「一瞬で終わるだろうな」

「最も勇敢な若者が呪われた忌み子を手に掛けさせる……呪われ命を落とせばどちらにせよわしらの立つ瀬は無くなる……それが本当の狙いだったのかえ。ああ、してやられたよ」

「本当の狙いはすぐに分かる、好きに始めてくれ」

「そうかい……両者構え！」

男は石斧を構え、少女は持たされた剣をだらりと下げ立ち尽くしたままだ。

不安そうにこちらを見つめている。

「カラ爺、頼む」

「……うむ」

カラ爺が地面に突き立てていた槍が傾く。

「始めっ！」

「おおおおおっ！」

男は雄叫びを上げ、石斧を振り上げながら飛び込む。

その速度はカラ爺達にも引けを取らない。

誰が見ても全力の踏み込みだ。

少女は目をぎゅっと目を瞑り、剣を落とし、両腕で守ろうとする。

少女には武器を使う技術は愚か、発想すら持ち合わせてない。

乾坤一擲で振り下ろされた石斧は、少女のかざした腕と頭を正確に捉え、

――完膚なきまで砕け散った。

「――ッ!?」

驚愕したのは男だけではない。この場にいた黒狼族全員が信じられないという顔を作った。

そしてその動きが止まった男の姿を見て、こう叫ぶ。

「今だ！　お前の手でその人生を終わらせろ！」

「あ、アアアアっ！」

少女は叫び、右腕を大きく後ろに引く。

そして全身全霊の力を込め、動きの止まった男の胸板に右手を突き出した。

眩い光が奔流する。

これは膨大な魔力、何の構築もされていない、ただただ馬鹿のように込められた魔力が周囲に漏れ出している。

イリアスがアンデッドを一蹴した一撃のような洗練さも無ければ、破壊力も遥かに劣る。

だが、その膨大な魔力を叩きつけられた男は宙を舞い、観衆の上空を飛び越え、遥か後方の家に叩きつけられた。

「……」

誰もが声を失った。

この村最強の男が、この村で最も立場の弱い忌み子に敗北した。

全力を出し、一瞬で敗れ去った。

そのことを理解できずに、ただただ固まっている。

安堵の息をつき、オババに告げる。

「これが本当の狙いだ」

立ち上がり少女の下へ歩み寄る。

少女は自分でも何が起こったのか正しく理解していない。

手のひらを見て不思議そうな顔を浮かべている。

「全員聞け、お前達が忌み嫌ったこの少女は呪われた子ではない」

今までの鬱憤を、怒りを、腹の底から搾り出すように声をだす。

「この子の正体はアルビノと言われる遺伝子疾患だ。これは呪いではなく一万人に一人発症するただの『個性』だ」

地球（こちら）の世界ではその存在が知れ渡っているアルビノは、昔から存在していた事象の一つに過ぎない。

たった百人程度の部族が生きる村ならば、その発生間隔は歴史を通してもあるかないかだろう。

「子を産んだ事で親が死ぬことも、妻を失い、子に嫌悪を向けられた男がその心労から獣に後れを取ったことも、どこの国でも起こりうる普通の悲劇だ」

その稀な確率の発生と悲劇が重なってしまったからこそ、この少女は迫害される運命になったのだ。

「だがお前達はその事を知らぬまま、悲劇の重なりを恐れありもしない呪われた忌み子を生み出した。自らの無知を理解せず安易な結果を求め決め付けた愚行、それこそがお前達の罪だ！」

これだけ言っても彼らがこの子に抱いた畏怖の心は変わらないだろう。

今の話を信じることができるのは嘘を見破れるオババだけだ。

だがそれでいい。だからこそ彼らにとって最も後悔する言葉を伝えよう。

「だが、そんなことを言っても信じない者もいるだろう。自分の信じた妄想が正しいと耳を塞ぐ者もいるだろう。だからこそ、この決闘を行わせた。この少女の価値を証明するために」

少女の白髪を手に取る。

「大気に含まれる魔力に応じて植物や木々はその姿を変える。過度な魔力は逆にその植物を枯らしてしまうからだ」

黒魔王殺しの山で見た植物の生態の理由、それはこの少女の症例と同じなのだ。

「この近くには透明な木々が生息する場所がある。その木は大気に含まれる膨大な魔力を養分とし育ち、有り余る魔力は葉から光として零れだす。この髪の輝きのように」

そう、この少女の髪が輝いていた理由はそれだ。

彼女の髪から、過剰な魔力が溢れ出ていたのだ。

「黒とは光を最も受け止められる色、だがこの少女には外からの光を受け止める為の黒は必要無かった。内側から溢れる魔力と言う光が存在していたからだ。最初から有り余る魔力を保有する事を約束されて生まれてきたんだ」

この少女を抱きしめた後、憑依術が機能する理由になったのは彼女に触れていたことで彼女の溢れ出る魔力が憑依されている精霊に干渉し、その魔力が染み込んだのが原因なのだろう。

それほどまでにこの少女は内在する魔力の量が桁外れなのだ。

バンさんに確認を取った所、その才は嘗て――

「その才は嘗て魔王を討ち倒した勇者にも匹敵する」

黒狼族の表情が揺れる。

「この子は忌み子では無い。魔王に怯え暮らすお前達に天が与えた奇跡の子だったんだ」

それがこの少女を決闘させた理由。

必ず勝てると確証を得る程の才をこの少女は持っていた。

十分な魔力を持たないはずの赤子の頃から、周囲の植物を栄養過多で枯らすほどの魔力を垂れ流し、触れているだけで相手の体内に存在する精霊に干渉するほどの特異な魔力を保有している。

本来ならば魔力の有無すら見ぬけない自分にだって、その風貌から兆候を感じ取れていたのだ。

確認が取れた後はもう迷わなかった。

バンさんに頼み、ただ魔力を放出する方法だけを教えた。

イリアスが片手で石槌を掴み、砕いたのと同じ原理だ。

ただただ暴力的に込めた魔力で肉体を強化しただけの技ともいえない芸当。

元々魔力が漏れ出すのを止められない体だったのだ、一気に出す方法はあっという間に取得することができた。

最初はデモンストレーションとして見せられれば良いと思っていたのだが、バンさんの『イリアス様と同等以上じゃ……』という呟きを聞いてこの場をお膳立てしたのだ。

あのゴリラと同等なら怖いものなどない。

そしてこの方法を採った最大の理由は二つ、一つは当然少女の為だ。

少女にはこの村への恐怖を拭い去る力も才能もあった。

ただその機会が与えられなかっただけなのだ。

だからそれを与え、自らの手で自由を勝ち取らせた。

今はまだ実感が足りていないがそれで良い。

この経験は必ずこの少女の基盤となるだろう。

そしてもう一つの理由はオババに言った通りこの村の為だ。

今後ターイズと交易を行う上で、迷信や不確かな情報に囚われるようなままではいずれ悪意ある者達によって搾取されてしまうだろう。

だからこそ自分達のして来た事を理解させ、後悔させた。

村一番の戦士を圧倒する程の少女の才を殺してきたと言う現実を突きつけて。

――ただ私情を挟み、諭すのではなく糾弾したのは単純に『俺』の未熟さ故だ。

これでこの村が変われば文句なし、変わらないのであれば対等の関係は手を出さなくとも終わるだろう。

「それでは約束どおり、この少女は連れて行く。残りの約束は必ず果たそう」

そう言ってカラ爺達と共に村を後にした。

少女は初めて歩く森の中を興味深そうに眺めている。

黒狼族の者達は誰一人として、引き止めようとはしなかった。

それがどのような意味を持つのか、――まだ決め付けるには早いだろう。

「……坊主、凄い演技じゃったのぉ！」

洞窟まで戻った所で沈黙を破ったのはカラ爺だった。

背中を叩かれてどっと力が抜けた。

「いやぁ、全力で責め立てたけど、反発されないで良かったですよ……本当」

正直な感想、ずっとビビッてましたよ!?

騎士達より弱いっつっても、山賊よりも段違いだからねあの部族？

そんな連中の真ん中で、若造が説教垂れるとかドンだけだよって話だ。

「『この子は忌み子では無い。魔王に怯え暮らすお前達に天が与えた奇跡の子だったんだ』――いやぁ痺れたのぉ！」

ボル爺が顔真似までして弄って来る。

やめてください。考えている段階ですっげぇ恥ずかしい台詞なんですよ！

それを真顔で言うのがどれだけ勇気いると思ってるんですかねぇ!?

この子の事で決意固まってなきゃ絶対無理だよ!?

「勘弁してくださいよ……本当」

「いやいや、本当に気分が良かったぞい、なあ嬢ちゃん！」

カラ爺は少女に笑いかける、しかし少女はカラ爺から極端に距離を取り、警戒の眼差しを向けた。

「……坊主、早く誤解を解いてもらえんかの？」

「はいはい、わかりましたよ」

正直これを少女に説明するのは気が引けるのだが……。

カラ爺がこちら側に来た理由、それは護衛の為ではない。

少女にはっぱを掛けるためだ。

バンさんのレクチャーのおかげで魔力の放出を身に付け、盤石なように見えた作戦だが、実は問題があった。

この少女は村人達に強い恐怖心を抱いている。

もしもその恐怖に飲まれ、教えたこと忘れてしまったら——と言う心配事だ。

そこで……えー、はい。一芝居打たせてもらいました。

少女はこちらに心を許してくれていた。

そこを利用してしまったのです。

『この決闘に負ければお前は死ぬ。だけど安心しろ、もしダメだったら俺も一緒に死んでやる』

と伝え、カラ爺に槍を向けてもらったわけです。

この子凄い良い子でね、初めて好意的な意思を伝えてくれた人が自分のせいで死ぬとか思ったら

――とかね？

こう、村人への恐怖とかそっちのけになるなってことで……。

「やっぱりそのうちにします」

「なん……じゃと……」

流石にドコラみたいな悪人とこの純真無垢な少女とでは、騙す事の罪悪感に差が出るんですってば。

驚愕の顔をしているカラ爺を放っておき、洞窟を進む。

少女はすぐ後ろをしっかりと付いてくる。

「どうしたものかな……」

今回は少女に才能があったからこそ、胸がスカッとするような形で終わることができた。

だけどただのアルビノの症状だけだったらどうだろうか。

彼女のトラウマを拭い去り、村の人々に自分達が犯した過ちを理解させることはできたのだろうか。

ありもしない仮定の話を頭の中で想定し、考える。

差別迫害の事をターイズに訴え、交易相手としての立場を利用し責め立てるか。

ただ村から引き離し、少女に過去を忘れさせ前だけを見る生き方を教えるのか。

カラ爺やイリアスのような本物の誇り高いヒーローに救ってもらうか……。

それらが上手くいかないならどうしただろうか。

少女の為に流した涙は本物だ。

だけど、同時に湧き上がった怒りや憎しみも本物なのだ。

それに身を任せていればどういう手段を選んだのだろうか。

「ま、その時にしか分からないこともあるよな」

ターイズに帰ったらまずはこの少女を綺麗にしてやろう。

サイラに頼めば着れる服を作ってくれるだろうか。

ゴッズの飯も食わせてやりたい。

マーヤに頼めば相互の意思疎通も取れるようになるはずだ。

その後はどうしようか、そうだ名前を考えてやらねばならないな。

やることはまだまだ沢山あるがゆっくりやって行こう。

先にある未来に進む為なら大抵の事は頑張れるさ。

「……あ」

「どうした坊主、急に止まって……あ」

「どうしまし……あ」

後続の騎士達も思わず声が漏れる。

洞窟を出てすぐ、それは茂みから現れた。

「ふ……ふふふ、その様子では全部終わったようだな」

うつろな目で笑っているイリアスがいた。

「おい、どうするんじゃあれ!?」

「知りませんよ、何で今頃来たんですか⁉」

ヒソヒソとラグドー隊の面々と緊急会議が行われた。

彼らもイリアスの様子の異常さに気付いている。

「イリアスは途中から非番で今まで連絡が付かなかったんですよね。それが今来たって事は」

「うちの者が探すのに手間取った上、この場所に来るまでも相当の時間が掛かったものかと」

「森を通る道ですよ、案内役置いておかなかったんですか⁉」

「あー、坊主が無事だと聞いて、全員安心して洞窟で眠っておったわい……」

「私はその子に魔力放出の方法を教えていましたし……」

「それじゃあ一晩中夜の森を探し回っていたって事ですよね⁉」

ちらりと全員でイリアスを見る。

「どうしたんだ急に、まあ仲が良さそうで羨ましいな。ははは」

すぐさま作戦会議に戻る。

「坊主、なんとかせい！」

「そこはカラ爺達の方が良いでしょ！　目上でしょあんた達⁉」

「あれはダメじゃ、爆発直前の家内と同じじゃぞ⁉」

「坊主を助ける為に来たんじゃから坊主がなんとかするのが筋じゃろ！」

「あ、それ言いますかっ⁉」

そして見事な連携で押し出される。

こ、こいつら覚えてろよ！

さて、こうなってはもうイリアスと向き合う他無い。

今のイリアスの心中を考えるとしよう。

午前中は仕事をしていた、だと言うのに突如非番になった。

理由は定かではないにせよ、その後の行動は不明。

こちらが拉致られた後、バンさんはカラ爺と接触し救助隊を編制。

この時も連絡が取れていなかった、つまりは家に居なかった。

バンさんの部下が探し回って見つけられないとなると、イリアスは転々と移動をしていたと見るべきか。

非番に周囲を見て回る理由、よもや国の外に冒険に出ていた誰かさんを探して回っていた？

日中は国を探し回り、そしてバンさんの部下がようやくイリアスを見つけ連絡をした。

イリアスの性格ならば駆けつけただろう。

だが大まかな場所を知らされただけで案内役もいない状況。森に入らざるを得ない状況となった。

そして夜は明け、こちらが黒狼族の村で色々やっている間も捜索を続けた。

やっとの思いで見つけた時には全てが解決しており、目の前には長い時間探し回り、心配したであろう人物がいる。

ここまで来ると怒りよりも虚しさが先行しそうだなぁ……。

「――心配を掛けて悪かった」

細かい作戦なんか考えている場合じゃない、まずは謝るべきだ。

「ああ、一体どれだけ心配を――」

イリアスを抱きしめる。

「なっ、何を――」

少女を抱きしめたときとは違い、鎧を着込んでいるイリアスの体は硬く、そして何より――

い、いてぇ!?

まるで岩にぶつかった様な感触を受けた。いや、そんなことを思ってる場合じゃない。

おい、ギャラリー、口笛吹いてるんじゃないぞ!

「そんなボロボロな姿になるまで必死に探してくれていたんだな、ありがとう」

「いや、まあ……それは人として当然と言うか……その……」

ここはオーバーアクションで感謝を伝え、勢いで流し込むんだ!

「詳しい事情も分からない間も、ずっと探して、ずっと不安だっただろう。本当にすまなかった、嬉しいよ」

「……ああ、無事で良かった」

イリアスから危険な気配が薄まるのを感じた。

よし、よおおし!

これで無事に帰れるぞおおお!

なぁに、この後はしっかりフォローを入れて『犬の骨』で上手い飯と酒でも奢ればきっと――

「ふう、一件落着じゃの。しかしイリアスが間に合っておればもっと早く事は済んだじゃろうな」

「いえいえ、『イリアスがいたら全部力で解決してかえって拗れる』とおっしゃってましたよ」

「それもそうじゃのう」

バアアアアンッ!?

カラ爺いいいいっ!?

このタイミングでその会話をするのってなんなの!?

『あ、やっべ』ってハモって呟いたの聞こえたぞ!?

「おい」

ドスの利いた声が耳元で聞こえた。

とっさに逃げ――離れようとしたが何故か動けない。

「は、はい」

今の状況、イリアスに抱きついたままで硬直している。

というよりイリアスがこちらの背中に手を回していてがっちり固定されている。

何これ、硬すぎて揺れもしないんですが!?

鋼鉄の拘束具かなにか!?

「今の話は本当か?」

「い、いや、その……」

「正直に話せ」

「……その、色々込み入った事情がありまして、武力で解決するよりも搦め手でどうにかしたいなという事を相談した折にですね……」

「私がいなくて良かったと」

「い、いえ、本心ではなく……口が滑りまして……あ、痛い、痛い痛いいたたたっ！　や、やめ、止めて！　おい馬鹿、このゴリラ――」

ギリギリと肋骨と背骨が悲鳴を上げる。

ああ、これテレビで見たことがある奴だ。

たしかベアハッ――

懐かしい思い出を走馬灯に、意識が途絶えるのであった。

08 とりあえず学ぼう。

「まったく。事情はわかったが、言い方というものがあるだろう」

帰りの森の中、イリアスは先陣を歩く。

邪魔な茂みが視界に入れば剣を抜き、なぎ払う。

意識を失った彼はカラ爺が肩に担いでいる。

「大体あの程度で気を失うとは情けない」

「いやぁ、アレはわしらでも地獄じゃわい」

「むしろ腰にくるわしらの方が効きそうじゃったわい、恐ろしいのう」

「しかも鎧じゃろ、嬉しさなんぞ欠片もないぞい」

邪魔な木を切り払う為に剣を持ち上げる。

あ、また抜けなかった。

鞘のまま叩きつけ、へし折る。

どうも最近鞘の方に錆びが溜まっているのか、剣が咄嗟(とっさ)に抜けないことがある。

鞘でも基本問題はないのだが、早い所鍛冶屋に持っていかねばなるまい。

「カラ爺、ボル爺、何か言ったか？」

「いや……なんでも……ないです……」

しかし最後に言っていたゴリラとは何のことだろうか。

何かの悪口なのは想像できるが、今度聞いておくとしよう。

事情は聞いた。今バンの背中から彼を見ている少女の為に、彼は手を尽くしていたのだ。

少女の経緯を聞かされた時には彼の言い分も理解できた。

もしもこの少女の有様を見せられていたならば、恐らく自制することはできなかった。

剣を抜き、黒狼族を一喝し、強引に連れ出していただろう。

一秒たりとも少女を地獄に居させたくないと思い、行動したはずだ。

だからと言ってあの言い方は――なんなのだろう。

怒り、くやしさ、寂しさ……どの感情が勝っているのだろうか。

さっきは延々と探しまわされた事と、それが無意味に終わった鬱憤をぶつけてしまった。

だが今残っている思いはどのような物なのか。

「――頼ってくれても良いのに」

ふいに口が滑った。

幸いにも誰にも聞かれていなかったようだ。

ああ、そうなのだな。

彼は異なる世界からやってきた。

それを特別視していないといえば嘘になる。

他にも彼の行ってきた事は目を引くことが多い。

私は彼に興味を抱いている。

彼の成す事をもっと見たい、間近で。

加わりたい、その一端を担えるように。

だけど彼は私に依存しようとはしていない。

聞けば今回の件の発端は、資金の工面だと言うではないか。

異なる世界に放り出され、何も無い状態なのだ。

もっと人に甘えても許されるのではないだろうか。

彼に抱きしめられた時、彼を締め——抱き返した時に気付いたことがある。

彼は想像以上に脆かった、一般成人よりも遥かにだ。

下手をすれば女性以下、子供と同程度だろう。

きっと彼からすれば周囲の者達の力は脅威に映っているのだろう。

それは悪人だけではない。騎士達や、私も……。

だがそれは裏を返せば味方であれば頼もしいはずなのだ。

「これはこれで良い鍛錬になるだろうか」

彼に頼られるように成れば、私はもっと騎士として成長できる気がする。

今まで漠然とした道を進むだけであったが、そういう目標を持って行くのも悪いことではないだろう。

彼に懇願され、仕方が無いと剣を手に取る姿を思い浮かべた。

「……何を考えているのだ私は」

これでは想像と言うより妄想だ。頭を軽く振り、歩みを速める。

「しかし、この後はどうしたものだろうか」

少女をこのまま門内に連れて行けば目立つだろう。

まずは兵舎に連れて行き体を綺麗にするべきか。

その後は――まあ彼が何とかするだろう。

こちらは新たな部族についての話を報告しなくてはならない。

衝突も無く、温和な形で進みそうなのだ。

陛下ならば悪いようにはしないだろう。

森を抜ける、今日もまた忙しく――

「はっ、招待の件忘れていた！」

◆

腰の痛みが酷い。もうあのゴリラなんなの。

意識が戻ったのは兵舎の中。

カラ爺達は各々が元の仕事に戻っている。

バンさんは黒狼族との交渉の件をラグドー卿に説明しに行ったとの事。

『後はお任せください』との伝言。今の所心配する必要は無いだろう。

この国には亜人こそいないが、そういう者に対する差別意識があるわけではないらしい。

男女の役割に拘る古風な考え方が抜け切れていないと言う点は問題だが今はいい。

亜人も当然のように暮らす国は確かに存在しているが、それは近くにその亜人だけが暮らす集落があって初めて互いに行き来が生まれるとの事。

ターイズにはそういった集落が今まで見つかっておらず、人間だけがこの領土に生息していたわけだ。

もしかすれば近い将来、このターイズでも黒狼族の者が市場で商売をする光景を見られるかもしれない。

「さてと、そろそろか」

イリアスは現在兵舎の風呂場で少女を洗っているとの事、目の前で恩人を絞め殺そうとしただけあって抵抗も激しかったそうだが、その抵抗も虚しく連れて行かれたらしい。

あの怪力に掴まれたらそうそう逃げられんだろう。

時折叫び声や魔力放出の音が聞こえるが気にしないでおこう。

しばらく静かになったと思ったらイリアスがやってきた。

「おー、やっと終わったか」

「そっちはやっと起きたのか、お前が気絶していたせいで言うことを聞かなくて大変だったぞ」

イリアスの手には少女の腕が握られている。

別にホラー的な表現ではない。

その先に力なく引き連れられている少女がいるだけだ。

十分ホラーだった。

少女はこちらに気付くと、泣き喚きながらこちらに駆け寄る。

イリアスも用は済んだので手を離し開放する。すると勢い良く突撃してきた少女がこちらの腹に衝突する。

「ごほっ⁉」

忘れていた。この子も黒狼族なのだ。

鍛錬こそしていないが、それなりのスペックはあるのだ。

体を洗われた少女はもう臭わない。

全身も綺麗になっており、その肌の白さが以前よりも映えている。

その髪も昼間だと言うのにしなやかに光輝いている。

「綺麗だが、このままだと流石に目立つな」

「そうだな、亜人と言うだけでも目立つがこの髪は目立ちすぎる」

とりあえず大き目のタオルを貰い、頭に巻いてやる。

これでまあ、大丈夫だろうか。

耳も一緒に隠しておいたのでパッと見では見分けも付くまい。

尻尾は現在着せられている男物の上着が被さっている為、そもそも見えない。

ただ尻尾を振るとお尻辺りがもぞもぞ動くのはどうしようもあるまい。

「どの道目立つな。まあこれで妥協してマーヤの元に連れて行こう。憑依術を使えば意思疎通もできるようになる」

「そうだな、私も同じことを考えていた」

「そりゃあ以前も同じだったわけだからな」

少女を連れて移動する。

道中イリアスはハッとしたような顔で話を切り出す。

「そうだ、今言わねばまた機を逃しかねん」

「ん、何だ？」

「実はな、山賊討伐の褒章を与える式典、その後の立食会に是非君にも参加して欲しいとのラグドー卿の言葉があった」

「遠慮しとく」

「そうだろう、やはりこういった場に呼ばれる名誉は――ちょっと待て」

ガッシと肩を掴まれる。

慣性の法則にしたがって体は前に進むが肩が固定されている為、一瞬体が浮いた。

「ちょ、いた、痛いって、折れる折れる！」

「何故だ、君の功績を認めて貰えたからこその招待だぞ⁉」

「目立つのが嫌いなんだよ。離せ、ほんと折れる！」

「あ、ああ」

解放される。ほんとこいつ、咄嗟の反射で動くときの加減下手糞すぎない!?

肩が外れるかと、いや砕けるかと思いましたよ!?

肩を摩りつつ浮かんだ涙を拭い取り、話に戻る。

「そりゃあ騎士にとって名誉は大事だ。出世の為だけではなく当人の信頼を築き上げる上で明確に示せる成果なんだからな」

「それは騎士でなくとも同じだろう。この世界で生活するのなら功績は立派な武器になる。ただでさえ弱いのに立場も無ければ苦労するだけだぞ!」

「あー、お前なら分かるだろ。変わり者が目立つことの意味は」

こういう話題に持ち込むのは卑怯だと思うが、説明の為には仕方が無い。

イリアスは女でありながら騎士として立派な功績を残している。

そしてそれがどういう問題を生んでいるのかと言うことも。

「それは……だが私はそれでも――」

「お前がやっていけてるのは頼れる仲間がいるからだ」

イリアスは口を噤む。

イリアスが今の立場を維持できてきたのは彼女の実力だけではない。

その実力を認め、補佐してくれたラグドー卿、ラグドー隊の助力が大きい。

イリアスのメンタルでは彼らがいなければきっと――

「……達では、私達では頼りにならないのか？」

「なるさ、カラ爺もマーヤさんもバンさんも、そしてイリアスも頼れると思える人達だ」

「なら――」

「あのなぁ、ちょっと力を抜け」

心配そうに見つめていた少女の両頬を引っ張る。

「こちとらこの世界に来てまだ一週間程度、右も左も分からない状態で放り出された立場だ」

少女の変顔を盾に話を続ける。

「誰が敵味方になるかも分からない。誰に頼ればいいのか、どれだけ頼ればいいのか、そういったものを慎重に見極めて行きたい時期なんだ」

「……」

「別にこれはイリアスの考えが悪いって話じゃない。こっちが臆病なんだって話だ」

「臆病……君が……」

「当たり前だろ。この世界に来ていきなり死にそうになったんだ」

熊やスライムに襲われた事はこの数日夢にも出てきている。

山賊達に向けられた殺意もそうだ。

「イリアスが頼れると分かっていても頼りきれる勇気もない。自衛の為に不用意に目立ち敵を増やすような行動を避けたいと思っている。それだけなんだ」

「まだ私達を頼りきれない……」

「イリアスだって出会って数日の相手に、自分の人生を託すことができるわけじゃないだろう？」

「それは……そうだが」

「都合のいい事を言うが、今一番頼っているのはイリアス、お前だよ」

「む……う……ずるい言い方をするな……」

「そういう事で招待は遠慮する」

「そうか……ラグドー卿には君が参加するように説得を命じられていたのだが……諦めるしかないな」

「ああ、じゃあ出るよ」

「はぁっ!?」

こういう顔大好き。

そりゃあ慎重に生きたいとは思ってますが恩人の立場を悪くするのは無難では無かろうて。

「そりゃあただの招待なら断る。でもイリアスの面子が掛かっているんだろ？」

「いや、それはそうだが……そうなんだが？」

「じゃあ世話になっているんだ。それくらいの恩返しはすべきだ、常識だろ？」

「あ、ああ、そうだな、そうだな？」

混乱顔のイリアス。

面白い顔だが笑ってはいけない。また絞められる。

「そもそも命令だったならそれを先に言えよ。こちとら社会人だぞ」

「す、すまない……うーむ？」

納得のいかない顔をしているイリアスだったが、目的が果たせたのだからとこの話題は終了。

「そういえばこの子の名前、どうしたものかな」

少女の頭を軽くぽんぽんしつつイリアスに相談する。

「名前？　そういえば聞いてなかったな」

「村じゃ忌み子としか言われてなくてな。両親はこいつを生んでから数日で亡くなったそうだが、名前を付けられていたとして知っている者はいないだろうってとこだな」

「そうか……それでは名前を与えてやらねばならないな。黒狼族の子か……そちらの世界では黒とはどういう発音をするのだ？」

「あークロ、コク、ブラックとかだな」

憑依術が機能していると日本語を伝える為にはある程度の意識がいる。

知らない単語ならばそのままなのだが既知の単語になると勝手に翻訳されてしまうのだ。

「あまりイメージに合わないな……白は？」

「シロ、ハク、ホワイト組み合わせならビャクとかもあるが」

「ううむ……狼は？」

「ロウ、オオカミ、ウルフ、狼の伝承で有名なのはフェンリルだな。別名フローズヴィトニル、ヴァナルガンド」

まあ意味を考えるとちょっと避けたい名前であるのだが。

しかしこれって太郎に子をつけて太郎子的な感じで、強引に女の子っぽくしているだけではなかろうか。

ウルフェ、ふーむウルフに小文字を足した程度だが、確かに柔らかな感じが加わっている。

「ううむ……それではそれを文字って……ウルフェとかはどうだ？」

「だがこっちの世界でウルフを名乗る奴って大抵男だぞ」

「ウルフというのはいい響きだな」

だがまあ響きは嫌いじゃない。

「ウルフェ……まあ悪くない、決定だな」

少女の眼を見つめ、語りかける。

「今日からお前はウルフェだ、それがお前の名だ」

「あ、う、……う、ふぇ？」

「ウルフェ、ウ・ル・フェ、だ」

「うるふぇ……うるふぇ！」

どうやら気に入ったようだ。

イリアスと顔を合わせ笑いあう。

今日がこの子、ウルフェの新たな人生の始まりだ。

喜び自分の名を何度も反芻するウルフェを連れて、マーヤさんの所へ連れて行った。

◆

ラグドー卿はターイズ国王であるマリトの執務室にて、今回の経緯を話していた。

「よもや長い歴史のあるターイズ領土内に、人知れぬ亜人の部族がいたとはな。未開の地が多いのも今後の課題としたい所だな」

「ええ、そしてそれを発見したのがこの国の商人のバンという者と、件のラッツェル卿の協力者という話です」

「山賊討伐、魔王に関する書物、そして今回の亜人発見、なかなか掻きまわしてくれるではないかその者は。立食会への招待は受けてもらえたのか？」

「それが、先日ラッツェル卿に確認したところまだだった為、伝えるまで休暇を与えました」

「ははっ、堅物のラッツェル卿では骨が折れそうだな。難しそうならお前も動いてくれ」

「御意に」

「それでもダメなら俺がこの部屋を抜け出して会いに行く。気楽にやってくれ」

「それは尽力せねばなりませんな」

ラグドー卿は苦々しく笑い、マリトは愉快そうに笑う。

「それで商人であるバンより、黒狼族との交易は極力対等な関係を築きたいとの申請をうけましたが
——彼らの兵力はこちらに比べ微々たるものです」

「それがどうした。彼らは長年この領土に住む者達よ。我らの庇護を受けることなく生きた者達に突如税を敷き、搾取するのは道理であれど人道では無い。彼らが下に付くことを望むまでは好きにさせれば良い」

「聞けばその森は希少な森、有益に使えば国の利益にもなるでしょう」

「発見した功労者に蜜を吸わせてやれ、成果には対価だ」

「御意に」

マリトは背伸びをしつつ窓へ歩み寄る。

この国に変化を与える者がいる。

早く会って見たい。

美女と言われた貴族の娘に会う以上に心が躍る。

かの協力者が女ならば恋心さえ持ったかも知れぬ。我ながら好奇心の過ぎた王だ。

マリトはこの国のどこかにいる男を思い、微笑むのだった。

◆

「はい、終わったわ。失敗もなしよ」

マーヤの憑依術は無事に終了した。内心ちょっとした副作用とか起きたら良いなーとか思ってませんよ？

そんな小物じゃありませんとも、多分。

ちなみにこちらの憑依術も魔力を補充させてもらった。

もしも黒狼族のところで魔力切れを起こしていたらと思うと、ぞっとする話である。

「ウルフェ、私の言葉が分かるか？」

イリアスが声を掛ける。

ウルフェは少し驚いて見えたが、こくりと頷き答えた。

「よし、何か喋って見ろ」

「う、うん、ええと、いいてんき」

「失敗してる気がしないでもない」

「失礼だね。大丈夫よ、坊やじゃあるまいし」

少しはこちらの失敗に対する罪悪感持ってくれませんかね？

ウルフェは自分の意思を伝える言葉を持ったことに困惑している。

事前に説明してはいたのだが実感を伴えばそうなるのも頷ける。

今まで訴える術が首を振ることだけだったのだ。

「う、あ、ええと、その、うるふぇはうるふぇ」

ウルフェはこちらを見て困惑しながら話す。

「こっち、は、いりあす」

「ああ、そうだ」

「あなた、は？」

なるほど、なんと呼べばいいのか悩んでいるのか。

名前を呼ばせるのも良いが年下だしな。呼び捨てにするイリアスの真似をさせるのも癪だ。

なんと呼んでもらおうか？　兄と呼ばせるか、しかし何かが違う。

パパ、ないな。

ご主人様……いやいや召喚獣じゃあるまいし。

「ダーリンとか良いんじゃない？」

「それは危ういにも程がある」

マーヤさんの発言をブロックしつつ考える。

ウルフェとの今後の関係を考える。

当然ながらウルフェが一人で生きていけるようにサポートするつもりはある。

それを背負っていく覚悟をして今にいたるのだから。

ウルフェには色々な事を教えていくつもりだ。

なればこそ、

「先生、師匠といったところか」

「偉そうだな」

「ほっとけ」

「せんせー、ししょー？」

「どっちでも良いぞ」

「せんせ、ししょ、せんせ……ししょー！」

「よし、これからはそう呼べ」

「ししょー！　ししょー！　しっしょー！」

ウルフェは愉快そうに連呼した。

冷静に考えると師匠ってマスターって訳せるんだよな。そっちも良かったか？

いや、和風な感じの方が好みだ。

日本だとバーテンのマスターのイメージが強すぎる。

さて、今後すべき課題を考えよう。

まずウルフェの衣食住を考えねばなるまい。

「無論私は構わない。負担を考えるなら君の代わりでも良い」

「ちゃんと家賃いれるんで勘弁してください」

イリアスの家の空き部屋がウルフェの部屋となった。

食も何とかなるだろう。ゴッズに甘えれば当面金も必要あるまい。

となると後は服か。この男物のぶかぶかな格好はよろしくない。

そもそもこれ下着穿いてるの？

「マーヤさん。ウルフェに魔力の放出を抑えさせる方法は教えられますか？」

「問題ないわ。有り余る魔力なら小まめに放出させれば問題ないし、そうなれば普段から抑えていても日常に負担はないと思うわ」

髪の発光問題はこれで大丈夫だろう。

それでも透き通るような白い髪は目立つと思うのだが……。

こっちもいつも何か頭にタオルを巻かなくなったが、さほど言われていないので問題ないだろう。

後は衣服だが……、まずはあれを連れてこよう。

「わぁー、可愛い！」

サイラを連れてきた。

今日はお休みだったため彼女の家に行き、呼び出したのだ。

「なぜこの子の家を知っていたんだ」

「そりゃあ住所交換は交友の第一歩だからな」

イリアスが向ける人格を疑っていそうな視線は無視。

「それでウルフェに合う服を作ってもらえないか？　人間しかいないこの街に専用の服は売っていないだろう。どうせ制作を依頼するならサイラの練習にも良いと思ってな」

「まっかせてー、これは創作意欲が湧き上がるぅ！」

テンションの上がったサイラにやや戸惑うウルフェだが、無事採寸を済ませた。

「さてウルフェ。お前はマーヤさんの憑依術によって他者と話すことができるようになった。だが憑依術に頼りっぱなしではいつまでたっても自立はできない。イリアス、わかってる。自分にも向けて言っている自覚はあるから、その目は止めろ」

「ならいいのだが」

「まずすべきは言葉の学習、そして常識の勉強だ。そういう訳でマーヤ先生、頼みます！」

ウルフェを座らせ、手元に羊皮紙とペンを握らせる。

これぞ教え子の姿。

「坊や、その子になんて呼ばせているか覚えてる？」

「生き方は教える。だけど言語や常識はこっちも初心者なんです。というわけでマーヤ先生、頼みます！」

というわけでこちらもウルフェの隣に座る。

「構わないけどね、なんか腑に落ちないわ」

自己流で言語の勉強ができないわけではないが、常識に関しては教わった方が早い。

こうしてウルフェを迎える手筈は整った。

何も得られなかったこそ、これからは得る為の努力をしていかなければならない。

決して幸せだけが待っているわけでもない。

それでもウルフェには良き人生が送れるように支えてやろう。

◆

簡易的な常識の勉強をしつつ、夕方になった。

するとサイラが戻って来て、代わりに追い出された。

しばらく待った後、中に入っても良いとの声を聞いて中に入る。

「じゃーん！」

そこにはなかなか前衛的な服を着せられたウルフェの姿があった。

重装甲のイリアスとは真逆、動き安さを意識したコンセプトでラフなイメージを受ける半袖のトップスにショートパンツ。

後は袖やら足回りの布地が別々のようだが、オープンショルダーとかそういう感じなのか。

ついでに髪を結っており、ふさふさの耳の片側にはピアス——いや、穴は開けていないだろうからイヤリングだろう。

主体となる色は黒、そこに金のラインが入る。

色のセンスが極道の——いや、忘れよう。

「ウルフェちゃん白いからさー、もっと映えるように黒が良いかなーって！」

「それは分からんでもないがもっとこう、足を見せすぎじゃないか？」

「お兄さんお父さんみたい」

「流石にこの年の子供はいないなぁ」

イリアスやサイラは十八、それに対してウルフェは十六前後だろうか。

村では年を聞きそびれたな……今度確認するか。

「じゃーこれでどーだー！」

とサイラが余った布を使い、鎧のスカートの様な部位、草摺の様な装飾品を付け足した。

正面からは眩しい素足が見えるが、確かに露出は減った。

「悪くない。というより手際いいな」

ものの数時間で全身の服、さらに言えば靴や耳につけるアクセサリーまで用意しているのだ。

そして今目の前で服の手直しを見せてもらったが凄いの一言だ。

「ああ、私も初めてそういった作業を見たが見とれてしまった」

「イリアス様にそう言ってもらえるなんて光栄です！」

「いや、私は服に関しては素人なのだが……」

サイラはとても喜んでいる。

マーヤさんも唸っている手際だ。腕は確かなのだろう。

後はデザインセンスというところか。

似合っていると言えば似合っている。

ただこういった格好は漫画やアニメで見るくらいだ。

あとコミケ。

「こっちの世界ではあまり見られないがウケは良い感じだ。イリアス達的にはどうなんだ？」

「そうだな、悪くは無い。だが――うーむ」

「ちょっと前衛的かしらね。でも亜人ウケは良さそうね」

「なるほど、同意見と。だがウルフェの為に作ったと言う点なら十分な出来だ」

そこは満場一致。

「今度イリアスの私服を作ってもらって良いか？」

「えっ良いの!?」

「私の!?」

「人間向けに作った服も見てみたいが、他に着せられる知り合いがいないんだ」

「君自身という選択肢はないのか」

「ああ、そうだな。男向けの服も見てみたい。大人しい感じのを頼む」

「わかった、ばっちり任せてねっ！」

「こいつのは趣味全開で頼む」

「いや、私のも大人しい感じのをだな」

「若いんだから冒険しろよ」

「君だって見た目若いだろう!?」

「だから少しでも年相応に見られたいんだよ」

今着ているのはイリアスの所持していた服、どうも父親の物らしい。

これも悪くないのだが、いかんせん若く見られてしまう。

もうちょっとしっかりした体つきならまた違って見えるのだろうか。

「ししょ、ししょー」

ウルフェに袖を引っ張られる。

「うるふぇの、うるふぇのふく！」

「ああ、綺麗だな」

「うん、うん！」

「……」

なにやらイリアスが思案顔だが、それよりも話す相手はサイラだ。

「そういえば代金を払わないとな。材料費と制作料はどれくらいだ？」

「材料費だけで良いよ。作ってて楽しかったし！」

「それはダメだ。他人に物を作ってもらうということはその人間の技術力も買っている。その成果を認めるのならば払う必要がある」

原価だけで払うのならば確かに安いだろう。

だが外食であれ買い物であれ、そこには様々な経費が掛かっているのだ。

機材や材料の運搬費、施設の維持費。

制作を行う人の時間を買う人件費。

最後に彼らの培ってきた技術を買う制作費だ。

それらを全て揃えられるからこそ、製造業は安い原価でも高いクオリティを生み出せる。

だが実際にはそういった経費を全て制作費としてまとめてしまったあげく、それすら削りだそうとしている。

それが当然と思っている人間に質を求める資格は無いと言うのが持論だ。

「ええと、それじゃあ……こんなもので良い？」

「原価と同じにしてどうする。これくらいだな」

「ちょ、ちょっと待って、私まだこういう商売しているわけじゃないんだし……それにそんなに自慢できる腕じゃ――」

「なら理解しておけ。費用を抑えるために大量生産の同じ服だけを作る場合と違い、オーダーメイドで服を作るということはそれだけの報酬を貰う立場だという事だ。だからこそ技術を磨く必要がある。報酬に見合う価値を生み出す為にだ」

「う、うん」

「報酬が多いと震えるならもっと腕を磨け。少なくともここにいる者はお前の成長を確信している」

「うむ」

「うん」

「ええ」

物の価値を見失えば待っているのは地獄だ。

低コストを要求しながら、高クオリティを当然のように要求する生産者の立場を無視した意見が普及する。

開発意欲は失せ、クオリティは上がらなくなる。

維持ができる者だけが生き残り、新参者は減る。

結果代わり映えのない商品が陳列されてていく。

「うん、うんうんわかったよお兄さん、じゃあ次の服も期待していてね！」

サイラは職人魂に火が入ったのか、やる気に満ちた笑顔で応えてくれた。

「おう、こっちは大人しめでイリアスの分はどんと派手にしてやれ」

「そこで私に矛先を向けるな！」

どうせ似合うんだから良いだろうに。

サイラと分かれた後、もうしばらく勉強を行って教会を後にする。

今後はマーヤさんのスケジュールを確認しつつ、ウルフェを送り迎えすることになりそうだ。

語学の勉強は共に自宅にて宿題。

憑依術の恩恵で文字は読める。それを書き取りながら暗記の補佐に利用できればそれなりには捗るだろう。

ウルフェには戦いの術を学ばせる事も考慮せねばなるまい。

流石にこの才能を捨て置くのは勿体無い。

上手く育てばこちらの護衛をして安く――いや、それは置いておこう。

それにしてもやはりウルフェは目立っていた。

通行人の視線がちょくちょく刺さる。

マーヤさんの指南によって髪の発光は抑えられたが、それでも透き通る白い髪は美しい。

ひときわ白い肌もやはり目を奪われる要因だ。

そこに獣耳、尻尾と付けば注目せざるを得ないだろう。

早い所黒狼族との交流を進め、国民には亜人慣れさせる必要があるだろう。

とは言え彼らも閉鎖された世界で生きて来たのだ。

ここのルールを覚えるのに苦労するだろう。

突然放り込まれては様々な問題も起こりうる、焦りは禁物だ。

「さ、ここが我が家だ」

「私の家だな」

「お、おおー！」

二階の部屋、右奥はマイルーム、右手前はイリアスの部屋、左手前は倉庫だ。

当然空いている左奥の部屋がウルフェの部屋となる。

「ここがウルフェの部屋になる。自由に使っていいが自分の部屋だということを忘れず、掃除もしっかりな」

「わかった！」

「夜が寂しければイリアスの部屋で寝れば良い」

「わかった！」

「いやそこは君――というわけにはいかないか」

「自制はできるだろうが、精神衛生上よろしくない」

「？」

掃除の仕方も後々教えねばなるまい。

ウルフェは言葉通り何も知らないのだ。

食事を溢してはいけない。服を汚してはいけないなどの当然の礼節すら知らないのだ。

今後常識を知らないが故のトラブルも多いだろう。

その都度、根気良く教えていかねばなるまい。

ちなみにイリアスが真っ先に教えたのはトイレの使い方だ。

どういう惨状が起きたのかは伏せておく。

「よし、夕飯は『犬の骨』に行くとしよう」

「おー！」

狼が犬の骨……ううむ。

気にしたら負けだな。

「そういえば君は自炊はできないのか？」

「日本ではやっていたがこっちの食材には疎くてな、『犬の骨』で多少は覚えたが調理は難しいな」

野菜を切るとかは問題ないのだが組み合わせとなると把握しきれていない。

ほぼ味も共通である肉や卵を使った料理程度なら問題は無いのだが……。

「それにこっちじゃ塩も砂糖も貴重品だしな。色々勝手が違う」

日本料理の基本であるさしすせそ、砂糖、塩、酢、醤油、味噌のうち砂糖、塩、酢は貴重品。

醤油、味噌は存在すらしていないのだ。

どうしろと言いたいレベルだ。

スパイスは豊富なのでカレーのような物は作れなくは無いのだろうがそこまで詳しいわけでもない。

そもそも地球の世界のスパイスは名前から違う。要勉強なのだ。

「ふむ、では今度私が教えよう」

「いや、『犬の骨』で学ぶから大丈夫だ」

「……そうか」

微妙に残念そうな顔をしているイリアス。

そりゃあ頼る頼らないの話をした後にこれじゃあ気持ちも下がるか。

だがイリアスには他にして欲しいことがある。

「イリアスが非番の時にウルフェに戦い方を教えてやって欲しい、これに関してはお前しかいない」

「あ、ああ。だが他の騎士達にもできるのではないのか？」

「基本的な訓練ならな。だがウルフェの保有している魔力量の格はイリアスと同等なんだ。『そういう戦い方』を教えられるのはイリアスだけだろう？」

「そうだな。ああ、分かった。任せて欲しい」

「ただし、加減の仕方を最優先で教えること」

さもなくば死人が出る。特にここにいる男が無残な死体になるだろう。

兵舎でのタックルのダメージが残っている事は言わないでおく。

「加減か、苦手ではあるが……」

「良く知ってる」

「……そうだ、君も一緒にどうだ？」

「他にもやる事が多いからな、付き合い程度になると思う」

「それでもやらないよりは良いだろう」

うんうんと頷くイリアス。鬱憤晴らしに苛められないか心配だ。

そして『犬の骨』に到着。

そうそう、ゴッズとサイラの二人の頃は週三日の休みだったのだが、それが週二日に変更になったらしい。

昼の営業も動き始めた状態で更なる回転率、ゴッズは大変だろう。

サイラの負担はさほど増えていない。

というのもカラ爺の奥さんを初めとする騎士団婦人会の方々が、ローテーションで入るようになったからだ。

客の大半が思うことはこうだろう、もっと若い子の給仕が欲しい！

もっともそんなことは言えない、誰もが命が惜しい。

きっとサイラの存在は、この店の常連にとって癒しのオアシスになるに違いない。

ただまあ――いや、これは今度にしよう。

とりあえず端の席に座る。

それでもウルフェは目立つ、視線がちらちらと向けられている。

だが絡んでくる様な客はいない。

そりゃあイリアスが同じ席に座っているのだ。萎縮するのも当然だろう。

「おや、坊や。可愛い子を連れてきたねぇ」

カラ爺の奥さんがドン、と酒を持ってきた。

まだ注文していないのだが……。

「ああ、ウルフェには酒じゃないやつをお願いします」

イリアスは十八、この世界ではギリギリOKだ。

だがウルフェは恐らくアウトだろう。

体に魔力が馴染む馴染まないの問題ならとっくに平気そうではあるのだが法律は守らなきゃね。

「すぐに持ってくるよ。他に食べたい物あるかい？」

机に置かれているメニューをざっと読む。

知らない料理が結構増えている。

奥様達のレシピが追加されているのだろう。

どういった料理か分からないのでイリアスに注文を任せる。

ついでに待っている間にメニューに載っている知らない料理の解説を聞いた。

「ふむ、そういう感じの料理か……女性が作る料理だけあって女性向けのものも増えたな。これなら
そろそろ次の段階を考えても良いな」

「次の段階？」

「ああ、今この店は貴族御用達の塩を取り入れた料理を出す店として繁盛し始めている。そして次の

段階は――砂糖を使った甘味だな」

男だらけの居酒屋ならば甘い物は微妙と後回しにしていたのだが、周囲を見た感じ女性の客もぽつぽつ見かけるようになっている。

恐らくは味に満足した旦那が嫁さんを誘って――とかそんな所だろう。

後々塩が安くなれば普及は一気に加速するだろう。

後は徐々に他の嗜好品も便乗させて行けば良い。

「甘い物か、果物は嫌いではないが……」

「忘れた頃に驚かせてやるさ――来たようだな」

注文した料理が届く。

ウルフェはその匂いを興味深そうに嗅いでいる。

スプーンを持たせせつつ訓練を開始する。

一応昼にも食事を与えたのだが、その光景は獣が餌を貪る姿と言うのが相応しかった。

人として生きていくためには、ある程度の作法を覚える必要がある。

「ウルフェ、今から同じように食べるんだ」

「うん！」

そう言って目の前で食べてみせる。

あらこのスープ美味しい。

古参の騎士団の奥さんともなれば、塩に触れる機会もあったのだろうか？

それとも単純に料理の腕が良いのだろうか、塩の扱いも慣れた物である。

やや物足りなく感じるのはまだ日本での味付けを舌が覚えているからだろう。

ウルフェはこちらの動きをしっかり真似してスープを口に運ぶ。

一瞬尻尾が逆立つ。

そして左右に元気良く振り出す。

続いてもう一口、ぱく、ぱくぱくと。

後は一心不乱に食べ続けた。

時折ナイフやフォークが必要な料理の際は動きを止めさせ、動きを見せる。

ウルフェはそれをすぐに真似をして料理を美味しそうに食べる。

それを見ているだけでこちらの食欲も湧いて来る。

イリアスと視線を交わし、笑いながら食事を取るのであった。

「今日は潰れない様にな」

「わ、分かっている！」

「おかわり！」

◆◆◆

今日とて筋肉痛、しかし慣れて来た。

そもそも筋肉痛が遅れてくると言うだけなのは後日に降りかかる不条理感が酷いだけで、運動の対価であることに違いは無いのだ。

そう言い聞かせれば耐えれないことも無い。

この調子で行けば体もそれなりに順応して、日常生活は苦労なく送れるようになるだろう。

今日はどうしたものか、イリアスは一昨日から非番を貰っていたらしいのだから今日は仕事だろう。

マーヤさんは本日は忙しいとの事、そういうわけだから今後のスケジュール管理の話が出たわけだ。

ベッドから起きる。

ウルフェの様子はどうだろうか、意味は無さそうな気もするがノックする。

反応が無い。いるのか、いないのかも分からない。

そもノックの意味を教えていない。

「ウルフェ、朝だぞ」

と扉を開ける。

部屋は誰もいない。

ふむ、となるとイリアスの部屋だろうか。

と思っているとイリアスの部屋の扉が開く音で首が動く。

眠そうな顔のイリアスが姿を見せる。鎧を着込んだ仕事モードに、きりっとした感じの私服は記憶に新しいが、寝巻きのイリアスを見るのは初めてでなかなか新鮮だ。

「おはようイリアス」

「──ああ、おはよう。今日はいたのだな」

そういえばこの家ではイリアスとすれ違ってばかりでこうして朝の挨拶をするのは初めてだ。

「ウルフェはそっちの部屋か？」

「ああ、夜中にふらっと来てな……いつもと勝手が違って少し寝不足かもしれん」

イリアスは軽く背伸びをして眠気を押し込める。

「だがまあ、嫌な感じはしなかったな」

「そりゃあ求められて、頼られているからな」

個人的にはウルフェが素直にイリアスに懐いたことが驚きだ。

初対面で恩人を絞め殺しかけ、その後嫌がる本人を強引に洗い尽くした。

それが一晩で、だ。

夜頃には懐いている感じがあった。何か心境に変化があったのだろうか。

「今日は仕事か？」

「ああ、一昨日は君を式典に招待する為に休暇を貰い、昨日は君を助けに森に行っていたのでな」

「ろくな休日じゃないな」

「おかげさまでな！」

一応戻ってから報告に行こうとしたが、カラ爺達が代わりに報告するということで話が進んでいた模様。

ウルフェを洗う為に女手であるイリアスには兵舎に残って欲しかったのだろう。

「そうだな、マーヤさんも今日は忙しいらしい。バンさんの所に行って服を調達かな」

「服？」

「明後日の式典に私服で出て良いのか？」

「……はっ！」

こいつ、考えてなかったな。

服のことならサイラに頼みたいが、昨日休みだったということは今日は『犬の骨』で仕事をしているはずだ。

後普通の服のセンスが気になるというのもあるが……。

「ウルフェは流石に連れて行けないよな。預け先も考えておく必要があるな」

「その……、誘っておいて何の準備も手伝えずすまないな」

「誘うのに手間を掛けすぎたな」

「まったくだ」

その後は互いに身支度を済ませる。

ウルフェが起床、兵舎で借りた服をそのまま寝巻きにしていた。

問題が無いのならそのままでも良さそうだ。

着替えこそ自力でできるが、髪を結うなどはまだできないためイリアスが行う。

その後イリアスは出勤。

なおウルフェの分の食費を渡された。

ヒモが二人に増えてしまった。

「さて、出かけるか」

「うん！」

まずは市場で朝食を取る。焼き鳥やら果物でも十分に腹は満たされる。

ウルフェは食べることに喜びを感じているようだが、そこまで食べるというわけではない。

今まであんな生活をしていたのだ。胃袋が小さくなっていても不思議ではあるまい。

『犬の骨』ではおかわりを要求していたが、それだけ美味しかったのだろう。

「きのうのごはんが、いちばん！」

「それは分かるが店前で言うのは止めような」

「うん！」

目立つのは諦め、早々にバンさんの商館を訪れる。

いつもの部屋に通され、バンさんがやってくる。

とりあえずは互いの経過報告を済ませた。

バンさんは黒狼族とターイズ間の交易の責任者を、国から任されることになっていた。

商人達は当面の間、バンさんを通してのみ彼らと交渉できるわけだ。

領土内にいることでの税金は庇護化につくまでの間は免除。ターイズ国の庇護の内容を説明した後に彼らの判断に任せるとのこと。

「厄介な山賊は壊滅したし、獣程度なら自力で何とかなるだろうし、当面は対等の形を維持することになりそうですね」

「ええ、ですがこちらの技術や発展の度合いを知れば、いずれは支援を求めてくる可能性もあるでしょう」

「交渉の際にはマーヤさんの憑依術を利用するつもりですよね」

「ええ、先日お話頂いた内容を考慮して、信用の置ける部下にマーヤ様の憑依術を使用していただくつもりです」

「ただ向こうの住人の言語を話すためには、向こうの人々の魔力を精霊に付与する必要があるとかで、最初は同行した方が良さそうですかね？」

「問題は無いと思いますが、ウルフェ様の件での約束を果たすなら必要はあるでしょうな」

「ああいう啖呵を切った立場としては気が重いですが、仕方ないですね」

「きちんと報酬は出しますので、頑張っていただかないといけませんな」

こちらの取り分の話も行った。

黒狼族発見の協力、交渉締結の仲介役としての給与が主な報酬だ。

そして黒狼族との交易を行った後、それによって発生する経費を除いた純利益の数％を受け取る事ができる。

一万円の利益があれば数百円前後を貰える感じである。

収益の大きさによってはこちらの取り分の限度額を設けても良いということ。年度毎に仲介料の再交渉を行えると言う条件をつけ、変わりに今後こちらの欲しい物を優遇して回してもらえるなどの特典を貰う。

今回の件は偶然降ってきた物、活用はしたいがそれに依存しきるわけにはいかない。

本来の目的である嗜好品の普及、新資源の捜索への潤滑油にあてる。

「そうだ、明日の式典にラグドー卿からの招待があったので、そこに着ていく服を探していまして」

「おお、それはそれは。山賊討伐の裏で功績を上げた立役者ですから当然といえば当然なのですが」

「間に合いますかね」

「もちろんです。今から採寸して服屋に問い合わせしましょう。ところで服といえばウルフェ様のその格好なのですが」

「うるふぇ？」

「ああ、これは将来服屋を目指している者に頼んで作ってもらった物です。二度目にここを訪れたときに連れていた子を覚えていますか？」

「ええ、『犬の骨』の給仕をしておられるサイラ様でしたね。彼女がこれを、ほほう」

「黒狼族に似合う服ならこちら側の輸出品として使えそうですよね」

「やはり気が合いますな、今度お話を伺って見るとしましょう」

「ええ、彼女にとってそういった機会はまたとない機会です」

サイラの立場を考えるとウルフェの服は良い広告塔になる。

何せ嫌でも目立つウルフェなのだ。当然そのウルフェが着ている前衛的な服も注目を浴びている。

ひょっとするとサイラが独立するのは、そう遠い話ではないのかもしれない。

「あとウルフェを一日預かってくれる場所を探しているのですが……イリアスやマーヤさんを除くとバンさんが一番安心できそうでして……」

ウルフェはバンさんにもある程度の気を許している。

あの村で彼女に鎖を断ち切る技を教えたのはこのバンさんなのだ。

カラ爺は信用できるが、演技の件でウルフェが警戒しているため断念。

「ええ、構いませんとも。明日こちらで着替える折にお預かりしましょう」

「そういうわけだウルフェ、明日はバンさんの所で待っていて欲しい」

「うー、うん、バンさんのところ、まつ！」

「良い子だ」

その後お茶をしながら雑談、到着した服屋に採寸をしてもらい服の手配を済ませた。

これで明日の準備も大丈夫だろう。

時間も余り、所持金もそれなりにある。

本日のプランを考え、市場を目指す。

食事と買い物を済ませた後家に帰宅。

「よし、それじゃあウルフェの勉強の時間だ」

「おー！」

まず教えるのは家の施設、道具の使い方などだ。

調理道具はパスして掃除道具の使い方を中心に進める。

風呂場や外の井戸の使い方を説明していく。

パッと思いつく範囲が終われば今度は一緒に語学の勉強だ。

子供向けの本を読みながら、容器に入れた砂の上に棒で単語を書き綴る。

やや大きめに書く必要があるが暗記には好都合だ。

憑依術を通して読む本は文を読めるだけではない。その文の意味も理解できるように伝わるのだ。

もちろん真理を理解するとかそういうことではない。

『赤い』という単語を読んだときに、頭の中で赤いというイメージが理解できる程度の話だ。

試しにユグラ教の聖書を読もうとしたが最初のページで断念した。

当人のある程度の経験も憑依術の効果に差が出るのではないだろうか。

そうなるとウルフェの学習速度はこちらに比べて落ちてしまうという可能性がある。

しかしそのひたむきに学ぶ姿を見れば杞憂に終わるのだった。

「よし、それじゃあウルフェはしばらく書き取りを続けておいてくれ」

「うん、わかった、ししょー！」

時刻は夕暮れ前、ぼちぼち作業に取り掛からねば。

向かうは台所、そう料理だ。

先日イリアスに聞かれ、できないと答えてはいたが実際一人で挑戦した経験は無い。

やりもしないでできないと言うのはやはりよろしくない。

というわけで調理開始だ。

まずはスープ。

水を沸騰させ、鶏ガラを放り込み、一度洗う。

再び鶏ガラ、ショウガっぽいやつ、ニンニクっぽいやつ、ねぎのようなものを鍋に放り込み煮る。

しばし様子見しつつ灰汁を取る。

弱火でしばらく煮込んだ後はザルで漉して鶏ガラスープの下地が完了。

後は『犬の骨』で見たスープに入っていたであろう野菜を適度にいれ、鶏肉も同じように放り込む。

塩と香辛料を少々、香草を香り付けに放って完成。

「ふむ、少し荒い感じもするが上できだろう」

これで全滅する危険性は無くなった。

同時進行で進めていた料理を見て頷く。

この世界には麦がある。だがこの小麦粉はどの種類に分類するか調べたかった。

薄力粉や強力粉は小麦に含まれるグルテンの比率で変わる。

だがこの世界には小麦粉という言葉しかないのだ。

そこでターイズ領土内で取れる小麦を購入、実験中なのである。

パンらしきものがあるのであれば強力粉だと思うのだが。

「この粘り……強力粉に近いか？」

そんなわけで、強力粉目線で試行錯誤を始める。

卵、水、塩少々をいれ混ぜる。

べたつくのを我慢して混ぜ続ける。

本当にこれまとまるのかという心配を十数分無視して混ぜ続ける。

どうやらまとまった。

これを何度もこねる。

こね、こねこね、こねこねこね。

そしてぬれた布を被せ一時間放置。

取り出したるは二代目の相棒《木製》。

実はカラ爺とドコラの残した本を回収しに行った時、手ごろな太さ大きさの物を森で拾ったのだ。

そしてこの数日寝る前にそっと磨き上げていたのだ。

まさか料理で使うとは思ってても見なかったが。

それで生地を伸ばし、折りたたみ、斬る。

後はこれを茹でることで麺の完成だ。

「……コシがちょっと足りてないな」

パスタの麺というよりラーメンの麺のような気がする。

もともと小麦、塩、卵なので味はほぼ無い。

まあこれはこれで悪くない。

空いている鍋でソースを作るとしよう。

トマト的なものを微塵切り、煮詰め、塩を振る。

後は炒めた野菜や肉を混ぜ、もう一度煮る。

再び塩、スパイス、香草で味の調整。

麺にかけてトマトソーススパゲッティの完成だ。

いや、トマトソースラーメン?

食感がいまいち気に入らないが、及第点でいいだろう。

重曹ってこの世界にあるのだろうか……。

「今帰った――なんだこの匂い」

良いタイミングでイリアスが帰宅。

「少し時間があったからな、練習がてらに料理をしていた」

「ほう、これは『犬の骨』で見たスープに近いな。こっちのは…なんだこの細長い物は?」

「正直わからん」

「わからんて……だが匂いは美味しそうだ。着替えてこよう」

そして三人で食事を行う。

鶏肉のスープにトマトソース麺だ。

「いただき、ます!」

「ふむ、スープも『犬の骨』に比べれば雑味を感じるが美味しいな」

「野菜の下ごしらえの方法がいくつか抜けていた可能性があるな」

「こちらの食べ物は……独特な食感だな。だがこれはこれで良いな」

「ウルフェはどうだ？」

「いぬのほねのつぎにおいしい！」

塩加減は間違えていないのでその辺の料理よりかはマシになったようだ。

とはいえこれでは売り物としては及第点はやれない。

今度カラ爺の奥さんに試食させて意見を募ってみるとしよう。

「明日の式典は昼からだったか」

「ああ、そっちの準備は大丈夫か？」

「バンさんの所で用意してもらった服に着替えるつもりだ。ウルフェもバンさんに預ける」

「そうか、カラ爺が迎えに行くと言っていたからそちらに向かうように伝えておこう」

「イリアスはそういう服には着替えないのか？」

「私は騎士としてその活躍を認めてもらう為に出るのだぞ。騎士の格好に決まっているだろう」

「そういえばそうだったな」

正装に着替える事ばかり意識が行っていてすっかり忘れていた。

こいつ騎士だったわ。

「どうした、疲れでも溜まっているのか？」

「いや、自分の正装のことを考えていたらそのままイリアスのドレス姿を想像してな。そのまま口に出ただけだ」

「そうか、……そうか」

「ししょー、よる、ししょーとねたい」

「悪いな。この前イリアスに絞められた時に腰を痛めてな。当分は一人で休まなきゃならないんだ」

「うう、いりあす、いたいの、だめ！」

「流れるように嘘を吐いてくれるな」

静かに立ち上がり背中を向ける。

そして上着を捲くる。

背中にはくっきりと誰かの腕のあとが付いている。

おう、これでもか。

イリアスは目を泳がせる。

「……いや、その、すまない」

「そういう訳でなウルフェ、昼寝の時は付き合ってやるから夜は我慢だぞ」

「うん！」

ウルフェは食後に勉強を始めた。

まだ眠くないらしく、やっておきたいからだそうだ。

なんという勤勉な子だろうか。

感動しつつ食器の片づけだ。

この世界に水道や洗剤という概念は無い。

食器を洗うには灰を使用する。

灰に汚れを吸わせ、水で流して拭く。

正直こういったカルチャーギャップは新鮮に感じながらも不安も残る。

だが郷に入っては郷に従えと言う言葉もあるのだ。

今度石鹸とか作って見ようかな、うん。

「随分と丁寧に拭いているな」

ウルフェと共に部屋に戻ったと思っていたイリアスが戻ってくる。

「手伝いなら間に合ってるぞ」

「そのだな……そんなに痛むのか……その痣」

ああ、それですか。

「痣は残っているが痛みはさほどだ。どちらかと言えば黒狼族に襲われた際に殴られた後頭部のほうが痛むな」

痣は残っているが筋肉痛と区別が付かない程度。一番痛いのは頭のたんこぶだ。

「なんだ、気にしたのか？」

「それは……当然だろう……」

「こっちの世界の人間は体を鍛えようとする者が割と少なくてな。その上肉体労働も少ないから体が脆くてな。そういう仕様なんだ。気にする必要は無い」

「そうなのかもしれないが……」

「だがまあ手加減はしてくれよ。一般男性と同格に扱われるだけでも辛いんだ。カラ爺達と同じに扱われたらほんとやばいからな」

「ああ、分かった……」

軽いノリでやったら、予想以上に相手が重症で気まずい感じなのだろう。

「そう落ち込むな。こっちも心無いこと言ってイリアスの機嫌を損ねたんだ。おあいこってことにしてくれ」

「わかった……」

「ったく、そう辛気臭い顔されるとこっちも気まずくなるだろう」

イリアスへと近づき両手で頬を挟み込む。

むぎゅううとイリアスの顔が歪む。

「むぐう……」

「こういう場くらいそういう顔でからかうのが丁度いいんだよ」

「むぐぐ……」

「……ぷっ、くははっ！」

ツボに入った、苦しい、死ぬ。

「お、お前はぁ！」

「ああ、そうだ、それくらいが良い。それくらい元気のある方が好きだぞ」

「ぬうぅ……」

「明日は多くの騎士達の目の前で功績を認められるんだ。しけた面は捨てて行け」
「もういい、私は寝る！」
イリアスは自室へと戻っていった。
怒らせ過ぎたかもしれないが、あれくらいなら気にし過ぎることは無いだろう。
しっかしあんなに心配するとは予想外だったな――そうでもないか。
イリアスは強気で凛とした騎士のイメージを保とうとしている。
だがその内面は周囲の評価に過敏で、心配性なのだ。
だからこそ鍛錬を重ね、その不安を打ち消してきた。
そう思えばイリアスの常軌を逸脱している強さは、彼女なりの――
「考えすぎか」
ウルフェの件の後で相手に対する接し方が傾いている。
この傾向はよろしくない。
少し心の整理をつけよう。
早くいつも通りの自分に戻らなくては。
この世界に来る前のことを思い出す。
思い出し、記憶をなぞる。
――ああ、大丈夫だ。
いつもの自分はちゃんとここにいる。

09　とりあえず順応しました。

「良くお似合いで」

翌日バンさんの商館にて式典用の礼服に着替える。

いやぁー目立たない感じでお願いしたはずなんですけどねぇ。

中世の貴族を思い浮かべるデザイン。こういったセンスは世界共通なのだろうか。

ただそうなると現代の一部の顧客に受けそうなセンスのサイラの将来が心配になりますね。

やはり独学だけではなく、基本を学べる師を見つけるべきなのだろう。

ウルフェはこちらの格好を見て興味深そうに尻尾を振っている。

「ししょー、なにかちがう！」

「だろうよ」

イリアスの父親の服とは違い窮屈さがとてもつらい。

コルセットやカツラが無いだけマシだと思うしかないけどね。

初めてスーツを着たときの窮屈さを懐かしみつつ、最低限の礼儀をバンさんから学ぶ。

そうこうやっているとカラ爺が馬車でやってきた。

「おう坊主、めかしこんどるの！」

「そっちはいつもの鎧で良いですね……」

「いんや、違うぞ」

と、鎧を見せてくる。

ああ、確かにデザインなどは同じだが所々の装飾が増えている。

鎧自体もほとんど傷ついておらず、綺麗な物だ。

「式典用の鎧とかあるんですね」

「埃を被っておったからの。洗ったり手入れしたりで大変だったわい」

わかるわかる。急な冠婚葬祭の時に普段履かない革靴を引っ張り出したりするよなぁ。

その後馬車に乗り込み、城へと向かう。

ターイズ国は巨大な城壁で囲まれている。

城門を潜って目に付くのは市場や国民の家が存在している地域。

『犬の骨』やイリアスの家はここにある。

そこを進んでいくと富裕層が住む豪華な建築物が増えてくる。

マーヤさんの教会は丁度その狭間。進んでいくとバンさんの商館やカラ爺のような名のある騎士達の家が存在する。

そしてさらに進む事で城壁に囲まれるターイズ城が目に付く。

ターイズ城の城壁の高さは外壁の半分程度の高さで、周囲には水を溜めた堀がある。

正面の橋だけがターイズ城と行き来できる道だ。

橋の前での検問を済ませ、第二の城壁を越える。

城自体は中世を思い浮かべるのだが、周囲の印象は軍事施設だ。

馬屋や兵舎が多く見える。

騎士達の鍛錬場などもちらほら目に付く。

街では警邏か要所で番をしている騎士しか見なかったが彼らは日々この敷地内で活動しているのか。

そして城の入り口前で馬車を降り、さらに検問を受ける。

入り口にある装飾品にそれなりの大きさの魔封石を見かける。

なるほど、魔法に対する防犯対策も考えられているのか。

魔法で姿を変えたりする者らへの牽制だろう。

城内を進み、式典の場へと到着する。

既に多くの騎士達と貴族がそれぞれの場に隊列を組んでいる。

始まってはいないようなので、話し声はちょくちょく聞こえる。

こちらに向けられる視線も少なくは無い。

騎士達のもそうだが多いのは貴族達だ。

カラ爺のような古参の騎士と共に現れた稀有な黒髪の青年、視線を向けるには十分な理由だろう。

カラ爺は貴族側のスペースに共に付いて来てくれる。

「もうちょいで始まるじゃろうな」

耳には様々な話が聞こえる。

山賊が討伐されたことを喜ぶ声、今後の国の傾向についての話などだ。

ただし、『女の癖に』『どんな姑息な手を』『立場をわきまえていない』などの芳しくない声も聞こえる。

カラ爺をそっと見る。

表に怒りを見せていないが、普段から伝わってくる穏やかさは感じられない。

ここで彼らを叱責すれば式典に水を差すことになる。

それにこういったことは日常茶飯事なのだろう。

カラ爺達がイリアスの味方で良かったと心底思う。

やがて高官らしき者が前に出て式典の開始を告げる。

今回の山賊討伐の経緯、そしてその討伐した成果を語る。

そしてターイズ王が姿を現す。

若い男だ。

てっきり髭の整ったダンディな王様をイメージしたのだが、若手政治家のような印象を受ける。

だが流石に王とだけあってその佇まいは堂々としている。

うん？

今こちらと目があった気がしたが――気のせいか。

そして王からの賛辞、褒章を受け取る儀礼が始まる。

それぞれ作戦に参加した騎士団の団長が呼ばれ、王の前に跪く。

功績を称えられ、王からの贈り物を受け取る。

赤マントのレアノー卿、黄マントのフォウル卿なども目に付いた。

そして青緑のマントを羽織った老騎士が前に出る。

呼ばれた名前を聞く。なるほどあの人がラグドー卿なのか。

一度も見なかった相手だが、納得いく風格を感じる。

「最後に、ラッツェル卿」

どこにいたのか今まで分からなかったがイリアスが出て来た。

普段の鎧よりも幾分も立派な鎧を纏っている。

山賊討伐の時に何度か見た凛々しい騎士としての佇まい。

彼女の強さ、磨き上げてきた姿だ。

「此度の山賊討伐において様々な功績、そして何より山賊の首魁を見事討ち果たした武勇をここに称えよう」

代表で褒章を受け取っていた騎士隊長とは違い個人での表彰はイリアスだけだ。

彼女個人の功績が公に認められた価値ある光景。

微かに聞こえた舌打ちなど、ただの僻みでしかない。

いや、顔覚えたからな、お前。

その後も式典は淡々と進み、終了した。

式典終了後、会場は移動する。

風格ある広間から、煌びやかで美しい広間へと場面を移しての立食会だ。

カラ爺は他の隊の面々の所へと去っていく。

カラ爺曰く、好きに飲み食いしても良いと言われたので早速貴族達の食事を堪能することにしましょ。

塩を生かした料理はほとんど無い。だが食材のどれもが良いものであるのは見ても分かるし、食べればなおのことだ。

しかしこの巨大なピスタチオのような奴は味は良いが食べるのが手間だな。

こっちの香草に巻かれた焼き魚は好みの味だな。

酒はゴッズの店の方が好みなので程々にして、食事をメインで楽しむ。

それにしても視線がちょくちょく痛い。

気になるのなら話しかけてきてくれても良いんですよー？

しかしちょくちょく食事を皿に取っている男だ、話しかけるタイミングを計りかねている可能性もある。

それならそれで気は楽だ。

「ここにいたか」

ようやく声を掛けてもらえたと思えたらイリアスだった。

「なんだ、そっちの用事は終わったのか」

「ああ、一通りの挨拶はすませた」

軽い溜息を吐くイリアスから精神的な疲れを感じる。

今回の立役者として様々な相手との挨拶があったのだろう。

当然その中にはイリアスを支持していない者も少なくないだろう。

むしろラグドー隊以外の騎士達や貴族陣は大半がそういう手合いだ。

皮肉や嫌味も言われたに違いない。

帰ったらウルフェと一緒に祝ってやるのも悪くないかもしれませんな。

そういえばウルフェはバンさんの所で元気にやっているだろうか……。

ここの料理もって帰れないかな、タッパーないですかね？

「ラグドー卿が是非君に会いたいと言っている。来てくれ」

「ああ、わかった」

そういえばそうだった。ラグドー卿に招待されたのだから挨拶の一つくらいしておかねばなるまい。

会場の中央には料理や飲み物が置かれている。

その周囲は貴族達や騎士達が酒や料理を片手に対話をしているスペースだ。

その場所の一箇所へと案内される。

そこにいたのはラグドー卿、そしてターイズ国王だ。

え、まじかよ、王様いるの？

チラッとイリアスを見るとイリアスも予想外だって顔をしている。

……うん？

「こ、これは陛下！」

「畏まらんで良い。食事会まで式典のようにピリピリされては酒の味も楽しめないだろう」

気さくな感じで笑うターイズ王。

そしてラグドー卿がこちらに歩み寄る。

「君が件の青年だな。イリアスやカラギュグジェスタから話は聞いている。私の名はサルベット＝ラグドー。我が隊の者達が世話になった」

「こちらも遭難時の保護、黒狼族の件での救助隊などラグドー隊には非常に助かりました」

既にこちらの素性は色々聞かされているのだろう。

例の本もこの人の手に渡っているのだ。こちらのことは色々思う所もあるだろう。

「そうかそうか、君がラッツェル卿の協力者か！」

そこにターイズ王が割り込んできた。

「マリト＝ターイズ、この国の王だ」

人懐っこそうな笑顔を見せ、こちらに歩み寄ってくる。

「ラッツェル卿は武勇こそ優れているが他は未熟で見れる所も無い騎士だ。それを見事立役者に導いた君とは一度話してみたいと思っていた」

そう言ってマリト＝ターイズは握手を求め、手を差し出してきた。

式典で件の彼を見た時は心が躍った。

黒い髪、黒い瞳。

報告にあったその姿を見て思わず口がにやけそうだった。

この後の立食会にも参加してくれると聞いた。

早く話したい、彼がどのような人物か直接確かめたい。

そんなことを考えていた俺はある一計を考え付いた。

それが今差し出された握手だ。

彼がラッツェル卿と懇意にしている話は聞いている。

その彼女を小馬鹿にした上での握手の要求。

彼がどう言う人物なのか、これで見極めたい。

『彼をここに呼んできてくれ。挨拶するときに少し彼を試したい。ラッツェル卿には少し悪いが、演技に付き合ってもらえないか？』

と事前に打ち合わせも済んでいる。

今俺の背後には複雑そうな顔をさせたラッツェル卿がいる。

彼はそれを視界に捉えている。

取りうる行動の大きなわけ方は二つ。

この握手を拒否するか、応じるかだ。

親しいものを貶された事で怒りを覚えるのだろうか。

叱咤、彼女の助けとなる言葉を言うか、はたまた激昂して手を出すのか。

それらの感情を押し殺し、手を握るだろうか。

彼女の対面を考え笑顔で乗り切るのか、気の利いた皮肉を言うのか、王を前にして媚びへつらうのか。

いかなる選択だろうとも構わない。これは彼を知る為の行いなのだ。

さあ、どうでる、異世界の若者よ。

「……」

彼は少しだけ沈黙する。

——今視界にいるラッツェル卿とラグドー卿の顔を見た。

王である俺の行動を見た後、二人の様子を観察したか。

直情的な人間ではないようだ、だがまだ分からない。

ラッツェル卿の複雑そうな顔を見れば、湧き上がる感情もあるかもしれない。

「——？」

すると彼はさらに周囲に目をやり、振り返って歩き出した。

握手を拒否し、その場を離れる選択を取ったのか？

と思いきや食事の置いてある場所に行き、すぐに戻ってきた。

そして、
俺の手に持っていた食材を渡した。

「……え？」

「どうぞお食べください」
手を差し出したことを食べ物の要求と捉えた？
そういう皮肉なのだろうか？
そういう素振りには見えない。
しかしこれはどう反応すべきか……怒るフリをするか？
いや、待てそうすればこれで終わりだ。
とりあえず困惑の様子を見せながら食べ、様子を見よう。
「あ、ああ」
しかしこれは殻を剥いて食べるのだが、手間なのだ。
力を込めすぎると中の実が崩れ零れてしまう。
王が無様に食べ物を床に落す様を皮肉るつもりなのか？
だが、その程度どうと言うこともない。
丁寧に殻を外し、実を取り出して口にする。
普段食べている物だ。特段変わったことは無い。
では次はどうする？
「……」
彼は再び踵を返す。
またか!?

次は何を持ってくるつもりなのだ⁉
いや、そもそもこれは握手なのだ。
しかしその場を離れた以上、声を掛けて呼び止めるのは気が引ける。
戻ってきたら口を挟まねば。
彼は食事の置いてある場所に行き、その場をすり抜け――
そのまま広間を出て行った。

「……えっ⁉」

一瞬何事か分からず声を出す。
振り返りラグドー卿とラッツェル卿を見る。
当然ながら二人とも唖然としている。
それも当然。握手を求めたら食べ物を渡され、そしてその場から出て行かれたのだ。
何を言っているのか自分でも分からない。
戻ってくる気配は無い。
帰った……のか？
いやいや、待て待て！
せっかく会えたのにこれで終わりだと⁉
この後も色々彼を計る為の話題や質問を考えてきたのだ。これで終わられては困る。
衛兵に連れ戻させ――いや騒ぎを大きくしてどうする。

傍目には彼が俺の前と食事の場所を往復して、その後に帰ったようにしか見えていない。

などと考えている場合では無い。早く呼び戻さねば。

広間の出口に向かう。

周囲に騒ぎにならぬように歩きで。

それでも僅かに急ぎ足になる。

入り口にいた衛兵が頭を下げる。

それに手で応え、広間を出る。

通路を見渡す。既に彼の姿は見えない。

人目が無くなったのを確認し、帰り道の方へ走る。

角を曲がり、入り口の方へ――

「お急ぎですか陛下」

とそこには彼が笑顔で立っていた。


驚いているマリト王を前にしている。

「帰ったのでは……無かったのか」

「陛下が戯れを希望していたようでしたので、応じてみました」

あれが演技だということはすぐに分かった。

そもそもカラ爺からマリト王が男女への偏見を持つ人間ではないことを聞いていたのだ。

ラグドー卿の挨拶が淡白だったのもそうだ。

イリアスに非番を言い渡してまで招待させようとしたのだ。

ラグドー卿本人よりも、その上の人物が会いたがっていたのだろう。

それは誰かと言われればこの人に他ならない。

ちなみにイリアスの演技は落第点、違和感を覚え、あの握手を求められ、もう一度顔を見た時に演技だと確信できた。

良き王だと言っていたイリアスがその当人から馬鹿にされたのならその時に驚きを見せてなければおかしい。だが見せたのは辛そうな顔だった。

徹頭徹尾無表情なラグドー卿を見習うべきだったな。

握手に応じるか否か、その辺の反応を観察したそうだったのでまずは第三の選択肢をとる。

食べ物を手に取るウルフェの印象が残っていたのもあってか、すぐにこれを思いつく。

殻つきの巨大ピスタチオ的な物を渡し、食べさせる。

まともな王様ならこの時点で憤慨するか、握手の話へ修正しようとするだろう。

だがマリト王は食べた。

すなわちこちらの次の行動を待つ選択肢を取った。

そして再び食事を取りに行くフリをしてそのまま撤退。

呆気に取られたマリト王はこちらを慌てて呼び戻そうとするだろうとの算段であった。

「陛下が自ら来るとは思いませんでした。そこまでお慌てにならなくても良いのに」

個人的トトカルチョではイリアスが呼び止めに来ると踏んでいたのだが、余程こちらに会いたがっていたのだろう。

「逆に俺を試したのか」

「満足のいく結果は得られましたか？」

「……ぷっ、あっはっはっ！」

マリト王は噴出し、笑い出す。

「いやいや、まいったまいった。好奇心を抑え切れなんだ！」

「レアノー卿でも呼んでおけば良かったでしょうね」

「それでは演技で済まない、ラッツェル卿に悪い」

「悪戯好きな王だ」

「いやいや、悪かった悪かった。――それでは改めて語り合おうではないか、異世界の友人よ」

そして二人は立食会の場へ戻る。

イリアスだけが心配そうな顔で待っていた。

「いったい急にどうしたと言うのだ君は!?」

「下手な演技で笑いを堪え切れなくてな。外で笑ってきた」

「なっ!?」

「うむ、気に入った。こいつとは色々と話がしたい。しばし借りていくぞラッツェル卿」

「は、はぁ」

イリアスは溜息を、ラグドー卿は愉快そうに笑っていた。

カラ爺から聞いた通りの話だった。

ただマリト王に関してはもう少し愉快な性格のようだったが。

その後マリト王に連れられ、立食会の広場を見下ろせる個室に案内された。

傍にはラグドー卿がいる。

イリアスは広場でラグドー隊の面々と会話しているようだ。

「さーて、楽にして良いよ。言葉も砕いて、マリトと呼び捨ててくれ！」

えらい砕けてきた。

一体何がこの人の琴線に触れたのだろうか、ここまで好かれる要素あったっけ？

うーん、無いよな『こやつやりおるわ！』くらいには立ち回った気はするが……。

何と言うか恋愛ゲームをプレイ中、選択肢一つで好感度が一気に激増してドン引きした時を思い出す。

どうしたものかとラグドー卿に視線が泳ぐ。

「こういう王なのだ。合わせてやってくれ」

「そういうことなら……」

先ほどとは違い、楽な姿勢で椅子に座るマリト。

若くしてやり手の王というより、若い友人のようなスタンスだ。

「まずは王として礼を言わせてねー。うちの騎士達はどうも騎士道に縛られてて悪賢い山賊に良い様にあしらわれちゃっててさ」

「いや、あれはドコラの手腕が良かった。それと偶然が味方したものだ」

ほんと、この口調の砕けっぷりはどうなんだろうか。ラグドー卿はこっちを見てくれない。

実質初めの遭遇が無ければ山賊を拿捕（だほ）することもできず、情報も引き出せなかったわけだ。

「そこはそうでも、情報を引き出し、ラッツェル卿に首魁（しゅかい）を討ち取らせたのは君の知恵あってのことだろ？」

「それは——まあそうだけどな」

「自慢したがらないんだね」

「人の弱みにつけこむ様な方法を堂々と自慢できるわけないだろ、褒めるべきはイリアスだ」

「ふむ、ラッツェル卿のどこを褒めろと？」

「理想である父親を目指し騎士道を歩みながらも、こういった手段を受け入れた覚悟をだよ」

イリアスはこちらの取った手段を好ましく思っていなかった。

それでも事を成し遂げたのはそれが必要であると理解し受け入れたからだ。

「卑怯な手を使ったと誹謗中傷されるかもしれない。自分の騎士道に泥をつけるかもしれない。そういったことを理解しながらもいち早い解決を優先したんだ」

「確かにレアノー卿や他の騎士団に手柄を分け与えようとも、その国を思う献身の心はなかなかできることではないよね。あの立場ならなおさらに」

「マリトの立場で是正はできないのか？」

「一喝すれば表立って言うことは無くなると思うよ。だけどそれやっちゃうと裏での動きがより陰湿になりそうなんだよねー」

そうだよねぇ……。

「なーに、実力は認めざるを得ないのは事実なんだ。後は功績で黙らせれば良い。それでも吼えるならそれは負け犬の遠吠えさ」

「そう本人が割り切れれば良いんだがな」

「そこに関してはまだ未熟だよねぇラッツェル卿は」

酒を注がれる、一口だけ飲んで話を続ける。

「黒狼族の件についてはこちらからも礼を言いたい。この国の戦力ならば制圧して支配することも簡単だっただろう」

「そんな物騒な王にしないでくれよ。賢王の評判下がっちゃうじゃないか」

「……」

いや、もう、なんて言うかね?

ああ、そうか違和感の正体が分かった。

こいつ頭の中が似てるんだ、テンション高い時の誰かさんと。

「そっちの世界の話もいろいろ聞きたいところだけどさ、先に本題を済ませようか」

マリトが手を上げる。それに応じてラグドー卿が歩み寄る。

近くまで来たラグドー卿は懐から本を取り出す。

見覚えのある本、ドコラの残した本だ。

「避けてた話題をぶっこんできやがった……」

「いやーごめんごめん。でも重要なことだしね。自分の世界の言葉なのに読まなかったんだろう？」

「こっちの世界では蘇生魔法を欲しがるだけで死罪になるって聞かされてたからな」

「こっそり見りゃばれないだろうに」

「カラ爺がそこにいたんだ。嘘の共犯にしたくない」

「ちなみに中も全く読めなかった。間違いなく君の世界の言語だろう」

「そうだろうな」

「だけど時々挿絵の様に魔法の構成などが書かれていた。解析では山賊が使用したとされる死霊魔術の基礎になるらしい」

ドコラはあの本、もしくは死霊術が原因で暗部としての職を失ったと見ている。

あの本が魔王に関係するものならば禁忌である蘇生魔法、同種の禁忌である死霊術に関する情報が載っていても不思議ではない。

「実際今でも蘇生魔法の研究は大陸間の協定で禁忌とされている。ここが禁忌に厳しい国であるメジスなら君を見つけ出してそのまま死刑だ」

「読んでなくてもか」

「読めるなら問答無用だろうね」

なんつー恐ろしい国だ。魔女狩りレベルじゃねーですか。

「えげつないな」

「メジス領は魔王によって今でも人が住めない地域が多く残されているからねー。魔王の被害が大きかった地域はそれだけ過敏なんだよ」

なるほど、言われて見ればそうだ。

核兵器を落とされた日本は核へのヘイトが特に高い。

その恐怖を身をもって知っているからだ。

今でもその放射能が残っていて住めない地域が残っていようものならその活動はより強い物になっていただろう。

「ただね、山賊の首魁であるドコラがかつて暗部として働いていたのもメジスだ」

「……きな臭い話になったな」

禁忌に対してより過敏な筈の国の暗部が、その禁忌を入手して国を追われた。

その国にあったのか、隣国から奪ったのかは定かではないがドコラはそれを入手し、中を見てしまったのだろう。

そして国に追われ、ガーネに流れ着いた。

ガーネで潜んで盗賊をしているうちに死霊術を身につけ、次はターイズに流れ込んで来たという流れか。

「この本が封印されていただけならば良いんだけどね。もしも研究の一環で存在していたならばそれはこの大陸での問題になる。そういう訳で今はこの本の流れを調査している」

「できれば関わりたくない話だな」

「そういう訳だからこの本の解析を依頼したい」

「直前の話聞いてたか!?」

「まあまあ、君の安全は保障するからさー。割と必要なことなのはわかるだろう?」

「……知りたいのはこの本がどれだけの情報を持っているかって話だろ」

彼は頷いた。

マリトはこの本が禁忌にどれだけ迫れる危険性があるかの程度が知りたいのだ。

これがただの魔王の伝記ならばさしたる問題ではない。

しかし中には死霊術を得るだけの情報があるのは確実となった。

さらに禁忌である蘇生魔法に関する記述もないは言えない。

それを研究していた国があるとなれば——という話だ。

「この事を知っているのは誰がいる?」

「俺とラグドー卿だけだよ、ユグラ教のマーヤには伝えていない」

「マーヤさんにも?」

「ユグラ教の聖地はメジスにあるんだ」

なるほど、そりゃ迂闊には言えないな。

ドコラを追っていた国、メジスはドコラがこの本を持っていることを知っている可能性がある。

マーヤさんの立場はユグラ教のターイズにおける最高責任者だ。

ユグラ教の聖地があるメジスとの交流も少なからず存在しているだろう。

いや、それ以前にマーヤさんに頼んでドコラの資料を手に入れたのだ。

メジスからその資料を得た可能性は高い。

「ドコラの素性に関してはマーヤさんに調べてもらっていた。ドコラがその本を持っていたことを知っている可能性は高い」

「実際彼女らにはそういう動きがあった。君が手配してレアノー卿の支援に彼女達を選んだんだろう？」

「ああ、聖職者ならば死霊術への対処法を知っていると聞いたからな」

「レアノー卿の報告によれば、彼女達はアンデッドの処理の際に本拠地の捜索を行っているフシがあった」

「……」

「さらに後日の拠点調査にもアンデッド対策にと同行を願い出てきたよ」

「だが本はそこにある」

「ああ、君が先んじて回収してくれたおかげでね」

「……」

「そう複雑な顔をしなくても良い。ラッツェル卿や君がマーヤと懇意にしていることは知っている。別に彼女は諜報員というわけではないさ」

「それは――」

「ユグラ教として死霊術に関する何かを持っているかもしれない相手のことを調べることは当然の流れだ。義務と言っても良い」

それもそうだ。メジスが禁忌魔法に触れるものを断罪するというイメージが先行しすぎてマーヤさんのイメージまで塗り替えられていた。

「君に何も言わずに動いていたのは、君をそういう話から遠ざけたい気持ちがあってのことだと思うよ」

「――そうだな」

マーヤさんは死霊術や蘇生魔法に対して拒否反応を見せていた。

誰だろうと関わって欲しいわけがない。

「ただその本のことをこっちでマーヤさんに話していたらどうするつもりだったんだ」

「その時はマーヤが直接こっちに話をつけに来ただろう。ならばそれ相応の対応をしたさ。来てないって事は話していないんだろう？」

「そうだな。他に知っているのはカラ爺くらいか」

「ドミトルコフコン卿にはラグドー卿から口外するなと命令してある。個人的に気にしていたのは君がラッツェル卿に話すかどうかというところか」

「イリアスには話してないな」

あの時は咄嗟に散歩していたとだけ説明していた。

あれだけ落ち込んでいたイリアスに更なる問題を与えるのは避けたかったからな。

「ラッツェル卿の母親はマーヤの親友でね。だからこそ今でも交友がある。本の話をして心配したラッツェル卿がマーヤに相談する可能性が一番高かった」

「なるほどな。だが本の存在を隠す理由はなんだ？」

「一番の理由はメジスが信用しきれないということだ。メジスが追っていたドコラをターイズが討伐した話は、マーヤから十中八九メジスに伝わっていると見て良い。だがメジスはこの本について何も言ってこない」

ドコラが追われた理由がこの本ならば、メジスがこの本を探している可能性は高い。

事実死霊術を使っていたドコラの所持品を探そうとしたマーヤさんの行動を見ても、メジスの指示があったと見て良い。

メジスが潔白ならば本の事をターイズに伝え、共に捜索を願い出てもおかしくないのだ。

無論、用心深いマーヤさんが念のために捜索して見つからなかっただけということもある。

メジスが余計な混乱を避けるためやターイズが死霊術の知識を得る危険性を考慮して情報を伏せている可能性もある。

「マーヤさんは信用できても、その背後のメジスやユグラ教は信用しきれないって事か」

「そうだね。彼女の人格に関しては良い人物だと思っているよ」

「そうだな」

「そういうわけでこの本の危険性、それを所有していた国を独自に調査したいと思っている」

どうしたものか。

地雷度は増しているのだが、それでもこの本を読みたいという欲求はある。

それに土であるマリトの許可と保護つきなのだ。

マーヤさんやその背後のユグラ教、果ては一国家のメジスに目を付けられる可能性もあるが……。

だがこの機を逃せば読むタイミングはほぼ無いと見て良いだろう。

「分かった、それでどう協力すれば良い？」

「君にはこれを翻訳して欲しい。こっちの世界の言語にだ」

「危険じゃないのか？」

「書物として残すのは危険だ。だがその情報はここで管理する」

マリトは自分の頭を指で差す。

「そういう訳で今後君には都度ここを訪れて欲しい。ただし翻訳だけを行っていてはユグラ教に怪しまれる可能性も高い。故に名目を考えた」

「それは？」

「意見係だ」

「……説明を」

「異世界の話や知識を吟遊詩人のように俺に語ってくれるという立場だよ。傍目からすれば宮廷道化師のようなものかな」

宮廷道化師か。

小粋なジョークや与太話で偉い人を楽しませる為の役職だ。

確かにそれならマーヤさんへの言い訳も立つ。

「異世界の政策がこちらにどれ程適用できるかは分からないが、全く無いということもないだろう。役に立つ話が聞けるかもしれないから語ってくれと言う形かな」

「そりゃあまあ……だが向こうじゃ一般人だったんだ。色々と専門知識には乏しいぞ？」

「別に過度な期待はしてないさ。単純に楽しみとして聞くだけだよ」

そういうマリトの眼は輝いている。

それも理由の一つになっていそうだな、うん。

「――わかった。ただそうなると頻繁にマーヤさんの所に訪れるのは気が引けてくるな」

「どういうことだい？」

ウルフェと共にマーヤさんの所で常識や言葉を習っていることを伝える。

「なるほど。こちらでそういう場を用意することは簡単だけど、急に鞍替えするのも恩知らずだね」

「そういうことだ。マーヤさんは嘘を見抜けるからそういう話を振られるだけでも辛い」

「心配は無いよ。ユグラ教が主体となって行う祭りの準備がそろそろ始まるんだ。彼女も忙しくなるだろうからね。その辺から切り替えていけば良い」

「そうなのか」

「念のため本の解読はしばらく後にしよう。君も言語取得を急いだ方が良さそうだしね」

ふと、気になることが頭に沸いた。

だが、それは余りよろしくない発想だ。

こそこそと悪巧みのような相談をしていたせいでそういう思考回路になっているのだろう。

とは言え、思いついてしまったものはしょうがない。

「それとは別に手配して欲しいこともある」

「なんだい？」

詳細をマリトに話す、マリトはなるほどと頷く。

「それはやっておく価値はある。手配しておこう」

「助かる、それじゃあよろしく頼む」

「ああ、こちらこそ末永くね」

こうして無職は宮廷道化師的な立場へと異質なランクアップを果たしたのだった。


彼が帰った後、マリトとラグドー卿は二人で部屋に残った。

「随分とはしゃがれましたね、陛下」

「ああ、期待以上に面白い男だった」

先ほどの砕けた態度はもうない。今は目の前にいる最古参の騎士団長と対話する王の姿だ。

「口調は可笑しくなかったか？」

「抱腹絶倒でした」

「……まあ彼と二人きりのときはあれで行く。息抜きにも丁度良い」

あんな言葉遣いで話したのはいつ以来だろうか、少なくとも王位を継いだ時からは使っていない。

下品だと叱られ使わないようになった言葉遣いも使いようはあるものだとマリトは笑う。

「先ほどの件、手配は任せる」

「御意に」

マリトは先程彼が座った場所に座る。

彼にとって俺の姿はどう映ったか、信用が置ける人間だと思ってもらえただろうか。

酒を傍の容器に注ぐ。

目を閉じ、彼との会話を思いだす。

「うむ、やはり欲しいな」

「既に協力者として獲得しているように思われますが」

「その点はな。だがこの国に欲しい」

ターイズは騎士を中心とした由緒正しい歴史のある国だ。

それ故に固さが残っている。

事実この国には世界を股にかける冒険者達が集まらない。

冒険者ギルドもあるにはあるのだが非常に小さなものだ。

誰もが歴史的に信頼を持っている騎士を頼る為だ。

そういった頭の固さのせいで悪知恵のある山賊にも苦戦を強いられた。

領土内に生息していた亜人の存在にすら気付いていなかった。

それらを容易く変えたのかたった一人の男だ。

彼の能力が優れているというわけではない。彼という緩みがこの国に動きをもたらせたのだ。

マリトは王になる前からも、この国の固さに窮屈さを感じていた。

「あの男はこの国の未来にとって有意義な存在になるだろう。だから俺のモノにしたい」

そう言ってマリトは酒を飲み干すのだった。

◆

帰りの馬車まではイリアスに見送ってもらったが、彼女はまだ帰れない模様。

夜には帰れるだろうと言う話を聞いたので、向かうはバンさんの商館。

留守番を頑張ったウルフェを褒めつつ、バンさんと話をしながら元の服に着替えた。

異世界人であることは伏せているのだが、その上でマリトに雇われたことをどう伝えるべきか。

宮廷道化師として採用されたとは正直言いたくない。クールなイメージが壊れそうだ。

そういうわけで、王に気に入られしばらく話を聞かせに来て欲しいと言われたスタンスで行こう。

バンさんは大いに喜んでくれた。

何せ王に直接支援の話を持ちかけられる機会を得たのだ。

ターイズ領未開の地捜索計画も夢物語ではなくなるだろう。

その後少しばかり商品を購入し、ウルフェと共に帰宅。

まずはウルフェの食事を簡単に用意する。

その後は時間を潰すためウルフェと言語の勉強だ。

そうしている間にイリアスが帰ってきた。

「お疲れ様。だがまだ終わらせないぞ」

「これは……」

机に用意していたのはバンさんに用意してもらった酒と簡単な肴。

そう、締め括りとして三人での祝勝会だ。

もう少し予定を立てればサイラやカラ爺とかも含めて規模の大きな物を催す事もできたかもしれないのだが、今回はこのくらいで良いだろう。

『犬の骨』もまだ営業はしているが他の客もいる。純粋に彼女を祝える人だけで最後を締めたい。

「いりあす、おつかれさま、おめでとう！」

「ウルフェまで……ありがとう」

そして少しだけ騒がしくも、淑やかに彼女の努力を労うのであった。

夜もすっかり更けた。ウルフェは机に突っ伏して眠っている。

まだ睡眠も浅いだろう。毛布を掛けてイリアスと飲みなおす。

「そういえばマリトに今後も城に来いと言われたな」

「そうか城に――って陛下を呼び捨てにするなっ！」

「いや、本人がそう呼べと言ったんだよ。流石に他人がいる場所じゃ気を使うけどさ」

「そ、そうか……」

やや複雑そうな顔のイリアス。

気持ちは理解できなくも無い。

こちらのことを評価してくれているとはいえ、それがしれっと仕える王と仲良くもなれば立場も複雑だ。

「だが良い王だな。イリアスの事も評価していたし、お前の問題についても気にしていたぞ」

「陛下が……そうか」

「この国の一番から認められているんだ。後はイリアスの成長次第って所だな」

「――ああ、そうだな」

初めて見るイリアスの照れ顔だ。これはこれで新鮮で悪くない。

「とは言え、明日はマーヤさんの所に行く予定だ。マーヤさんって普段からも結構暇しているのか？」

「そういう訳でもない。節に応じて催し物の主催を行う事もあるからな。そういう時はなかなかに会えん」

「催し物って言うとお祭りみたいなものか」

「それもあるな、国民が自由に参加できる賑やかなのもあれば、ユグラ教内だけで行う大掛かりな祭礼などもある」

「今近いのはどう言ったものだ？」

「前者だな、収穫祭の季節が近い」

「ウルフェの家庭教師も別に探しておいた方が良さそうだな……この国に学校――学び舎はあるのか？」

「あるぞ。まだ働けないような小さな子供が通う読み書きや歴史を学ぶ場所だ」

「ウルフェも――いや、ウルフェの年を考えると悩ましいな」

「目立ってしまうだろうな」

ウルフェの寝顔を見る。

ウルフェにはなるべく特別扱いされない環境を整えたい。

今は色々な知識を覚えさせるために手を回しているが最終的にはこの国にも馴染んで欲しい。

子供は純粋だ。思った事を推敲することなく口にする。

トラブルを起こす可能性は低くても、ウルフェにとって精神的負荷を与えてしまうだろう。

「早いところこっちで学習して文字通りの師匠になってやらなきゃな」

「まったくだ。今の所マーヤに世話になってばかりではないか」

お恥ずかしい限りです。

師匠と呼ばせておいてウルフェに教えたのは家事とかその程度である。

とはいえなぁ、最低限の知識がないと処世術ってのは教えづらい。

そこまでは粛々と準備を進めようじゃないか。

「マリトに頼めばそういう場も用意できるかもしれないからな。訓練場も近いし戦闘訓練も同時にできそうだな」

「形になって来ればこちらの鍛錬に合流させても良いだろうな。今のは君も含まれているからな？」

「気が向いたら素振りしておく」

初期スペックでウルフェには完敗しているのだ。

これに才能差が付いては追いつける気配など皆無に近い。

良いんだ。剣と魔法のファンタジー世界でだって商人とかそういう人はいるんだからね！

「それと住まいについてだが、マリトが用意しようと提案してきた」

「……」

城に通うようになるなら、イリアスの家よりももっと城よりの場所に住居を構えた方が良いだろうとマリトから提案されていた。

貴族の住む地域からならばバンさんの商館も近い。

利便性は格段に上がる。

「だが断らせてもらった。もうしばらくはここにいさせてくれ」

「——どうして断ったんだ？」

「一つはウルフェの為だ。ウルフェはイリアスにも懐いている」

ウルフェは夜にイリアスの寝床に潜り込んでいる。

一人の時の事を思い出すのが嫌なのだろう。

住処を変えればウルフェはこちらについて来ることになるだろう。多分。

そうなった場合こちらの精神衛生がよろしくない。

これがまだ十歳そこらなら自制も効くんですがね。

「そうだな。確かに一人でウルフェの面倒を見るのは大変だろう」

「もう一つは個人的な事だ。その、なんだ……この世界に慣れていない話はもうしただろう」

「あ、ああ」

「この国で生活するにはまだ色々と不安でな……まあそういう事だ」

ウルフェがどうだと建前を言っているが、正直不安を持っているのは自分なのだ。

この国に来て一週間程度、知り合いは増えた。

それでもまだ頼りきれる人は僅かしかいない。

ウルフェがいれば人恋しさは紛れるかもしれない。だが異世界で一人の少女の面倒を見ながら生きていくと考えると、先の不安は積もるばかりだ。

年下相手に大人ぶってはいるものの、依存心を持たずにはいられない未熟者が自分なのだ。

日本で生きていたようにこの世界でも一人で生きる事はできる筈だ。

しかし異世界に飛ばされ、命の危機に瀕した。

言葉が全く通じない事に心が折れそうになった。

新鮮な経験だと誤魔化していたが、それが通用しなくなるのも時間の問題だっただろう。

この世界に順応するまで保てるのか、それとも――

そんな中でイリアスの存在は大きかった。

言葉を与えてくれた。機会を与えてくれた。そして居場所を与えてくれた。

この世界と向き合うための土台を与えてくれたのだ。

彼女がいたからこそ……いろいろとこう、ああ、そうですよ。

離れるのが寂しいなとか、センチメンタルなこと考えて断ったんですよ!

家に帰ると一人が当たり前だった。だけどあの日帰ってきたときに玄関で待っていたイリアスを見て、『ああ、悪くないな』と思ってしまったんだよ!

溜息が出る。

イリアスの方を見る。きょとんとした顔のままだ。

「もう寝る」

立ち上がり、ウルフェを抱きかかえようとする。

……重い。いや、年齢としては軽い方なのかもしれないが流石に十代後半の眠っている女性を運ぶのは力仕事だ。

イリアスの時もなかなかに重かった。

肉体としては立派な成人だからなぁ。

「ちょ、ちょっと待て、私が運ぶ、――じゃなくて、いや運ぶのはそうだなんだが、ええとさっきの言葉の真意がよくわか――」

「良い様に取れ。それで当たっている。じゃあウルフェを頼んだぞ」

そう言って自分の部屋に逃げ帰るのであった。

もう少し酒が入っていてテンションが上がっていれば、素直に礼を言えて気持ちを伝えられただろうに……。

「まだまだ未熟者なのはこっちもって事だな……」

ベッドに倒れこみ、そのまま眠るのであった。

◆

ウルフェを寝室に寝かしつける。

イリアスはその寝顔を見て微笑む。

また夜中にやってくるのだろうか、それも良いだろう。

彼の言葉を思い出す。

良い様に取れ。それで当たっている……か。

彼が私のことを頼りたいと言っている。そしてその意思を行動で示した。

そしてそれを認めた。

いや、待てよ。

彼の事だ、私が良い様に思う範囲も想定済みなのかもしれない。

ということはまだ上の意味あいとして捉えても良いのではないだろうか……！

「……なにを舞い上がっているのやら」

彼はこちらの保護下にあったが、世話にもなった。

関係としては対等だと思っている。

そんな相手からあのように言われたことは、嬉しさもあるがこそばゆさを感じた。

悪くない。

彼と出会ってからというものの、悪くないと思える新しい事に触れる機会が多々増えている。

最初は彼の危うさを心配したりもした。

もしかすればこの国に害を成す悪になるやもしれぬと、見張りの意味も含めて彼を保護下に置いた。

しかし彼の行いは彼自身と、その周囲の為になるものだった。

その手法こそ大手を振って褒められるものではないが、彼にできる力を最大限に振るっているのだろう。

そんな今では彼に頼られたいと思っている自分がいる。

彼を守りたいと思っている自分がいる。

……なんと庇護欲を刺激される男なのだろうか！

「しかしあの年でそれは良くないな。やはり鍛えてやらねばなるまい」

イリアスはいらぬ決意をして自分の部屋に戻るのであった。

昨日の今日でマーヤさんの教会にウルフェと共に勉強に来た。

マーヤさんは嘘を見抜ける。

マリトとの密約がある以上、下手に探りを入れることは避けるべきだろう。

取り留めの無い会話で済ませるとしよう。

「そういえばイリアスから聞きましたが、そろそろ収穫祭の準備があるんですよね」

「ええ、そうよ。それなりには忙しくなるけどウルフェちゃんの先生の時間は確保するわ」

「それは助かります。こちらも収穫祭で手伝える事があれば色々と言って下さい」

「嬉しいわ。だけどユグラ教の人は多いから人手は問題ないの。責任者としての仕事は多いけどね」

「ウルフェの教育に関してはマーヤさんだけでなくイリアスやカラ爺といった人達にもお願いしますから、無理はしないでくださいね？」

「ウルフェちゃんを私色に染められないのは残念ねぇ」

「むしろ減らしていきますね、ガンガンに」

まあこのくらいで十分だろう。

マーヤさんからは今後世界の歴史、特にユグラ教の思想あたりを主に学んでいくとしよう。

彼らがこちらに刃を向ける存在になるのか、頼もしいバックボーンとなりうるのか。

またその分かれ道を自分で選ぶ事が可能かどうかなどを見極めていく必要がある。

それはマリトにも同じ事が言えるわけなんだが……。

「ああ、そうだ。黒狼族との交渉の際にマーヤさんの憑依術をお借りしたいのですが」

「バンから聞いているわ。もちろん問題ないわよ」

「それなら良かった。ただ失敗はしないでくださいね、両方間に致命的な溝を作りかねませんし」

「人体実験を二度もやったんだから大丈夫よ」

「尊い犠牲でした」

その後昼食を取りに『犬の骨』へと向かう。

店に入るとサイラが出迎えてくれる。

「いらっしゃいま――お兄さん、それにウルフェちゃん！」

「さいらー、ごはんー！」

「いらっしゃーい、そういえばお昼に来るのは初めてだよね」

「そういえばそうだったな」

周囲を見る。

昼食時を少し過ぎた時間にもかかわらず、そこそこの客が残っている。

「ピークは過ぎたからねー、ゆっくりしていってよ！」

「ああ、そうさせて貰おう」

注文を済ませ、厨房を覗く。

カラ爺の奥さんとゴッズがせっせと料理をしている。

ゴッズの動きは初めに見た時と比べ、とてもスムーズになっている。

数日でここまで変わるものなのか、どれだけ鍛えられたのやら……。

「お、兄ちゃんじゃねぇか」

「酒場の主人からすっかり料理人っぽくなったもんだな」

「おかげさまでな。儲けも疲れもどっと増えたぜ」

「そのガタイならすぐ慣れそうだけどな」

「どっちかと言うと精神の方が鍛えられたけどな……」

「だろうな」

あまり邪魔をするのも悪いので、こちらが考えた料理のレシピをさっさと渡す。

「実際に作って見たものもあるがもう一つ二つ工夫が欲しい感じだった。婦人達にも見せて参考にしてくれ」

「おう、助かるぜ。この客足じゃこっそりタダってわけにはいかねぇが、大盛りにしといてやるぜ」

「小食なんだがな……」

「ゴッズ、口を動かす前に手を動かしな！」

「ハッ！　申し訳ありませんっ！」

本当に立派な軍人になって……。

まあウルフェとシェアするとしよう。

昼のメニューはオススメで任せたものを食べた。

日本で見る料理ではないが美味しい。この世界の料理が純粋にランクアップして作られている。

あの酷い料理からここまでの変化だ。この一週間で最も成長を見せているのはゴッズで間違いないだろう。

次点は……まあウルフェだな。

「口、ついてるぞ」

ウルフェの口についている食べかすを取る。美味しそうに食べてくれるのは見ていて気持ち良いが、レディとしての嗜みはおいおい学ばせねば。

「んぐ」

それに比べ『俺』はほとんど成長しちゃいないな。

異世界に来て自覚できる変化があるとすればだ、情に絆されるようになった事、人を頼りたいと思う気持ちが強くなった事か。

弱体化したと見るべきか、柔軟になったと見るべきか……。

そういえば筋肉痛はほとんど無くなっている。

ようやくこの世界での生活に、体が順応を見せ始めてくれたということだろうか。

イリアスのおかげで精神的な順応も捗った。早い所恩返しをしてやらねばなるまい。

立場的に優位にならなきゃ年頃の女の子に感謝も言えないヘタレのままなのだから仕方ないね。

「……もう一週間以上この世界にいるのか」

ふと元の世界を思い出す。

懐かしさはあるだろう。利便性を考えればこの世界とは比べるまでもない優れた世界なのだ。

今美味しく食べているこの食事だってそうだ。きっとこれならコンビニやレトルト食品でも並ぶ事はできるだろう。

この世界で得た苦労の多くを必要としなくなった文明の故郷。

あらゆるものがこの世界とは違う日本での生活を思い出し、今どういう感情を持っているのだろうか。

帰りたいという願望はあるのだろうか。

未練ならいくらでもある。

見ていた本や番組の続きがどうなったのかを知りたい。

まだ見ぬ優雅な生活や豪華な食事を味わって見たい。

きっと残りの人生を使い切っても巡り尽くす事なんてできやしないんだろう。

だけどこの世界もまた魅力があるのだ。

人々の多くが真っ直ぐ生きている。

気付いたら処刑されていた山賊達だってそうだった。

尋問し、情報を聞き出した事でドコラ討伐までの間の生存を約束された彼らだったがドコラが死んだ翌々日には処刑されたと昨日の馬車でカラ爺から聞かされた。

その中の一人が伝言を残してくれていた。最初に尋問した男からだ。

『人生はクソだった。だが人として死ねる。そのことには感謝する』だとさ。

武人かお前は。

この世界の人間は自分の人生を直向きに生きている。

それはあらゆる情報や事象に関わることが少ないからだろう。

混ざりっ気の少ない純粋な心は対面していて心地が良い。

無難に過ごせるよう振舞う自分の姿を見ても嫌悪を覚えずに済む。

そう考えると無理に帰る必要はないのかもしれない。

少しばかり早いが余生を田舎で過ごすようなもの、少しじゃないですね。

だが選べる道をわざわざ切り捨てる必要もないだろう。

元の世界に帰る方法は適度に頑張って探すとしよう。

少なくともそれに拘り、この世界での生き方を見失わないように。

元の世界でもそういう生き方をしてきたのだ。きっとできるだろう。

この異世界でも無難に生きたい、そう思いながら。

◆

日の光の届かぬ闇の中、深く、尚深くにその存在は座している。

部屋の装飾品として埋め込まれている魔石の仄かな灯りが照らす事実は、その存在が太古の昔に人としての姿を捨てた存在であるということだけだ。

対峙する者もまたその全貌を布で覆い隠している。

僅かに覗く顔も、感情を偽った悲壮の仮面によって知る事はできない。

「それで、かの記録は回収できたのか?」

「いえ、ガーネ領、ターイズ領、奴の利用した拠点を全て捜索したとの報告は得ましたが……」

「メジス内で処分した可能性はないのか」

「奴が死亡したターイズにて死霊術の使用を確認しています。ガーネで根城にしていた最後の拠点でも類似している物が発見されていますが、その数は僅かです。恐らくはガーネで本の内容を読み解き、取得したものと思われます」

「ならば本はどこにあると考えている」

「恐らく奴は本をターイズ領土に持ち込んでいるでしょう。ですがターイズ騎士団によって打ち倒された後に使用された拠点、使用されなかった拠点候補の調査において、こちら側の者では発見はされていません」

「つまり、ターイズ国の何者かが取得しているというわけか」

「ターイズは山森に囲まれており、他国と繋がる道はガーネへの道のみ。現在両国の国境にて本が持ち出されていないか常に監視を付けていますが、あたりはありません」

「そして本はターイズから動いていないと、それでどうする気だ」

「こちらから諜報を行う者を手配しています。どれ程の時間になるかは定かではありませんが確実に搾り出せるかと」

「精々急ぐ事だな。あれが明るみになれば困るのは貴様らだ」

「理解しております」

「貴様らが他国に責められるだけならばこちらは静観しよう。だがこちらの存在にまで辿り付かれたならばこの関係は終わりだ」

「……」

「足手纏いになる貴様らを『その先』へと導く事は無い、留意せよ」

「ご忠告、感謝します……『緋の魔王』様」

《了》

ex　ラグドー隊の休日

イリアスが明日は非番であるという情報を聞いたので、明日はラグドー隊の人達について色々教えて欲しいと願い出た。

「ウルフェの件以外でも、ラグドー隊の人達には色々と世話になったからな。きちんと礼をしたいからある程度相手のことを知っておきたい」

「礼をするのに相手を調べるのか？」

「そりゃそうだろう。気持ちだけを伝えることは簡単だが、贈り物を考慮すればその人にとって必要、又は便利な物でなきゃありがた迷惑でしかないからな」

お歳暮に選ばれる品に、汎用性に優れた物が多いのはそういった手間を省くためである。

だがターイズに根を張るのならば、現地の人々とはきちんと友好関係を築いておきたい。

「確かに感謝の気持ちを抜きにすれば、贈り物は喜ばれる物が良いのは至極当然のことだな。ただ明日の私は非番だ。働いている者の邪魔はしたくない。取り敢えずは同じく非番の者達に絞るが構わないな？」

「一日で全員を回るつもりはないさ。それに一人二人仲良くなれれば、あとはそこから付き合いで情報は得られるからな」

「話の仕方が感謝を伝えたいように感じられないのは気のせいか……」

そんなわけで翌日の早朝、ウルフェも連れて家を出る。

先ず向かったのは富裕層の住む地域、とある屋敷にまで足を運ぶとそこの庭から聞きなれた声が響いてくる。

「我が名はカラギュグジェスタ＝ドミトルコフコン！　我が名はカラギュグジェスタ＝ドミトルコフコン！　我が名は――」

カラ爺が槍を片手に空に向かって名乗りを上げている。

早朝の鍛錬でもしていたのか軽装ではあるが鎧を装着しており多少の汗が全身に見えている。

「何をやっているんだカラ爺は」

「見れば分かるだろう、名乗りの練習だ。カラ爺の名前は長いからな。大切な戦いの時に噛んでしまわぬように日々練習しているらしい」

「ふかー！」

「自分の名前だろうに」

「何でも過去にあった武術を競う大会の決勝戦で、噛んだことを今でも忘れられないのだとか」

確かにそんな恥ずかしい思いをすれば二度と起こすまいと拘る理由にはなるだろうな。

だが聞いていて清々しい名乗り声、練習の甲斐はあったようだ。

早朝から声を出し、気合を入れると言う意味でも良い習慣なのかもしれない。

「アレだけ練習していれば大丈夫そうではあるな」

「それが先日、他の騎士団に入った新入りの騎士の訓練を手伝う際に噛んだらしい」

「ダメじゃん」

「ふかー！」

と言うかウルフェがさっきからカラ爺を見ながら威嚇行為をしている。

周囲に別の人がいれば比較的大人しいのだが、ウルフェとカラ爺の関係が改善される日は遠い。

結局朝の鍛錬を邪魔するのも悪いので一度別の場所を回ることにした。

移動していると広場にて見覚えのある人物が面白い恰好をしていた。

「おや坊主、珍しい時間に会うのう」

「おはようございますボル爺」

ボルベラクティアン＝ゴファゴヴェールズ、ボル爺の名で親しまれているターイズ騎士団の一員だ。

ずんぐりとしたカラ爺とは真逆でスラっと細いお爺ちゃん騎士なのだが、その装備は怪力キャラが持ちそうな身の丈よりも大きいごつい槌だ。

ただ本日の恰好は騎士の服装ではなく、長袖ながらも動きやすそうな服装、そして背中には大きめのバックパックのようなものを背負っている。

「ボル爺はこれから出掛けるのか？」

「イリアスもおったか。今日は非番じゃからな、近場の山にきのこと山菜採りじゃ」

確かに言われてみればプチ登山に向いている装備だ。

風格も中々に感じられ、きのこ採りの名人オーラが何となく感じられる。

「ボル爺は登山が好きなんですね」

「山は良いぞ。人の手が入らぬ場所は自然の息吹を感じやすい。時間を潰すにはもってこいじゃ」

「ボル爺の二つ名からは想像もできない趣味ではあるがな」

「二つ名？　確かカラ爺は『神槍』だっけか」

「ああ、ボル爺には『破山』という二つ名がある」

おお、カラ爺の『神槍』って名も格好良いが、ボル爺の二つ名も中々渋みがある。

しかも規模も相当でかそうだ。

「もっともも、わしはその二つ名が好きではない」

「そうなんですか？」

「山好きじゃぞ、わし」

「あー」

山好きなのに『破山』って呼ばれるのは確かに良い気がしないかもしれない。

だが二つ名なんてものは自分で名乗るのではなく、周りがそう呼ぶからであり変えることは難しい。

ボル爺も中々に複雑そうだ。

「そうじゃ、夕暮れには戻るからその時にでもうちに寄ってくれ。採ってきたきのこを分けてやろう」

「流石にそれは悪い気が……」

「気にするでない。わしはきのこが好きじゃが、食べると発作が起きて倒れる体質でのう。ついつい採ってきては無駄にせんようにと、配るので忙しくなるんじゃ」

きのこ好きのきのこアレルギーって、つくづく好みと環境が噛み合わない人だな。


「うるふぇ、きのこ、すき！」

「楽しみにしておれ、たっぷりと採ってくるからのう」

夕飯はきのこ鍋か、毒キノコとかに当たらないよな？

ボル爺と別れた後は非番のラグドー隊の騎士達の元を訪れ、簡単な挨拶をして回る。

平均年齢が高い騎士達だが皆が好好爺、イリアスは良い仲間に恵まれたものだ。

問題があるとすれば、同年代がいないせいで刺激が足りていないところか。

休憩をすることになりイリアスは軽食を買いに、こちらはウルフェと共に広場に先回りすることになった。


するると再びラグドー隊の騎士……というよりラグドー卿その人を見かける。

ラグドー卿は静かに砂場で遊んでいる十歳くらいの小さな女の子を眺めている。

娘……にしては年が離れすぎているのだから孫だろうか。

こちらが近づくと、ラグドー卿はその接近を察知していたかのように振り返った。

「おや君か、珍しい所で出会うものだ」

「イリアスに頼んで案内をしてもらっていたところです。ラグドー卿も非番でしたか。お孫さんの面倒を見ているのですか？」

「うむ、休みの日はこうして孫娘を預かって娘を楽にさせている。と言うのは建前で幼い孫との時間を楽しませてもらっている」

暫く様子を共に眺めていると、お孫さんがこちらにやってきて泥だんごを渡してきた。

ラグドー卿と同じく笑顔で受け取りつつ、ウルフェと共に遊ばせることにした。

ウルフェも砂場遊びはあまり経験がないのか、精神年齢が似たり寄ったりな形で楽しそうに遊んでいる。

ラグドー卿は受け取った泥だんごをとても大切そうに両手で包んでいる。

「ラグドー卿は傍で一緒に遊ばないのですか？」

「リアエは私を驚かせることが好きでね。今も私を驚かそうと砂場で山を作ろうとしている。そこを手伝うのは野暮だろう」

この距離でも孫が何をしているのか熟知しているのは地味に凄い。

いや、ターイズの騎士で最強なんだし、それくらいはできて当然なのかもしれない。

「リアエちゃんですか、活発で可愛いお孫さんですね」

「言うまでもないが、リアエに手を出したら例え陛下のご友人であれど許さないつもりだ」

「少なくともあと十年は大丈夫ですからご安心を」

「娘もそうだったがリアエは更に魅力的だ。私の男としての本能が呼び起こされるほどの圧倒的な可憐さだ。……滾る」

「……ラグドー卿が祖父で幸運ですね」

この世界にも光源氏はいるのだろうか、いや考えないようにしよう。
多分娘に手を出していないのだから、きっと自粛してくれるだろう。うん。
イリアスはこのことを知っているのだろうか、できれば知らない方が良いと思う。

《特別収録／ラグドー隊の休日・了》

あとがき

まずはここまでお読みになって頂きありがとうございます。

このページを読んで頂いているということは、本作を読み切ってくださったのだと思います。いや、あとがきから見始める方もいるかもしれませんし、決めつけはよくありませんね。

さて、初の書籍化、あとがきともなればどう書いたものかと悩んでおります。二巻以降にもなれば色々とはっちゃけたトークや、登場キャラを弄りながらのコミカルなあとがきにしても良いかなとは思うのですがね。（機会があれば担当さんに聞いてみます）

今作の執筆経緯については、大まかな流れを著者紹介文に記載しています。趣味でＴＲＰＧのシナリオを書いており、その文章力を高める練習が切っ掛けです。

百話まで毎日一話ずつ書こうという自分ルールを設け、毎日五千～一万文字前後を執筆しました。ただやはりリアル事情があればどうしても毎日続けることは難しい、でも私の場合一度手を抜くとずるずる甘えてしまうので『書けない日もあるかもしれないから、書き溜めとしてもう一話書こう！さあ今日は二万文字行こうか！』とノルマを増やした日もありました。

結果『書き溜めがあるから今日はいいや……』と書き溜めた分に甘えてしまったんですが。無理にペースを上げてもいいことはありません。皆さんも自分ルールを作る際には長期スパンで走り切れるように注意しましょう。

ちなみに百話どころか七十話前後で一度モチベーションがガクっと落ちています。執筆作業でシリアスなシーンを書いていると、どうしてもふざけたくなるという持病に近い症状が多発しており、こ

れは不味いなと思い始めました。（オマケＳＳなどでその片鱗は分かると思います）

そこで息抜きとしてコメディーの作品も書きました。『読者からお題を募集して、大喜利的なSSを書こう』といった作品で【女神『異世界転生何になりたいですか』俺「勇者の肋骨で」】というタイトルです。伏字にされていたら校閲でアウトだったと思ってください。

ちなみにこいつが一月でコメディー部門ランキング一位をとったおかげで『無難』のアクセス数が二次関数の勢いで増え、あっという間に日間、月間ランキング一位にまで駆け上がり、書籍化打診を受け取るまでの懸け橋となっております。世の中何があるかわかりませんね。よし、文字数がそろそろ限界なのですが、いい加減世界設定とかあらすじらしい箇所に触れて行かねば。

勘の良い人なら気づいているかもしれませんが、この作品は専門用語が少ないです。

探知魔法や強化魔法と、ファイアーボールといった感じの技名が出て来ません。詠唱とかもしません。

この作品を書く上で意識しているのは覚えやすい世界観です。登場する国名は宝石の名前からとられており、覚えにくいのはキャラの名前くらいなものです。ごめんなカラ爺。

主人公にいたっては名前すら出て来ませんので覚える必要すらありません。一応は名乗っているんですがね。

一度に読んでも、間隔をあけて読んでも、シーンが頭に残りやすいように工夫しているのですが……はてさて、上手く行っているのやら。

では皆様、これからも今作を宜しくお願い致します。

安泰

written by
木根楽
illustration by
匈歌ハトリ

至高の英雄譚(サーガ)、堂々完結!

ナルとイシュリーン、そしてグラミアの未来の行方は……

異世界コミックにてコミカライズ決定!!

東部都市国家連合を制圧したグラミア王国。オルビアンを落としたグラミアの勢力に危機感を覚えたシュケルは、帝国内の不協和音を排除し国を一つにするべくエリザの妹スジャンナを偽りの聖女として擁立する。そして聖女となったスジャンナは、民を、そして国を鼓舞し聖戦の開幕を高らかに宣言したのだった。その頃、グラミアの一部の諸侯の間では、連戦への不満からナルへの不信の声が高まり始めていた…。ナルとイシュリーンの未来は⁉　伝説の戦記、ついに完結‼

｜サイズ：四六版｜ISBN：978-4-89199-475-4｜価格：本体1,200円＋税｜

異世界でも無難に
生きたい症候群 1

発行
2018年6月15日　初版第一刷発行

著者
安泰

発行人
長谷川　洋

発行・発売
株式会社一二三書房
〒102-0072　東京都千代田区飯田橋2-14-2　雄邦ビル
03-3265-1881

デザイン
okubo

印刷
中央精版印刷株式会社

作品の感想、ファンレターをお待ちしております。

〒102-0072　東京都千代田区飯田橋2-14-2　雄邦ビル
株式会社一二三書房
安泰 先生／ひたきゆう 先生

Printed in japan, ISBN 978-4-89199-506-5

※本書は小説投稿サイト「小説家になろう」（http://syosetu.com/）に
掲載された作品を加筆修正し書籍化したものです。